MESOPOTAMIA

Ernste Geschichten am Ende des Jahrtausends

MESOPOTAMIA

Ernste Geschichten am Ende des Jahrtausends

Herausgegeben von
Christian Kracht

Deutsche Verlags-Anstalt Stuttgart

Der Herausgeber dankt Werner Löcher-Lawrence,
Karin Graf und seinen Eltern.

Die Deutsche Bibliothek – CIP-Einheitsaufnahme

MESOPOTAMIA :
ernste Geschichten am Ende des Jahrtausends /
herausgegeben von Christian Kracht. -
Stuttgart : Deutsche Verlags-Anstalt, 1999
ISBN 3-421-05191-7

2. Auflage 1999

Satz: Walbaum und Helvetica (QuarkXPress) im Verlag
Druck- und Bindearbeiten: Clausen & Bosse, Leck
Diese Ausgabe wurde auf chlor- und säurefrei gebleichtem,
alterungsbeständigem Papier gedruckt.
Printed in Germany

ISBN 3-421-05191-7

Für Nicholas Currie

Wir, ich war Gefreiter der Heeresartillerie, fanden 1943 in der sommerlichen Ukraine solch einen, der sich in einem Strohhaufen versteckt hatte. Irgendein Kerl unserer Batterie zog ihm die ledernen Offiziersstiefel aus. Nach hinten gebracht, wurde er ohne Verhör erschossen.

Rudolf Augstein

Das geheimgehaltene Denken ist das Entscheidende.

Thomas Bernhard

INHALT

WERDEN

SEIN

VERGEHEN

WERDEN

To turn as swimmers into cleanness leaping
Glad from a world grown old and cold and weary.

Rupert Brooke, im Jahre 1914

Moritz von Uslar

DAVOS

Wie so eins zum anderen kommt und daraus dann die Sprüche entstehen. Manchmal. Es entsteht nie: *der* Spruch. *Die* Aussage. Nie *das* Gespräch. Um Himmels willen! Das ist ja gerade das Erholsame. War dann am Ende ein super Kurzurlaub, der in Davos.

Die Autofahrt: gleich sowas von nett. Echt nett! Supernett! Man entdeckt, Stunde für Stunde, konkret: fahrend, daß man praktisch unendlich Beinfreiheit hat. Ist ja eine der ältesten Lügen, daß die Beine vorne keine Platz haben. Griffbereit: Kassetten, die Knöpfe vom Blaupunkt-Kassettendeck, die durch Antippen herausgesprungen kommen, worauf man rumdrehen kann an denen, worauf sich nichts ändert: die Lautstärke nicht. Nicht die Bässe, nicht die Höhen, die Balance nicht. Auch sonst nichts. Die sind nur zum Drehen da, die kleinen Dinger. Rätselhaft. Komplett hervorragend.

Die Musik muß also unentwegt ohrenbetäubend laut bleiben: Das machen die Lautsprecherboxen, die unter der Plastikverschalung versteckten, die eventuell auch nur die Belüftung sind, nicht mit. Die Musik schreit idiotisch laut durchs Auto. Es schreit: »I feel right! Music sounds better with youaaaaah!« Dazu discomäßiges Discobeatscheppern. So mag man es doch eigentlich.

Im Handschuhfach: zwei Dosen Cola. War nicht leicht, die zu bekommen. Flaschen, die doofen kleinen, die mit Drehverschluß, nehmen wir nicht. Kaugummis – gibt's immerzu. Zum Essen einiges, Bifi-Sandwich, die Richtung, auch ein angebissener Riegel, der sich »Kinder Country« nennt. Da drückt sich jetzt vorne der weiße Schaum raus. Ein guter

Riegel, der ist später dran. Die Bunte, Gala, Süddeutsche vom Wochenende auf dem Rücksitz – Wer liest das? Warum noch graues Papier, wenn es auch bunt bedrucktes gibt? –, eine Riesenreisetasche, weil der Kofferraum hinten voll war, noch eine Riesenreisetasche, Skischuhe natürlich. Komisch nervig ist das Cellophanpapier, das andauernd vorne, halb unter der Fußmatte, halb unter dem Turnschuh festklebt. Da weiß man jetzt nicht, was das soll. Das hat jetzt keinen Sinn.

»Du, Tofix, was issen des für an Cellophanpapier, das mir andauernd da am Schuh vorn klebt?«

Tofix, nach vorne schauend, was kauend, lässig, beiläufig konzentriert, das Auto bei durchschnittlichen 120 auf der rechten Spur zwischen den LKWs haltend: »Wowas? Ah, des! Des is an Cellophanpapier. Verstehst?«

Tofix, zum Verständnis aller, die ihn noch nicht kennen: Das ist einer, der weiß Mittwoch, die Woche vorher, daß Freitag, die Woche drauf, Fashion Stage alles zum halben Preis verkauft. Das wissen andere nicht. Dann telephoniert er los und bildet sich nichts darauf ein und sagt nur mir und seinen acht, neun besten Freunden Bescheid. Die Woche drauf sind wir alle noch besser angezogen und rücken enger zusammen. Tofix: ein prima Kerl. Mein Freund.

»An Cellophanpapier oder was?«

»Ja, logisch.«

Es war schon ein Ding, was wir zwei vorne für super Laune hatten. Da brauchte jetzt niemand kommen. Das hatte sich, ausschließlich und natürlich beiläufig, nur durch Fahrbewegungen ergeben. Das bißchen Auf. Und Ab. Mal rechts und links. Und weiter Sitzenbleiben dabei. Auto fahren eben. Durch die Fenster konnte man andere Autos und Menschen sehen, selten einen Pferdeschwanz oder blonde Haarhaufen oder sonst etwas, das zu Frauen gehörte. Es gab Wiesen und Strom-Masten und Fichtenwälder und frei stehende Bäume, deren Astarme hoch und weit hinausgriffen ins Himmelblau, auch Industrie. Es wäre möglich gewesen, Kirchtürme zu zählen, wenn Kirchturmzählen nicht ein für alle mal in die Kindheit gehörte. So schön war es. Die Wolken zogen langsam. Schnee lag jetzt überall. Da tauchte riesenhaft, neongelb, orange und silbern ein Raststättengebilde auf mit der Werbetafel »Steak 300 Gramm plus Pommes plus Salat 14 Mark 90« plus der passenden Autobahnschleife und dem Parkhaus, das, mehrstöckig, mitten ins Hügelweiß hineingebaut war.

Man sah jetzt deutlich: Irrsinn überall. Massenmörder, Gummifetischisten, Neonazis, die letzten Briefmarkensammler, www-Surfer, Bibelchristen, sonstige Kaputte – leben ja nicht in Städten. Die sind auf dem Land.

Immer wieder mischte sich die Landschaft neu. Wie ist das gleich – was denkt man sich auf so einer Fahrt in den Urlaub? Richtig, bitte weiter, weiter weg. Es muß alles weiter, breiter, einfacher werden, heller bitte auch – das wäre mein Kurzurlaub! Vielleicht wäre es ja mal möglich, daß sich nicht alles klein, kläglich und zerfahren anfühlt. Wie? Ist nicht möglich? Doch. Damit fangen wir jetzt an.

Die Autobahn. Die war immer da besonders toll, wo sie mit langem Arm der Landschaft vorausgriff. Das schaffte sie jetzt, spielend, überall. Ich konnte niemanden verstehen, der hier nicht aussteigen, Grüß Gott sagen und sich ein Haus unter die Vollirren bauen möchte – in Frieden, versteht sich. Aber wir waren zu schnell. Es war fast amerikanisches Autobahnfahren.

Dann hörten wir Elton Johns unsterbliches »Don't shoot me, I'm only the piano player«, das Meisterwerk, Maximum Art, aufgedonnertes Stück Scheiße aus tausend Jahren Popmusik. Es tut so weh. Es ist so ein grauenhafter Schmerz. Man packt es kaum. Bibbernd vor Ehrfurcht hörten wir, nein, wir sahen: wie sich weiße Konzertflügel mit Saxophonen mit lila E-Gitarren mit Triangeln um die Wette durch die Hall of Fame schweinischster Baby-Melodien orgelten, das alles, wie man weiß, auf Plateauabsätzen und auf Kokain. Elton John: Er war nie Underground. Dazu war er einfach zu häßlich. Dazu ist sein Herz zu groß. Er schrieb die Liebeslieder für die Dicken, Doofen, Einäugigen, die Arbeitslosen und Moonwashed-Jeans. Er singt zu uns, der Robin Hood der Popmusik. Und schaudernd erfuhren wir noch einmal, daß großer Pop die große Müllkippe ist, auf der man, spielend, schöne Dinge entdecken kann.

Warum Van Morrison immer, exakt: zwischen der zwanzigsten (1989) und 26. Soloplatte (Dezember 98), mit einer schnellen Nummer einsteigt und erst die zweite Nummer die ersehnte Ruhe bringt? Stimmt, das ist eine kluge, aber keine spannende Frage – also weiter. Was genau ist es, das sich unproduziert anhört am Sound von Johnny Cash? Nur das, was weggelassen wurde, oder doch – das wäre ja irre! – was man hört? Interessant. Und weiter. Wie dumm und sinnlos ist es eigentlich, Cher zu hassen, wenn diese Frau ein Popstückchen imstande ist zu schreiben, das aus dem Nichts, weltweit, praktisch an der Spitze aller Charts, die quintessentielle Frage stellt: »Do you believe in love after love?« Ja, geht's noch knapper, frischer, lebensklüger? Hallo? Stimmt, eine hammerinteressante Frage. Weiter!

Wie es dann kommt, daß plötzlich der gesamte dritte Akt von Tristan und Isolde in der Aufnahme Suthaus/ Flagstad/ Wilhelm Furtwängler von 1952 gehört werden muß. Sofort! Nein, jetzt sofort! Bißchen plötzlich! Der soll nicht gehört, sondern, bitte, tief drinnen erhört, erfühlt, ergriffen werden. Echte Liebe! Jetzt! Sofort! Das ist viel verlangt, auch anstrengend. Es muß aber sein, muß sein.

Tristan, niedergestreckt von Melots Schwert, liegt unter der Linde zum Meereshorizont hingebettet und wartet, schreisingend, auf das Schiff seiner Geliebten in einem, wie die Alten sagen, »todesähnlichen Schlaf«, und dann stirbt er original 38 Minuten und 24 Sekunden lang. Welch' phantastisches Todesbrüllen! Der Hirte, den es auch gibt, erkundigt sich bei Kurwenal, Tristans treuem Knappen: »Kurwenal! He! Sag, Kurwenal! Hör doch, Freund! Wacht er noch nicht?«

Da lenkt der Tofix gerade an was Langsamem mit Anhänger vorbei. Doch immer anstrengend: Auto fahren. Der Tofix tut's, er hält das Lenkrad. Deshalb, auch deshalb, hat er das Recht, die Dinge richtig zu hören, zu sehen, zu fühlen. Er: objektiv. Er hat das absolut objektive Gefühl.

Kurwenal: »Erwachte er, wär's doch nur, um für immer zu verscheiden.«

Das geht dem Tofix jetzt ehrlich ganz gescheit auf die Nerven: Operndröhnen. Tofix, Guter. Er will seinen Urlaub, einen Kurzurlaub, einen gescheiten. Und recht hat er. Kurwenal, treuester aller Getreuen.

Tofix: »Der Kurwix oder was?«

Genau. Und schönen Dank auch. Dieser Schmarrn, die Oper, wäre damit hin. Hinüber. Aus. Jetzt wird ausgekrampft. Es ging dann unter anderem noch darum, ob Carving-Ski uncooler sind als die alten, die echten Ski, schmalen, langen, und wie man diese Saison die Snowboarder, die mit Bärten, H&M-Anoraks und Reggae-Musik, prophylaktisch schon mal so weghassen könnte, daß sie auf der Piste nichts mehr zu melden hätten. Würde wieder schwer.

Ihnen, den Boardern, gehört der Pop, die Werbung, Miller's-Genuine-Draft-Bier, alle weichen Drogen und die harten. Sie haben die Mädchen. Wie sich der Sport mit den großen, ernsten Anliegen der Menschen – Weibern, Biertrinken, Drogen rauchen – trifft. Man müßte eben eigentlich auch Snowboarder sein.

Tofix erzählt, daß wir viel zu Hause kochen würden, Spaghetti Bolognese, und wie gut Selbstgekochtes schmeckt im Winterurlaub. Die Frage war noch, wie lange vier Tage im Schnee sich anfühlen würden, wie eine Woche oder doch wie ein Jahr. Oder, was eine Überraschung wäre, weil mit dieser Nachricht noch kein Winterurlauber zurückgekehrt ist, so lange wie in Echtzeit, also exakt vier Tage. Frage auch: Wie sehr vermissen wir München? Wie wahnsinnig oder was? Doch sehr? Wie sehr? Wir dachten ans »Schumix«, die Münchner Bar, wo es Schinkenbrote gibt, jeden Drink, die teuren und die normal teuren, und alle hinkommen, bis zum Schluß, gegen drei Uhr früh, wieder jeder jeden kennt. Wir wollen München vermissen. So schön ist das. So schön.

Wir konnten uns viel erzählen, so unheimlich viel, daß wir es gleich bleiben lassen konnten. Wir ließen es nicht bleiben. Dann unterhielten wir uns, bloß die Dinge aussprechen, sie zu Ende besprechen mußten wir nicht. Wenn Schweigen nicht schmerzt: Es wird so ein friedliches Ausschweigen daraus.

Ich stellte sie mir blond vor, mit Ski-Overall, Skischuhen mit geöffneten Schnallen und einem strahlend weißem, riesengroßem Lachen, das alles in »Tony's Pub« beim Après-Ski. Sie hatte blondes, dickes, kurzgeschnittenes Haar – was das schönste an ihr war, das allerdings war wunderschön. Es waren wieder alle total weggedichtet. Sie sah fast zu gesund aus, man hätte auch Angst haben können vor ihrer strahlenden Natur. Bei ihr wäre die Initiative, und das wußte sie, das war sie gewohnt, und mit dieser herrlichen Gewißheit wollte sie etwas anfangen.

Sie sprach einen an, gleich mit dem ersten Blick, direkt, aber locker, komisch unaufdringlich dabei – viele dumme Biere und Stunden vor dem Moment, an dem ich es hätte bringen müssen und dann doch nicht bringe, weil man es nie bringt, einfach zu blöd ist, es einmal zu bringen. Die tollen sind zu toll, die weniger tollen Frauen nicht toll genug. Mit Schönheit, die selten mehr ist als eine gerade Nase in einem geraden Gesicht, hat das nichts zu tun. Eher schon mit dicken Haaren, dicken Oberarmen, einem wunderbar dicken Gesicht – ey, es soll sich gut anfühlen, so einfach. Sie ertragen: die Möglichkeit der Erniedrigung durch eine Abfuhr. Recht hat immer der, der als erstes lächelt. Glanz aller Unschuld, Pracht aller Zuversicht: dein Lächeln. Sie hält das Farbenfrohe mit der Kirsche in der Hand, das schauderhafte Kopfschmerzen machen muß. Das stört sie null. Sie will genau das jetzt. Sie spricht das superlustige, komplett unverständliche Schweizerdütsch, auf das nichts antworten kann außer Lächeln. Meine Ferienbekanntschaft: du! Sie wird, um mich kennenzulernen, mit dem Finger auf mich zeigen.

Tofix sagt, er freut sich auf seine Freundin. Sie heißt Kafix, also eigentlich Karin, sieht super aus und ist auch sonst eine Freude. Tofix kennt sich aus. Mit Autos, Urlaub, mit seinem Girl. Er weiß, wie man es zu dritt in einer Skihütte aushält, wie man das hinkriegt, sich da nicht auf die Nerven zu gehen: Praxis Kurzurlaub. Er macht das nicht zum ersten Mal. Den Kafix kenne ich jetzt persönlich noch nicht so gut. Mal hören.

»Du, Tofix, in so einer Skihütten: Trinkst' da eigentlich ein Bier oder lieber einen Wein?«

Tofix: »An Wein? Oder was?«

Wer den Kafix kennenlernen möchte, der stelle sich mal Folgendes vor: Die ist auch immer beim Fashion Stage, weil Tofix hingeht und alle hingehen, aber dann kauft der Kafix nie was, weil ihm das Umziehen, das Ausziehen also vor allen Leuten, so unangenehm ist. Ja, sakra! Am Ende läuft der Kafix ohne Fashion-Stage-Tüte beim Fashion Stage raus.

»Was jetzt! An Wein oder an Bier?«

Tofix: »Du. Kommt ganz darauf an. Gern an Wein, gern auch mal an Bier. Bier aber lieber.«

So geht's dann. Läuft's dann. So fährt man dann weiter. Musik jetzt plötzlich, von uns unkommentiert: »Livin' on a Prayer«, Bon-Jovi-laut. Hört man dann. Ist dann halt so. Wie okay so eine Rocknummer, die im Konsens aller zu den ekligsten überhaupt gehört, plötzlich klingt! Wieder daheim, werde ich mir dann also alle Bon-Jovi-Platten kaufen müssen. Merke ich mir: Alle Bon-Jovi-Platten kaufen.

»Tofix, und der Kafix? Bier?«

Tofix: »Na. Wenn, dann mal ein Glaserl Wein. Das läßt's dann aber stehen. Weißt. So eine ist's dann.«

»Logisch, oder?«

Tofix: »Logisch.«

Logisch! Mannometer! Wie gern man das sagt! Und gerne hört! Es klingt so einfach. Ich muß mir jetzt vorstellen, wie wir in der Skihütte auf einem großen, weichen, weißen Sofa ausruhen, ringsherum zugepolstert von Kissen, und über dem Sofa hängt eine Öl-Schmiererei auf weißer Leinwand, wie sie Sparkassen gern ausstellen. Im Kopf: eher wenig. In den Füßen: Schmerzen, die guten, die von den Skischuhen. In der Brust: die gute Pistenluft. Der Fernseher ohne Ton: ist immer gleich das beste Gerät auf Erden. Seit gut einer Minute geht es darum, ob einer noch die Kraft hat, aufzustehen und Bier aus dem Kühlschrank zu holen. Ein prächtiges Problem.

Tofix: »Es wäre was, wenn du jetzt mal nichts sagst. Oder was? Wär' nichts?«

Er macht das Tofix-Gesicht, das nachträglich alles sagbar macht. Das sind mehr Zähne, als einem guten Grinsen guttun. Geschenkt: ausruhen.

Jetzt kurz vor Lindau. Ich versuchte mich festzuhalten an diesem Anflug von Freundlichkeit, der den Graus der letzten Wochen und Jahre – Arbeit, Arbeit und Kettenrauchen bei der Arbeit – wegblasen soll wie der Wind das Weiß auf dem Zweitausendfünfhunderter Jakobshorn. Jetzt runterschalten: Berge. Kurvenschaukeln. Motorengeräusche im ersten Gang. Das Auto: natürlich dunkelblau. Natürlich der Golf Turbo Diesel. Festhalten! Auf Teufel komm raus: die Entspannung.

Gleich umwerfend, auf andere Art: das Weibliche. Unserer heißt ja Kafix. Der sieht derartig fit und pistenmausimäßig supersüß aus. Der ist auch immer so schön gekämmt. Das ist der Punkt: Der Kafix hat schulterlanges, kastanienbraunes, falls man so sagt, glattes Haar. So schauma-mäßig schön, gesund gepflegt bis in die Spitzen. Der Kafix hat schöne, große, blaue Augen. Bißchen engstehend, was sich gut macht. Das sieht echt supersüß aus, vor der braucht sich kein Mensch zu fürchten. Der Busen ist auch ganz okay. Er trägt es oben rum gerne eng, der Kafix, und unten rum gern eng, und dazu hat der Kafix Pantoffeln an. Aus Stroh. Die trägt er aber nur im Haus. Gerne läßt der Kafix die Arme hängen und guckt geradeaus. Was er da sieht, ist das, was vor ihm steht, und wenn der Kafix nachdenkt, dann sieht man es ihm, aufs Reizendste, an.

Die Wohnung ist leer. Das ist aber nur der erste Eindruck. Es wirkt so ferienhausmäßig hier: Teppichböden, die hellen, beigen, schmutzempfindlich, sagenhaft schön gesaugt. Das Gemälde über dem Sofa. Strohblumen. Deckchen, Gehäkeltes. In der Bauernschrankvitrine, wie ausgestellt aufgereiht: Steingut-Geschirr, Teller und Aschenbecher aus Zinn. Krimis, die gelbschwarzen von Diogenes. Noch ungelesen: das Bilderbuch »Davos, wie es mal war«.

Heute ist es anders. Heute sieht Davos, bei Nacht vom Aussichtsfenster der Villa vom Kafix aus betrachtet, wie Ost-Berlin bei Nacht aus, bloß kleiner, ein kleines Ost-Berlin in den Bergen. Wenn irgend machbar, ist alles hölzern, sogar, im Ernst, der Stil der Klobürste. Der ist sogar holzschnitzverziert. Auf dem Klo die Bunte vom 22. Februar 1997. Caroline, Beruf Prinzessin, die Gegendarstellung. Das hat sie alles so nie gesagt.

Der Tofix hat den Golf neben einen Range Rover geparkt. Ski und Skistöcke in der Garage. Da hätten noch zwei Range Rover Platz. Wie vom Mond auf die Muttererde schaut der Blick von »Haus Caroline« weit runter über die Schneehügel auf die Lichter von Davos-Platz ins Tal: kleine Häuser, kleine Menschen, großer Schnee. Gebt Frieden, ihr da unten. Ihr müßt jetzt alle fernsehen, durchschalten, Wein probieren, kuscheln. Ihr sollt ausruhen. Es ist die Davos-Kur.

Der Kafix ist ein Dreamgirl. Vielleicht heißt mein Ski-Haserl Ursula? Beatrix? Wird sie doch mehr der Julia-Typ? Der Berg gegenüber ist der Schatzalp, auch ein traumhafter

Name. Der Tofix darf ihn anfummeln, den Kafix, weshalb er es zur Begrüßung auch tut. Überall. Seine Hände fassen seinen Arsch. Aha. Sieht super aus. Sie sind das Traumpaar. Logisch, daß es den Tofix stolz macht, daß der Kafix sein Dreamgirl ist.

Es muß dann andauernd nach einander geschaut werden. Die Wohnung hat schließlich fünf Zimmer, alle beige, alle gesaugt. »Kafix?« Kein Kafix. »Du, hast du den Kafix gesehen?« Der Tofix hat die gleichen Pantoffeln wie der Kafix an, natürlich in 44, sie in 39. Kafixs Stimme vom Klo: »Ich bin doch hier! Auf dem Klo! Ich komme gleich!« Tofix, mit Ferienhaus-Grinsen, er hält einen Holzscheit in der Hand: »Die Frage ist, ob der Mann im Haus das Kaminfeuer anmachen soll.«

Der Kafix holt sich erst einmal einen Joghurt. »Tofix, du, nimmst' auch einen Joghurt?« Gerade nicht. Geht nicht. Warum fragt die mich eigentlich nicht? Jetzt ich: »Weiß nicht. Weißt du. Ich glaube, jetzt ist der Tofix auf dem Klo.« Kafix, grinsend, weil der Tofix auf dem Klo ist und sich seinen Joghurt doch auch selber holen kann: »Kann er sich doch selber holen, seinen Joghurt. Findest du nicht?« Moment, kurz nachgedacht: Wie nett der Kafix grinsen kann! Hey, Kafix! Doch, hast' ganz recht. Den kann er sich echt selber holen, seinen Joghurt. »Du, wollen wir uns setzen?« Gern! »Fernsehen?« Aber supergern! »Willst du eigentlich einen Joghurt?« So einen wunderbaren Apfel-Zimt-Sahnejoghurt von Danone? Zum Fernsehen? Supersupergern! Der Kafix, bißchen auf Abstand, weil so ein Joghurt so besonders ja nun auch wieder nicht ist: »Du, es ist hier eigentlich alles ganz supereasy. Nur ab und an muß einer Staubsaugen.« Aber staubsaugen macht doch Spaß, macht keinen Spaß? »Du ehrlich.« Ganz überlegenes, supersexy Kafix-Grinsen. »Ich kann mir Schöneres vorstellen.« Dabei schön Joghurtbecher-Umrühren, ein lässige mit dem Oberkörper vorgeführte Bewegung. Stimmt. Stimmt so auch wieder.

Der Tofix bleibt elendig lang auf dem Klo. Dann sitzen der Tofix und der Kafix, und mir bleibt ein ganzes Sofa zum Liegen, und wir schauen Formel 1. Die Fernbedienung sieht gut aus. Denke ich. Überrascht mich. Sage ich deshalb. Der Kafix sagt: »Der Fernseher und das alles gehören meiner Mutter.« Der Kafix hat immer eine Hand unterm Popo. Als ob das bequem ist. Es muß bequem sein, sonst sitzt man ja nicht so. Der Tofix sitzt so, daß man seine Unterhose sieht. Ist sicher auch bequem, man sieht's ihm richtig an, wie er genießt, wie bequem das aussieht. Wahrscheinlich verliebt sich der Kafix jetzt gerade wieder in ihn. Sowas kommt, wie es planmäßig kommen soll – wenn der Boy sein Girl, statt mit langen Worten, mit dem Bund seiner Unterhose anspricht. Dann kommt ein Film, an den sich der Tofix, glaubt er, erinnern kann, aber es ist es dann doch ein anderer: Pierce Brosnan, er im schwarzen Gummi, steckt ihr, sie im roten, den Griff eines Tauchermessers zwischen die Zähne, und sie lächelt, nickt, weiß, was zu tun ist, legt los, ihren Auftrag zu erfüllen. Kommunikation unter Verliebten: Wenn das klappt! Stundenlang möchte man da zuschauen.

Es wird dann Zeit, »Lerne Bayern kennen!«, das große Gesellschaftsspiel im Verlag »Stadt-Buch Wolfgang Giesche« der *Süddeutschen Zeitung* zu spielen. Auf dem Karton sind ein grüner Zweig und bunte Ritterfiguren auf weißblauen Karos abgebildet. Eine der rund tausend Wissenskarten stellt die Frage: Seit wann gibt es das Oktoberfest? Antwort: »1810 wurde es erstmals zu Ehren des späteren Königs Ludwig abgehalten.«

Wir würfeln, schieben die Männlein über die Bayernkarte, über das Fichtelgebirge, wo die Orte Marktredwitz, Poppenreuth und Wiesau heißen, vorbei auch an der St.-Georgs-Kirche in Dinkelsbühl, die ein Bauherr erbaut hat, den wir nicht kennen und der uns deshalb ein bißchen nervt, und nach einer Viertelstunde fragt der Tofix: »Wie war das mit dem Oktoberfest?« Wissen wir auch nicht mehr, weil wir die

Frage vergessen haben, aber das geht schon okay. Es gibt Joghurts, dann Äpfel, dann Rotwein. Der Rotwein, sagt der Kafix, sei eigentlich zu teuer für uns, aber Hauptsache, das schmecke man, der Geschmack sei Hauptsache, und dann fragt sie: »Wußtest du, daß ein Glas Rotwein am Abend gesund sein soll?« Das fragt sie unbegreiflicherweise nur den Tofix, ich soll davon wohl nichts wissen. Doch. Logisch. Das haben wir alle schon mal gehört. Die Zeit: steht. Sekunden, Minuten: stapeln sich.

Tofix: »Logisch.«

»Ey, superlogologo.«

Das war jetzt vielleicht bißchen viel Logologo. Nein! Ist das peinlich. Ich höre das Peinlichkeits-Fiepen in den Ohren. Das Kaminfeuer brennt. Die Erdnußtüte bleibt zu.

Wir fahren Ski, im wunderbaren Davoser Skigebiet, und es gibt Spaghetti Bolognese. Einen Tag, den zweiten. Am dritten Tag fahren wir noch immer Ski.

Dann geschieht es: absolut nichts mehr. Davos – die Kur, das Wohlgefühl, meine Erholung – klopfen an, wünschen guten Abend: Welcome! Sogar die Vorhänge, halb zugezogen vor den gekippten Fensterscheiben, halten still. Draußen: Schneeleuchten. Drinnen: blaues Fernseherglühen. Sonst keine Farben, kaum Licht. Kafix: beide Hände unter seinem Popo. Der Busen erhebt sich, wunderbar gleichgültig, aus dem Sofa, über die Gerade hinweg, die sich zwischen Gürtelschnalle und ihrem Kinn erstreckt. Sie: jetzt ganz Frau, die Schwache. Ein Mann müßte sich über sie beugen, sie küssen, ganz zart, nur auf die Stirn. Tofix: Mund offen, die Augen halb geschlossen, einen Ellbogen hinterm Kopf verschränkt. Er: jetzt ganz Mann, der Starke. Eine Frau, die richtig tickt, müßte ihm jetzt alles und ihr Herz dazu schenken. Doch die beiden sitzen nur da – lässigst in stummer Zweisamkeit vertieft, ihren Frieden aussitzend. Denen fehlt: nichts. So bleibt das. Kann das auch.

Kafix: »Du hast dir Urlaub verdient.« Sie spricht mit mir, und ich muß dummes Zeug denken: Daß Frauen glücklich machen schwer geht. Daß meine Zeit abläuft, die, in denen Van Morrison, Johnny Cash und Elton John, meine Popstars, Freundinnen sein können. Wir werden nicht jünger, alle mit miteinander, nur älter immerzu. Und mit dem Alter, das spürt man, verschwindet jedes Gefühl. Ich brauchte Urlaub, dringend, wußte aber nicht wie. »Also, wenn sich den einer verdient hat...«

Tofix, jetzt großer, verständnisvoller Bruder: »Laß ihn. Das lernt er noch.«

Kafix, müde, quengelig, kurz vorm Einnicken: »Hä? Ich laß ihn ja.«

Schrei nach ewigem Leben, Kindern, Windhunden, großem und dem kleineren Wagen, Silberaschenbechern und einem rotweiß geblümten Teegeschirr! Fehlt Ihnen sonst noch was? Was, mir? Wen meinen Sie? Mich? So ziemlich alles, mein Herr! Na, hören Sie mal, das tut mir aber leid! Mir auch, jaja. Tjaja.

Da sehe ich Kafix sich auf den Tofix draufrollen. Wie leicht das geht! Körper auf Körper, Haar zu Haar. Ihre Gesichter verschwinden. Es ruckt in der Gürtelgegend, Hüfte sucht Hüfte, Brust sucht Brust, dann paßt es: zwei sind eins. Er gibt ihm den Gute-Nacht-Kuß, lange Pause, dann wiederholt sich das Geräusch. Es wollen beide gleich noch bißchen so liegenbleiben. Forever.

Tofix: »Schlaf schön, du Bandit. Hehe.«

Kafix: »Gute Nacht!«

Sie singt das beinahe. Zauberhaft. Dann gehen beide. Entschlossen, so glücklich zu sein, wie man nur zu zweit ist, kann ich sie im Bad verschwinden sehen. Schlimme Dinge tun. Gemeinsam Zähne putzen. Sie trägt ihre Cremes auf, er pinkelt im Stehen. Forever. My love.

Es war dies der Moment, wo mir ein Stück des Teppichs, exakt das, auf dem sich blau das Fernsehgeschehen abbildete, so heftig irgendwohin stach – von mir aus in die Seele –, daß mir die Tränen kamen. Sowas gibt's. Ich heulte natürlich nicht, woher denn. Aber fast. Und ich genoß das Gefühl, das riesige. Es fühlte sich echt schaurig an. Manchmal ist es nur ein Stück Teppich. Ich konnte viel darin sehen, und was schlimmer war, auch das, was in Zukunft fehlen würde. Ich wollte sofort Sex und circa acht Flaschen Bier. Holla! Ich träumte davon, mit braungebrannten Frauenkörpern knallharte Dinge zu tun. Aber Bier war nicht im Haus.

»You have come to me. And you asked me... how much I care.«

Forever.

Beim Skifahren holte ich mir eine Oberschenkelzerrung, fortan ließ ich es bleiben und schaute nur noch fern. Tofix sah jeden Tag besser aus, ihm stand die Pistensonne prima zu Gesicht. Nicht gewöhnen mochte ich mich an den Umstand, daß Kafix jeden Morgen eine halbe Stunde im Bad brauchte und dabei nicht mal das Wasser lief. Ihre Cremes waren von Clinique, zu einer leergebrauchten kamen täglich zwei neue Tuben hinzu. Ansonsten war Kafix schlichtweg was zum Heiraten.

Tofix, so stellte sich heraus, war ein miserabler Schachspieler. Er gab vor, gut verlieren zu können, und er konnte es wirklich. Tristan, das Vorspiel zum ersten Aufzug, gefiel ihm langsam. Er tat zumindest so. Andauernd war er mir sowas von sympathisch. Einmal lief ich kreuz und quer das Dorf ab, durch Davos-Dorf und Davos-Platz. Ich sah viel alte Menschen mit Skiern auf dem Rücken an geparkten Autos, Juwelieren und an Pubs vorbeigehen. Sie sahen grantig aus, weil alle sagenhafte Schönheit sie zwang, glücklich zu sein. Gegen Abend: Dann war es wieder so, daß der Himmel gut eine Stunde lang an der Dämmerung hing. Als hätte der Himmel still die Erde geküßt. Es ist doch immer dasselbe. Entspannung? Erholung?

Gesprächsausschnitt:

»Tofix, gibt' s an Fonduefleisch an Silvester?«

Tofix: »An Silvester? Oder was?«

»Ja? Guade Soßen dazu?«

Tofix: »Knoblauchsoßen?«

»Ja, was?«

Tofix: »Ja, logisch. Klar.«

Vielleicht klingt das nicht lustig – war's aber. Konnte kommen, was wollte. Wir hatten unsere Kunst, das Sprücheklopfen, perfektioniert.

An Silvester, es war gegen halb vier früh, lernte ich im Davoser Nachtclub »Chäshütta« das Pistenhaserl Conny kennen. Sie blies durch eine Trillerpfeife, und als ich Hallo sagen wollte, trötete sie einfach weiter.

Sie, die Conny genannte, fragte: »Schämst' die nütt?« Natürlich tat ich das! Es lief eine Technolied, dessen Refrain aus der Wortfolge »And up! And down! And up! And down!« bestand, und wenn es »And up!« hieß und sie mitsang, was sie aus voller Brust tat, dann deutete sie mit dem Daumen nach unten. So eine. Sie sah, im Ernst, kein bißchen gut aus. Aber das störte nicht. Ich dachte an die Schwindsüchtigen, die in Davos seit 1868 kuriert werden, und daß es blöd sein mußte, echt krank zu sein. Kafix und Tofix, meine lieben Freunde! Sie waren längst im Bett.

Alexander von Schönburg

IN BRUCKNERS REICH

Das wird eine Scheißwoche. Wenn die Nato nicht endlich anfängt, Jugoslawien zu bombardieren, gehen mir die Schlagzeilen aus. Seit Tagen schreibe ich für eine Boulevardzeitung in Berlin diesen Krieg herbei, weil Krieg Auflage macht, und wenn der Krieg nicht endlich anfängt, merken die Leser, daß die Nato uns und wir die Leser an der Nase herumführen.

Jeden Morgen versuche ich aus meinem iMac alle Info-Clips dieser Welt aufzusaugen. Was schreibt die New York Times und was die Moscow Times, was schreibt die Washington Post, was schreibt Matt Drudge und was der Daily Telegraph. Eine schreckliche Arbeit. Beruhigend zu sehen, daß die New York Times auch nicht unseriöser ist als wir, nur subtiler. Ich freue mich schon auf die Zeit, in der man Daten vom Internet einfach auf sein Gehirn herunterladen kann.

Heute müssen wir es wieder schaffen, vier Zeitungsseiten mit einem Krieg zu füllen, der noch gar nicht angefangen hat. Dabei lenken mich immer wieder völlig abstruse Meldungen ab, die über meinen Schreibtisch flattern. In Moabit, zum Beispiel, wird zur Zeit eine Räumungsklage gegen eine 78 Jahre alte Mieterin angestrengt, da aus deren Wohnung, jetzt wo es wärmer wird, Ungeziefer dringt. Offenbar hat sie ihre Wohnung so verwahrlosen lassen, daß sich die anderen Mieter in ihrer *Lebensqualität* beinträchtigt fühlen.

Oder diese Meldung: In Brandenburg, irgendwo östlich von Berlin, ist ein 47 Jahre alter Mann bei dem Versuch ums Leben gekommen, ein Stromkabel von der Hochspannungsleitung abzukappen. Ihm fehlte zuhause ein Kabel, er wollte es stehlen. Als ich das las, mußte ich laut lachen. Worauf meine Kollegen mich vorwurfsvoll anschauten und meinten, ich würde mich über die Armut der Menschen lustig machen.

Oder jene: Bei einem Störfall in einem Berliner Pharmakonzern ist eine Tonne stark dioxinhaltigen Staubs auf den Norden der Stadt niedergegangen. Erst drei Tage nach der Betriebsstörung wurde die Bevölkerung vor dem hochgiftigen Staub gewarnt.

Oder: Polizeitaucher suchen in einem Seitenkanal der Spree nach Kopf, Armen, Beinen und Hautlappen eines Menschen, nachdem der Torso bereits geborgen wurde. Der Mörder habe seinem Opfer alle Organe entnommen und die Haut abgezogen. Beim Torso auffällig: Gliedmaßen waren fachmännisch abgetrennt. Im Mülleimer am Kanal fand die Polizei einen blutigen Müllsack, vermutlich vom Mörder ordentlich entsorgt. Psychologe Dr. Andreas Herter (44, Hannover) schließt: *Ein akkurater Mann, Perfektionist, pedantisch.*

Und da soll man in Ruhe arbeiten. Die schönste Meldung aber stand vor ein paar Tagen im Tagesspiegel, einer Zeitung, die vor allem in gutbürgerlichen Wohngebieten gelesen wird, ordentlich gefaltet. Dort jedenfalls war zu lesen: *Knie nieder, wichs mir einen... Verpißt euch, ihr seid der letzte Dreck... Du rothaarige Mißgeburt... Ich ficke deinen scheißdeutschen Arsch... Du Bullenfotze, ich geb Dir meinen Schwanz zum Lutschen... Von Dir Arschloch laß ich mir doch nichts sagen, Du linke Fotze... Wenn Hitler noch leben würde, dann hätte ich Dich erschießen lassen...* Alles aktenkundig gewordene Fälle von Beamtenbeleidigung, als Beleg dafür, daß der Ton in Berlin ruppiger geworden ist.

Jedes Kulturvolk muß sich daran messen lassen, welche Phantasie es bei der Anwendung von Schimpfwörtern an den Tag legt. In angelsächsischen Ländern verunglimpft man Geschlechtsverkehr und Sexualorgane, was ein merkwürdiges kulturelles Defizit verrät. Die Deutschen sind anal- und fäkalfixiert. In Berlin entwickelt sich offenbar gerade ein Straßenjargon, der einer aufstrebenden Kulturmetropole zu Gesicht steht. Ja, Berlin scheint auf dem besten Weg, eines der kulturellen Zentren der Welt zu werden.

Davon zeugen auch drei große Opernhäuser, die berühmten Philharmoniker, eine handvoll weltweit renommierter Theaterbühnen, im Stadtkern die wohl größte Dichte an Museen weltweit und das abstrakte Muster, das jeden Morgen von Pennern in den Hauseingang des Neubaus in der Zossener Straße gekotzt wird, in dem ich ein helles Apartment bewohne. Der Bürgersteig, den ich morgens betrete, um zur Arbeit zu gehen, ist übersät mit Hundekot, auf der Straße begegne ich dem Stadtteilwahnsinnigen, einem von den Anwohnern liebevoll behandelter Penner, der in Bayern-München-Kluft sturzbetrunken durchs Viertel zieht und kurz in Kneipen hineinguckt und schreit: *Scheiß Hertha!*

An der Tür des Mietshauses, das ich bewohne, ist ein Schild befestigt, auf dem ist zu lesen: *Facharzt für Hämorrhidialmedizin.* Es boomt nicht nur die globale Marktwirtschaft, sondern auch eine Vielzahl von Zivilisationsbeschwerden wie Karies, das überfettete Herz, Krebs und Hämorrhiden, die sichtbarsten Symptome einer Zivilisation im Fin de siècle.

Da in meinem Haus neben dem Facharzt für Hämorrhidialleiden auch ein Nervenarzt und ein Arzt für Allgemeinmedizin praktizieren, begegne ich allmorgendlich fleischgewordenen Zivilisationsbeschwerden in meinem Aufzug. Aus der Praxis des Facharztes für Rektalmedizin trat neulich ein Mann in den Aufzug, offensichtlich der Arzt selbst, der noch die dünnen, weißen Gummihandschuhe trug. Mit dem Finger drückte er den Knopf zum Erdgeschoß. Jeden Morgen denke ich an diesen Mann, und während ich versuche, den EG-Knopf mit dem Ellenbogen zu drücken, stelle ich Spekulationen über die Motive an, die einen jungen Medizinstudenten dazu treiben, eines Tages auszurufen: *Ja, ich hab's! Ich werde Facharzt für Hämorrhidialmedizin!*

All dies erwähne ich, und jetzt kommt es, weil ich letztens erleben durfte, wie sich Hämorrhidialleiden anfühlen. Und diese Einsicht in das Leiden durfte ich gerade an dem Tag gewinnen, an dem ich einem festlichen Konzert in der Staatsoper unter den Linden beiwohnte. Auf dem Programm stand Bruckners Siebte Symphonie, auf der Tube, die ich in meiner Jacketttasche bei mir führte stand: *Zum Einbringen in den After.* Um das Einbringen zu erleichtern, war die Tube mit einem länglichen Schnabel ausgestattet. Das Mittel wirkte wohltuend anästhesierend.

Als ich in der Staatsoper ankam, war das Parkett schon gefüllt. Um meinen Platz in Reihe 7 Mitte einzunehmen, mußte ich an Konzertbesuchern vorbeidrängeln, die nur widerwillig aufstanden. Dem einen oder anderen stieg ich dabei auf den Fuß – einige beschwerten sich darüber, was ich jeweils mit einem höflichen *You're a cunt* quittierte, was sich gemurmelt wie *Verzeihung* anhört.

Das Orchester stimmte die Instrumente. Ich nahm gespannt meinen Platz ein. Für einen Moment glaubte ich, den Geruch von Zwiebelringen wahrzunehmen. Endlich schritt der Dirigent zum Pult. Tosender Applaus. Dann Stille. Der Dirigent hielt inne und atmete die Stille ein. Dann deutete er mit einem Taktstock, ganz zart, eine Bewegung an:

ALLEGRO MODERATO

Aus der Stille erhob sich ein leises Zittern. Brucknerscher Urnebel. Majestätisch trat das Leitmotiv hervor. Eine zuerst harmlose Harmonie steigerte sich zu einer rasenden Aufwärtsbewegung. Der Atem stockte mir, die Bläser setzten ein und attackierten einen direkt im Bauch.

Über diese Stelle hat ein berühmter Dirigent einmal gesagt, sie höre sich so an, als ob sich aus spiegelglatter Wasseroberfläche langsam der Rücken eines Ungeheuers erhebe. Ich schloß die Augen und lauschte. Doch da! Erst kaum wahrnehmbar, dann immer deutlicher: Die Wirkung der Salbe ließ nach! Die Partitur verschwomm in meinen Ohren.

Erst ahnte ich den Schmerz voraus – es war wie ein leichtes Jucken –, und dann spürte ich diesen warmen, stechenden Schmerz selbst, der das Hämorrhidialleiden kennzeichnet. Es war kein pochender Schmerz, wie man ihn von offenen Wunden kennt, und kein beißender Schmerz wie etwa bei Entzündungen, sondern ein dunkler, brauner, einer, der sich heimtückisch in der Flora des Afters ansiedelt, weil er genau weiß, daß dies ein Ort ist, an dem sich blutige und aufgequollene Adern wohlfühlen.

Die Streicher setzten zu einem melancholischen Part an, die meine Schmerzen erst lieblich umspielten und umgarnten. Die Töne tanzten um sie herum wie heidnische Stämme um ein Totem. Ich versuchte, mein Gewicht von einer Backe auf die andere zu verlagern, doch es half nichts. Die Wunde in meinem After loderte jetzt, sie fühlte sich so an, als seien alle meine schlechten Eigenschaften auf diesen Punkt konzentriert. Alle meine Fehler, die dunkle, unzufriedene Seite meines Selbst, pochten jetzt im Zentrum, im Vortex sozusagen, im Auge des Zyklons.

Mir traten Tränen in die Augen. Es waren Tränen des Schmerzes, die sich mit der Partitur gesteigert hatten.

ADAGIO: SEHR FEIERLICH UND SEHR LANGSAM

Oder waren es Schmerzen der Erkenntnis? Der Erkenntnis, daß ich mich schämen müßte, Bruckner dermaßen zu genießen? Der Erkenntnis, daß Bruckners Blut-und-Boden-Töne, daß die Notenblätter zu diesen Tönen eigentlich weggesperrt gehören wie andere Nazi-Kunst auch, in irgendwelchen tiefen Kellern in irgendwelchen Museen – im Zweifelsfall in München –, weil sie an niedere teutonische Gefühle appellieren?

Akzentuiert durch die pochende Wunde im After tat sich in mir eine schockierende Gefühlswelt auf. Ich empfand, ganz tief, die Abgründe hinter Bruckners Musik, ihre suggestive Gewalt. Dieses Adagio! Der Schmerz stach im After und schärfte meine Sinne. Auf einmal vermochte ich auf den Grund der Musik zu schauen und tief in die Herzen derer, die ihr huldigen.

Appellierte sie nicht an heidnisch-romantische Instinkte, die in jedem Deutschen schlummern und die immer dann zutage treten, wenn Umfragen gemacht werden wie: *Wie soll der Reichstag in Zukunft heißen? Befürworten Sie ein Wahlrecht für Ausländer? Soll man die Bundeswehr-Kasernen, die nach Rommel benannt sind, umbenennen? Ist es Ihnen scheißegal, wenn in der Wohnung neben Ihnen jemand verreckt? Tragen Sie Unterhosen von Schiesser? Schauen Sie RTL oder Pro Sieben?*

Linz, dachte ich in meinem schmerzverdrehten Gehirn. Linz, die Heimatstadt Bruckners. So eine Musik kann nur aus Linz kommen. Verfluchtes Linz. Lieblingsstadt Hitlers. Fotzentown. Dort gehen die Leute mit langen Ledermänteln und Schäferhunden an der Leine spazieren. Graue Scheißstadt, Industriestadt, FPÖ-Wähler, Kriegsdenkmäler. Nicht weit entfernt liegt der kleine, verträumte Ort Mauthausen. Dort befindet sich ein kleines, aber feines KZ, das von der örtlichen Bevölkerung liebevoll gepflegt wird. Das Örtchen Mauthausen ist wie Bruckner. Vorne katholisch, erhebend, dahinter der Abgrund, so tief, daß es einem übel wird.

Das Streichertremolo und der Schmerz in meinem After machten mich schwindlig. Durch meine zugekniffenen Augen nahm ich die Menschen neben mir nur noch schemenhaft wahr, und sie erschienen mir zunehmend fremd und feindlich.

SCHERZO: SEHR SCHNELL

Während des Scherzos kam mir eine weitere schmerzgetriebene Erkenntnis: Hatte Thomas Hobbes doch recht? In seinem Werk »Leviathan«, dessen erste Auflage im Jahr 1651 heftigste Reaktionen provozierte, legte Hobbes dar, daß der Urzustand des Menschen ein Zustand absoluter Feindschaft zueinander ist. Menschen, schrieb Hobbes, seien sich völlig fremd, sie seien in ihren Körpern wie in einer Hülle gefangen. Der Urzustand des Menschen sei die Grausamkeit. Regeln, Gesetze und Autorität seien nur enstanden, weil der Mensch müde wurde, sich mit allerlei Arglist voreinander zu schützen und sich gegenseitig aus Futterneid ständig umzubringen.

Ein Minimum an Verhaltensregeln, so Hobbes, sei der erste Schritt zur Zivilisation. In der Abwesenheit des Gesetzes verhielten sich die Menschen wie Monster. Wer einmal in eine Menschenmenge geraten ist, die in Panik gerät, weiß, was Hobbes hiermit meint. Und Hobbes erklärt auch – ante portas –, warum alle Kultur das Volk der Dichter und Denker nicht davon abgehalten hat, dem Faschismus zu verfallen: Wenn der Gesetzgeber es nicht nur erlaubt, sondern auch vorschreibt, gemein und grausam zu sein, wird sich der Mensch in aller Regel auch daran halten.

Der Faschismus fußt auf simplen Prinzipien: auf dem natürlichen Mißtrauen, auf den eingefleischten Ressentiments und auf der Denunzierungsbereitschaft der breiten Bevölkerung. Um ein guter Faschist zu werden, muß man nicht über sich hinauswachsen. Habgier und Ablehnung muß man nicht lernen.

Und: Die Berliner sind in dieser Hinsicht, aber eben nur in dieser, besser als ihr Ruf. In Berlin war der Nationalsozialismus kein Erfolg. Die enthusiastischsten Nazis waren eher die Süddeutschen, die Katholiken.

Plötzlich kam mir mein eigener Wehrdienst in den Sinn. Mir fiel ein, daß auch an Bord des Kriegsschiffes, auf dem ich meine Marine-Zeit geleistet hatte, die Matrosen aus dem Süden Deutschlands begabter und phantasievoller waren als ihre Kameraden aus dem protestantischen Norden, wenn es darum ging, andere zu quälen.

Fast ein ganzes Jahr hatte ich auf einer Fregatte mit 240 Mann Besatzung verbracht. Fern jeder Zivilisation, auf hoher See, sah ich die Rituale ausgetragen, die den Menschen in seinem innersten Wesen zeigen: Der Stärkere quält den Schwächeren. Es gibt Alpha-Tiere und Opferlämmer – Gruppendynamiken, denen sich niemand entzieht.

Zu den harmloseren Ritualen an Bord des Schiffes gehört die sogenannte *Kisten-Parade.* Kisten sind Neuankömmlinge an Bord. Begrüßt werden sie damit, daß sie eines Nachts von einer Horde Bordältester auf rüdeste Weise geweckt werden. Dann müssen sich die Kisten nackt ausziehen und in einer Reihe aufstellen. Mit einem stumpfen Seemannsmesser werden ihnen die Schamhaare rasiert. Oft führt das zu unschönen Verletzungen. Dann zieht der Seemann, der am längsten an Bord ist, seinen Seestiefel aus und füllt diesen mit dem Inhalt eines vollen Aschenbechers. Nun gießt er Bier und verschiedene hochprozentige Alkoholika dazu und zwingt jeden der Kisten reihum, ein paar kräftige Schlucke von dem Gebräu zu nehmen. Wenn man Pech hat, kommt einer der betrunkenen älteren Matrosen noch auf die Idee, in den Stiefel hineinzuscheißen. Da jeder der Neulinge sich nach einem Schluck aus dem Stiefel unweigerlich übergeben muß, wird das Gebräu von Kiste zu Kiste raffinierter, denn die jungen Männer werden natürlich gezwungen, sich in den Stiefel hinein zu übergeben, bevor sie ihn weiterreichen.

Niemand entzog sich dem Ritual. Die Kisten nicht und

auch die quälenden Matrosen nicht, denn beide wurden von der Gruppendynamik mitgerissen. Warum? Nachzulesen in Ortega y Gassets *Aufstand der Massen.* So ist das nun mal.

Das Konzert endete, bevor es mich vollends zum Wahnsinn treiben konnte. Schnell nach Hause, in die rettende Obhut meiner Hämorrhidialsalbe. An der Garderobe vorbei, zum Ausgang. Dort wurde bereits unsere Zeitung von morgen verkauft. *JETZT KOMMT DER GROSSE KRIEG!* schrie die Titelzeile. Der Verkäufer wurde die Zeitung schnell los. Die Schmerzen waren unerträglich.

Wie in einem Buñuel-Film müßte dieses Zeitalter eigentlich mit einem großen Knall explodieren. Alle tun nur ihre Pflicht. Die Sehnsucht nach der Apokalypse bei den Menschen, das spürt jeder, muß bedient werden. Die Auslöschung der Welt wäre immerhin eine probate Rache für die Schöpfung. Wir befinden uns im Wettlauf mit Gott, ihm mit seiner Apokalypse zuvorzukommen.

Ah, die Salbe. Wir zerstören, was wir lieben. *Each man kills the thing he loves. The coward does it with a kiss, the brave man with a sword.*

Andreas Neumeister

SATELITE

1

Länder nördlich des Nordpols
Länder südlich des Südpols

Als es noch weiße Flecken auf den Landkarten gab, die nicht bloß Gletscher anzeigten, gab es noch weiße Flecken auf den Landkarten, die unerforschte Territorien anzeigten. Die einzige Angst der Neuseeländer, sagen die Australier, ist es, einmal rechts unten von der Landkarte zu rutschen. Sei froh, sagen die Bewohner von Sydney, Teil des bewohnbaren Teils dieses Planeten zu sein. Sei froh, Teil des belebten Teils des Universums zu sein. (Der Planet, auf dem wir leben, hat vermutlich nicht sehr viele nahe Verwandte.)

Kurze Frage: Wer belegt zur Zeit Platz Zwei der nordkoreanischen Charts? Nette Asiaten sind oft netter als andere Leute, sagte ein Schwabe nach vierzig langen Jahren. Rotchina kocht rotchinesisch. Nationalchina kocht vorwiegend nationalchinesisch. Es gibt badische und unsymbadische, sagen die Badenser und kleben diese ihre Erkenntnis gut sichtbar auf ihre badischen Autos.

Abb.: Tristan de Cunha, die abgelegenste Siedlung der Welt.

2

Urlaub in Transkaukasien
Urlaub in der Transkei
Urlaub im Transvaal
Urlaub in Transnistrien

Ich kenne niemanden, der je vom Kaspischen Meer zurückgekommen wäre. Urlaub in der Retortenstadt Arsamas 16: Zentralrußland klingt nicht besonders zentral. Vor Jahren dachte ich bei dem Namen Türkenfeind stets an Rußland. Ich las ein Buch, das ein gewisser Herr Türkenfeind über die Türken geschrieben hatte. Es war eine Landesbeschreibung aus christlich-abendländischer Sicht, die dem Namen ihres Verfassers alle Ehre machte. Ich las weiter und dachte: Hieße doch auch jeder Russenfeind ganz einfach Russenfeind, jeder Diskohasser ganz einfach Diskohasser und so weiter und so fort. Auch manche Stellen draußen im Dachauer Moos erinnern mich an Rußland, wo ich leider noch nie war. Manche Augenblicke erinnern mich an Zeiten, die ich nie erlebt habe.

3

Auf dem Umweg über Dörfer erste Städte gegründet. Immer wieder die Namen gewechselt. Immer wieder die Kontinente gewechselt. Auf dem Umweg über die Alpen und Kleinasien Mitteleuropa besiedelt. Gesellschaftsvertrag. Über alle Sprachgrenzen hinweg Krieger geblieben. Durch zahllose Kriege hindurch immer angriffslustiger geworden. Immer wieder auf den Hund gekommen. Entdeckungen gemacht und Hürden übersprungen. Dabei immer wieder in den Regen geraten. Vom Regen in die Traufe gekommen. Von der Traufe in die Kloake gestürzt. Auf dem Umweg über die Geschichte immer wieder in die Geschichtslosigkeit zurückgefallen. Immer wieder die Kleider gewechselt und dazu ein Bad genommen. Wieder mal die Zeche geprellt. Auf dem Umweg über den Abgrund wieder festen Boden unter die Füße bekommen. Immer größere Ansiedlungen gebaut, Staaten gegründet. Kriege geführt. Meere überwunden und aus fernen Kontinenten vielversprechende Früchte mitgebracht. Sklaven verschifft und weiterverkauft. Städte befestigt und Burgen geschleift. Neue Waffen erfunden und Kirchen erbaut. Körner gesät und Getreide geerntet. Kriegsdienst. Mit Salz gehandelt, Blut vergossen. Neue Berufe erfunden. Einübung von Regeln. Einübung von Regelübertretungen. Beutezüge. Siege gefeiert. Fabriken gebaut. Münzen geprägt und Geld entwertet. Auf dem Umweg über den Herbst in den Winter geraten. Die Kriegsführung revolutioniert. Revolutionen mit Symphonien gefeiert. Tunnels gegraben und Brücken geschlagen. Türme gebaut und Antennen errichtet. Gelegenheiten verschlafen, Gras darüber gesät

über den Sinn des Bergsteigens ist wenig bekannt.

4

Leute die man aus dem Fernsehen kennt
Leute die man nicht aus dem Fernsehen kennt
Leute die man gar nicht kennt
Bekannte von Bekannten und andere Unbekannte

World of Music, World of Sex. Where do you want to go today? Was treibt die Menschen von der Straße zurück vor den Bildschirm? Zwischenlanden in Springfield, einmal tanken in Springfield. Immer sind wir rechtzeitig am Flughafen gewesen. Nie sind wir früher als notwendig am Flughafen gewesen. Immer sind wir im letztmöglichen Augenblick am Flughafen angekommen. Mit Legion Condor nach Madrid. Irgendwie kamen wir uns blöde vor, beim Escorial nach Francos Tal der Gefallenen zu fragen. Irgendwie kamen wir uns blöde vor, in Como nach dem Casa del Fascio zu fragen. Irgendwie kamen wir uns blöde vor, in Rom nach Mussolinis Villa im Torlonia-Park zu fragen.

Musik für Häfen
Musik für Flughäfen

Abb.: Günter Netzer mit Freundin Hannelore Girrulat und Ferrari 1975 in Madrid.

Jedes Musikvideo muß eine kleine, runde Geschichte erzählen. (Wenn Fernsehn die Dinge ändern würde, sagt Balda, wäre es längst schon verboten.) Stets kreisen fremde Gedanken und Weltbilder, getarnt als eigene Gedanken und Weltbilder, um eine imaginäre Achse. Csillas Verwandte hatten auf verschiedenen Kassetten alle möglichen internationalen Hits mitgebracht. Irgendwer hatte tatsächlich Chaka

Demus and Pliars nach Feldioara mitgebracht. Transsylvanian Charts. Andere Länder, ähnliche Charts.

Als dienstreisender Fotoberichterstatter reise ich von A nach B. Was aber ist eine Reise? Von der Ampel zum Bahnhof sind es knappe fünfzig Meter. Musik für Tankstellen. Musik für Raststätten. Was aber treibt die Menschen hinaus auf die Straße? Ankunft in Twin Peaks. Dreimal tanken in Twin Peaks. Aus Bildern von vermeintlich tatsächlichen und tatsächlich vermeintlichen Reisen entsteht in einer Endlosbewegung des Reisenden Weltbild. Ganze Zellkulturen machen Dienst nach Vorschrift und erzielen doch kein scharfes Bild.

Wegen was geht man plötzlich in ein anderes Land? (Über den Sinn des Reisens ist wenig bekannt.)

Entfernung ist relativ. Entfernungen hat immer der Fuchs gemessen. Landkarten verniedlichen die wahren Größenverhältnisse grundsätzlich. (Alle Stadtpläne sind gleich groß. Das gilt auch für Mexico City, welches deutlich größer ist als die Hauptstadt Spaniens. In Mexico City vom Zocalo nach Satelite zu gehen, kann weiter werden, als die gleichen zwölf Stadtplan-Zentimeter in Madrid zurückzulegen.) Von mir aus könnten Karten noch genauer sein. Bürgersteige mit und ohne Bordstein. Wann fängt die Jugend an? Auf Landkarten verreist, mit dem Atlas früh schon gut vertraut, den Äquator erstmals 1964 überquert. Ozeane durchschwommen. Zerwühlte Betten haben wir immer auch als Gebirge gesehen. Schaumschwaden auf dem Badewasser immer auch als Inselgruppen. (Alles eine Frage der Konzentration.)

Die Welt in der wir leben: Stets kreisen die eigenen Gedanken und Weltbilder als fremde Gedanken und Weltbilder um einen roten Faden im Kreuz. Die Bilder müssen scharf sein, die Wahrheit nur plausibel. (Als ob ich irgend etwas für wahr halten könnte, was mir nicht auch plausibel erscheint. Als ob man sich selbst über den Weg trauen würde.) Zeitmaschinen, Geschichtskompressoren. Die eigene Bildwelt formt sich in einer spiralförmigen Drehbewegung aus allen verfügbaren Weltbildern zum eigenen Weltbild. Schwindel stellt sich ein, auch Selbsttäuschung kommt vor. Täuschungsmanöver von außen gilt es zu parieren. Hochleistungsprozessoren leisten unentgeltlich Überstunden. The cable, the network, the news. Gestochen scharfe Bilder aus der Kanzel eines Apache-Kampfhubschraubers, Einstellungen von einer Kamera im Kopf einer Tomahawk-Rakete: den Indianern ist einfach jedes Mittel recht!

Abb.: Franz Gsellmanns Weltmaschine

5

17000 Platten von 800 Labeln und ich war trotzdem noch enttäuscht. Von mir aus könnte die Welt noch größer sein. Aus Angst, ich hätte die Weite Rußlands überschätzt, war ich noch nie östlich von Moldawien. (Einmal war ich in der einstigen Sowjetrepublik Moldawien, aber ich war nie in Rußland selbst.) Am Ende würde ich Wladiwostok erreichen und müßte feststellen der Torso des weltmächtigen Sowjetreiches ist viel kleiner, als ich immer dachte. (Noch nie habe ich jemanden kennengelernt, der zum Kaspischen Meer aufgebrochen ist.) Am Ende, fürchte ich, geriete mein vertrautes Weltbild ins Wanken. Von mir aus könnte das Universum ruhig unendlich sein. Bin ich froh, daß ich nicht zur Zeit der Scheibentheorie lebte! Von mir aus bräuchte die Welt nicht untergehn. Nach der Scheibentheorie ist die Welt eine Scheibe. Nach der Diskotheorie wurde die Welt durch *Chic* erst erschaffen.

6

Kurze Frage: Welcher Ort hat den kürzesten Namen in Europa? Kurze Antwort: Das französische Dorf Y hat den kürzesten Namen in Europa. Es liegt zwischen Paris und Lyon. Sei froh, wenn das Münzchaos in England endlich ein Ende hat. Sei froh, wenn die lästige Lira endlich abgeschafft wird. Sei froh, wenn die blöden Fünfmarkstücke endlich eingezogen und eingeschmolzen werden. Der Kontinent auf dem wir leben: Die Sinn-Stiftung ist sowas von pleite gegangen. Wenn Autofahren die Dinge ändern würde, sagt Balda, wäre es längst schon verboten. Musik für Schnellstraßen, Musik für Autobahnen. Lebhafter Verkehr auf den Fernstraßen in Europa klingt gut.

Auf Stadtplänen sind alle Städte gleich groß. Das gilt auch für Madrid, welches deutlich größer als Berlin ist. In Madrid vom Retiro zum Bahnhof Alcala zu gehen, kann weiter werden als die zwei Stadtplan-Zentimenter in der Spreestadt zurückzulegen.

Die Europa ist ein Stier. Europa ist auch so ein schönes Wort mit einer überwiegend häßlichen Geschichte. Europa als linke Hälfte eines Doppelkontinents. Europa als westlicher Ausläufer von Asien. Das europäische Ganze verursachte eine Unwucht der Weltkugel, zu wenig Landmasse durch zu viele Grenzen und Gräben unterteilt. Direct flights to Paris and other German cities. Japanern, die Europareisen buchen, werden jetzt schon die einzelnen Länder allenfalls als Landschaften vorgestellt. Wie viele Stockwerke hat das Europäische Haus? Ist die neue Weltordnung eine Art Hausordnung? Schon ist Europa zum Haus geschrumpft, dann müßte die Welt ein Weiler sein. Wie viele Häuser hat das böhmische

Dorf? Wie viele Tische hat die polnische Wirtschaft? Ententeiche inmitten dieser Dörfer nordöstlich vom Balaton. Und das gegen Ende des zweiten Jahrtausends!

7

Frank sagt: Ist das der Eingang den der Architekt benützt...
Frank sagt:... oder benützt er die Hintertür?
Frank sagt: Zeigt sich das Arsch in der Öffentlichkeit?

Durch keine geographischen Raum Europas zogen sich je so viele Grenzen wie durch Krautland, in keiner Gegend sonst wechselte so oft die Bevölkerung, das wird es sein, was einen von dort in alle Richtungen gleichzeitig zerrt.

Als man uns fragte, wo die Magdeburger Börde liegt, sagte ich, vielleicht liegt sie oben an der Ostsee. Auf diesen Gedanken war ich wegen der klanglichen Ähnlichkeit zur Kieler Förde gekommen. Wo Magdeburg liegt, das war damals natürlich vollkommen uninteressant. Dabei habe ich Erdkunde immer sehr gern gemocht, dabei habe ich immer so gern in der Seydlitz-Erdkunde geblättert. Dabei habe ich immer so gern den Bertelsmann-Hausatlas angeschaut, um mir einige der darin schwarzweiß abgebildeten Länder später auch in echt anzusehen. Das Land in dem wir leben: Während die TWA in Übersee für direct flights to Berlin and other bavarian cities wirbt, gebe ich offen zu, jahrelang Leipzig mit b geschrieben zu haben. Leipzig wird schon von Leib kommen, so lag es mir auf den Lippen.

Balda will Architektin werden. Balda und Ina müssen Architektinnen werden. Das halbe Land muß abgerissen und neu aufgebaut werden. Das halbe Land muß plattgemacht und neu hochgezogen werden. Die meisten Innenstädte und sämtliche Vororte müssen wegen unglaublicher Häßlichkeit abgerissen und neu aufgebaut werden. Ina muß Statik lernen. Der ganze Staatsapparat, sagt Balda, muß kurzgeschlossen und ausgeschaltet werden. Radikale Ästhetik, behauptet Balda, sei noch immer die beste Bombe gewesen. (Balda behauptet, sie arbeite für ein sogenanntes Ministerium zur Abschaffung aller Ministerien.)

8

Nie hätte ich gedacht, daß Spaten Löwenbräu aufkaufen könnte. Immer hatte ich gedacht, daß Löwenbräu eines Tages Spaten aufkaufen würde. Die Stadt in der wir leben: Jederzeit hätte ich darauf gewettet, daß Löwenbräu alle anderen Brauereien Mjuniks aufkaufen würde. Alles hätte ich darauf verwettet, daß Löwenbräu eines Tages die ganze Stadt aufkaufen würde. Um so größer die Überraschung, daß ausgerechnet Löwenbräu eines Tages ausgerechnet von Spaten aufgekauft werden sollte.

Nie wieder war Mjunik so modern wie vor knapp 30 Jahren. Bryan Ferry im Tiffany. Bryan Ferry im Blow Up: Nie wieder war Mjunik so mondän wie am Anfang der siebziger Jahre. Mjunik hatte der Olympiade fast alles zu verdanken. Mjunik als Inbegriff der Siebziger. Kaum waren die Sportler abgezogen, wollten zahllose Popstars ihre Platten in Mjunik aufnehmen. Die bekanntesten Bands kamen auf ihren Tourneen nach Mjunik. Supergruppen in der Olympischen Halle. Gewaltige Sattelschlepper mit gelben, britischen Kennzeichen vor der neuerbauten Olympischen Halle. U-Bahn, S-Bahn, alles neu. Seit der Olympiade stehen der Bevölkerung mit dem neuen Karlsplatz mehrere Verkehrs- und Kommunikationsebenen zur Verfügung. Aufstieg in die oberirdischen Kaufhäuser ist möglich und erwünscht. Sie sind fensterlos, aber auf dem Dach ist ein Café. In geschlossener Baugrube, beim Umbau des Platzes, ist ein mittelalterlicher Fluchttunnel entdeckt worden. Schon zu Salzstraßenzeiten hatte es mehrere Bewegungsebenen gegeben. Immer hat es mehr als eine Handlungsebene gegeben, und immer wieder hat es mehr als eine Verständnisebene gegeben. U-Bahn, S-Bahn, Autos, Tram. Der neue Karlsplatz ist ein Segen für die Bewohner von Mjunik.

Kurze Frage: Warum spielt die Lindenstraße in Mjunik und nicht in Köln, wo sie gedreht wird?

Auf die Olympiade folgte die Blumenolympiade. Die auch Blumenolympiade genannte Internationale Gartenausstellung ist nicht nur ein botanisches Ereignis von übernationaler Bedeutung gewesen. Die Internationale Gartenausstellung in Mjunik ist darüber hinaus auch ein kulturelles Ereignis von übernationaler Bedeutung gewesen. Es hat dort auch musikalische Darbietungen gegeben. In den verschiedenen Länderforen hat es folkloristische Darbietungen mit musikalischen Einlagen gegeben. In jedem Länderforum hat es zur landestypischen Bepflanzung passende folkloristische Darbietungen mit landestypischer musikalischer Untermalung gegeben.

Entfernungen sind relativ. Der Stadt östlichster Punkt muß nicht unbedingt nördlicher liegen als ihr westlichster. Auf Stadtplänen sind alle Städte gleich groß. Das gilt auch für Berlin, welches deutlich größer als Mjunik ist. In Berlin vom Askanischen Platz zum Kleistpark zu gehen, kann weiter werden, als die gleichen zehn Stadtplan-Zentimeter in der Landeshauptstadt zurückzulegen. Mjunik als homebase rules ok. Mjunik als Weltstadt, das geht meinetwegen klar. Natürlich ist Mjunik keine Mondstadt. Mjunik hat anscheinend einen Komplex, fälschlicherweise für eine Mondstadt gehalten zu werden, eine Venusstadt oder eine Marsstadt. Nur so jedenfalls läßt sich erklären, warum seine Vertreter stets so verzweifelt beteuern, daß es eine Weltstadt sei. Von mir aus könnte Mjunik größer sein. Von mir aus könnte Mjunik ewig weiterwachsen. (Von mir aus ist es nicht weit über eine Treppe bis hinaus auf die Straße.) I'm coming from a nice lake district in Upper Bavaria. Ich komme aus einer Moränenlandschaft nördlich der Alpen. Von mir aus ist sie jetzt ganz weit weg. Von mir aus könnte sie noch weiter weg sein.

Ganz weit weg ist relativ weit weg. Es kommt immer auf die Relation an. Entfernung ist ein dehnbarer Begriff. Nach der Scheibentheorie hört hinter Garmisch die Welt auf, dabei geht es hinter Garmisch erst richtig los

noch nie kam mir das Wort Mjunik so kurz vor wie heute.

Annie Phrommayon

AUS DER WÜSTE

Als ich klein war, fuhren wir oft nach Las Vegas. Es war einer der ersten Orte, an den mich meine Eltern mitnahmen, nachdem wir mit einem Nachtflug aus Bangkok amerikanischen Boden berührt hatten. Na ja, natürlich sind wir auch woanders hingefahren, nach Washington D. C. und zum Grand Canyon und solche Sachen. Mom hatte eine Checkliste mit diversen Sehenswürdigkeiten, wo sie hinwollte, aber sie sagte nie: Laß uns bitte noch mal nach Washington D. C. fahren. Das Lincoln Memorial war ihr einfach nicht glamourös genug.

Meine Eltern und ich sind Thais. Wir sind alle in Thailand aufgewachsen, und meine Eltern staunten nicht schlecht über amerikanisches Essen, Musik, Kleidung und Kino, als das alles nach Thailand kam. Meine Mom liebte die Filme mit dem jungen, sexy Elvis. Damals, so erzählte sie mir, standen die Leute in Bangkok Schlange um den Block beim Kinostart von *Jailhouse Rock.* Mom stellte sich stundenlang an, um Elvis zu sehen. Sie fand ihn ganz wunderbar.

Meine Mom wußte nichts über die amerikanische Geschichte, es sei denn, es hatte etwas mit Popkultur zu tun. Es war ihr ziemlich egal, daß Lincoln die Sklaven befreit hatte und all das, aber die Serie *Roots* hat sie sich natürlich angeschaut. Sie konnte einem auch alles über den Film *Viva Las Vegas* mit Elvis erzählen. Und weil Las Vegas auf der Leinwand eben so wahnsinnig gut aussah, wollte sie immer, daß wir hinfahren.

Damals, Ende der Siebziger, hatten es sich meine Eltern in den Kopf gesetzt, daß wir nur im *Stardust Hotel* oder im *Fla-*

mingo wohnen könnten. Mom malte es sich aus und fand es todschick, daß dort die Showgirls mit ihrem riesigen Federkopf für zehn Dollar oben ohne auftraten, Steakdinner inklusive.

Bei meiner ersten Fahrt nach Las Vegas war ich noch ziemlich klein; mein Bruder war noch ein Baby. Meine Eltern sind quer durch die Wüste gefahren. Mein Dad trug sein Lieblings-Polyesterhemd mit dem Wetterballon-Motiv und kastanienbraune, enge Hosen und Mom ihren fuchsiaroten Hosenanzug. Kurz vor der Fahrt hatte sich Dad einen zweifarbigen, babyblauen 1977er Ford Limited mit Veloursitzen gekauft und elektrischen Fensterhebern. Es war richtig harte Scheiße.

So fuhren wir also mit dröhnende Klimaanlage durch die Wüste und verbrannten dabei richtig viel Benzin – der Ford Limited war, glaube ich, das Auto, das in den späten Siebzigern am meisten Benzin schluckte, am allermeisten.

Als wir endlich ankamen, war das *Stardust Hotel* natürlich ausgebucht, sogar an einem Mittwoch abend. Dad war schwer geknickt. Wir fuhren ein paarmal den Strip auf und ab, wußten nicht recht, wo wir übernachten sollten, und hielten schließlich auf dem Parkplatz eines billigen Motels in der Nähe des *Stardust*. Dad sagte, so seien wir dem *Stardust* wenigstens nahe und für eine Nacht täte es doch jede Unterkunft. Das Zimmer war klein, und als Dad ein 10-Cent-Stück in den Schlitz im Bettkasten warf, vibrierte es wie diese bonbonfarbenen mechanischen Pferdchen, die immer vor Woolworth stehen. Mein kleiner Bruder Christopher war hin und weg.

Meine Mom bekam auf einmal einen Paranoia-Anfall, daß wir Kinder uns von den Möbeln eine schreckliche ansteckende Krankheit holen könnten. Wir mußten uns also in eine Ecke stellen, Mom zog ihre orangefarbenen Rubbermaid-Gummihandschuhe an und fing an, die Toilette, das Badezimmer und die Fußböden zu schrubben. Dad lief zum

Wagen, holte uns Decken, Laken und Kopfkissen, und beide untersagten meinem kleinen Bruder und mir, irgend etwas in dem Motelzimmer anzufassen. Wir mußten alle unsere Sachen aufs Bett legen, zum Schutz vor schmierigen Motelzimmer-Bakterien.

Dann wurden wir Kinder gebadet, Mom und Dad gingen aus, und ich sah mir meine Lieblingssendung *Drei Engel für Charlie* an, mit dem neuen Engel Cheryl Ladd. Mein Bruder schlief ein, noch bevor der Vorspann zu Ende war.

Am nächsten Morgen gingen wir zu einem *All-you-can-eat*-Frühstücksbuffet in der Nähe, und Dad kaufte mir einen Aschenbecher in Form eines Rouletterads. Mein Bruder bekam ein Samtsäckchen, mit goldgesprayten Steinen darin, die wie echte Nuggets aussahen. Und dann fuhren wir die sieben Stunden wieder zurück nach San Diego. Das ist meine erste Erinnerung an Vegas.

Später folgte eine ganze Reihe von weiteren Ausflügen dorthin, immer mit anderen Mitgliedern unserer großen Familie. Es gab eine dickliche Tante, die schon mehrmals verheiratet gewesen war und beim Spielen in den Casinos immer eine tiefausgeschnittene, paillettenbesetzte Seidenbluse trug, weil sie ihr angeblich Glück brachte. Die Bluse sah ungefähr so aus wie ein zu kurz geratener Kaftan; wenn sie die Arme ausstreckte, bildeten die Ärmel von dem Ding einen großen, glitzernden Schmetterling. Sie sagte immer, Las Vegas sei schon ok, aber kein Vergleich zu Atlantic City. Das dortige *Caesar's Palace* würde ihr nämlich immer ein Gratis-Upgrade zu einer Suite geben, wenn sie dort auftauchte. Sie war meine liebste Verwandte, und ich war gerne um sie herum, weil sie so super fluchen konnte.

Ein andermal nahmen wir einen meiner Onkels mit. Er versuchte ständig, seine Frau loszuwerden, damit er an der Bar mit den blonden Bedienungen flirten konnte. Für uns Thais waren Blondinen wahnsinnig exotisch, und der Onkel war wie hypnotisiert, egal, wie billig sie aussahen oder wie offensichtlich die blonde Färbung war – selbst, wenn man bei den Ladies den dunklen Haaransatz zwei Finger breit sehen konnte. Seine Frau machte ihn jedesmal komplett fertig; wenn sie ihn dabei erwischte, gab es ein Riesengeschrei, schreckliche Szenen, und dann gab sie ihm noch eine Ohrfeige, vor allen Leuten. Der Rest der Familie konzentrierte sich auf einen Punkt an der Decke oder starrte auf den Teppich. Es war für mich eigentlich grauenvoll, daß alle immer so taten, als sei gar nichts.

Neulich fuhren wir wieder nach Las Vegas, es war mein siebter Besuch. Seit ich von zu Hause ausgezogen bin, um auf die Universität zu gehen, sehe ich meine Eltern nur einmal im Jahr für ein paar Wochen, und so war es irgendwie wichtig, sich aufzuraffen und mal wieder etwas mit ihnen zu unternehmen.

Jetzt sind sie Mitte Fünfzig, meine Eltern, und sie leben ihren kalifornischen Vorstadt-Traum. Meine Mom geht dreimal die Woche zum Aerobic, sie ist wahnsinnig fit. Sie und ihre Freundinnen haben alle Schönheitsoperationen hinter sich und fänden es auch in Ordnung, wenn ich mir in meinem Alter zum Beispiel schon Fett absaugen lassen oder meine Nase korrigieren würde. Das ist für sie ganz normal. Ist doch nichts dabei, sagt Mom, wenn man so gut wie möglich aussehen will und wenn man es sich leisten kann, warum nicht? Mom und Dad essen fettarm und ballaststoffreich, und während des Abendessens diskutieren sie über den Cholesteringehalt in Nahrungsmitteln und über ihren Bluthochdruck.

Meine Eltern wohnen in einem großen, zweistöckigen Haus im pseudospanischen Stil, mit Dreifachgarage, drei Bädern und einem Kamin, den sie nie benutzen, weil es in San Diego eigentlich immer heiß ist. Alles im Haus ist aufeinander abgestimmt, und es gibt verschiedene Themenbereiche: das Bären-Motiv in der Gästetoilette, Gänse in der

Küche, und im Wohnzimmer, das im Southwestern-Stil gehalten ist, dominieren Pfirsich und Cremetöne. An der Wand über der cremefarbenen Couchgarnitur von Nordstrom hängt ein überdimensionales Gemälde mit einem Seerosenteich, auf dem die Blüten aussehen wie riesige Schamlippen. Die Innenarchitektin hatte Mom und Dad beim Einrichten zwischen dem Seerosenbild und einem noch größeren Gemälde wählen lassen – sie haben sich dann für die Georgia-O'Keefe-Pastiche entschieden.

Dad hatte den diesjährigen Vegas-Aufenthalt lange im voraus geplant. Er hatte uns allen eine Suite im *Circus Circus* gebucht. Im *Circus Circus* wohnten wir eigentlich jedes Jahr, da das *Stardust* und das *Flamingo* ja jetzt nicht mehr in Frage kam, jetzt, wo es Kinder gab, die versorgt und beschäftigt werden wollten. Das *Circus Circus* war für die Phrommayon-Kinder eigentlich immer ideal gewesen, da das Hotel im Obergeschoß Trapeznummern, Zauberer und Spiele anbot, zum Beispiel konnte man Milchkartons mit einem Baseball umwerfen und ein billiges Kuscheltier gewinnen. Meine Eltern ließen meinen Bruder und mich mit einem Plastikeimer voller 25-Cent-Stücke und einem 10-Dollar-Schein für Notfälle im Obergeschoß des *Circus Circus* und gingen dann die Straße hinüber, ins *Riviera*, zur *Nudes on ice-Show*.

Die Strecke nach Vegas ist eigentlich nur endlose Sandwüste und Kakteen, und wenn die Stadt Barstow auftaucht, dann hat man die Hälfte geschafft. Früher bestand Barstow nur aus ein paar Tankstellen und Ständen, an denen Indianer billigen Lapislazuli- und Türkisschmuck verkauften, und einem großen McDonalds. Heute steht da eine riesengroße Lagerhalle von Donna Karan, Lacoste und Samsonite, mit einem Verkaufsteil. Barstow ist ziemlich trostlos, aber wenigstens haben die Leute, die dort wohnen, die Gelegenheit, sich für ein Drittel des Ladenpreises modisch einzukleiden.

Wir hielten immer in Barstow. Manchmal quengelte Christopher nach einem Happy-Meal, und manchmal wollte Mom auch nur für Dad einen neuen Satz verbilligter weißer Lacoste-Polohemden kaufen, verbilligt, weil das Krokodil in Mexiko von Näherinnen in Sweatshops draufgenäht wurde.

Okay, diesmal war es also das siebte Mal, daß ich mit nach Las Vegas kam. Dad hatte extra den Chevrolet Suburban gewaschen und heißgewachst. Mein Onkel Ther fuhr auch mit, er hatte seine vierte Frau mitgebracht, und beide waren noch nie in den USA gewesen. Sie hieß May, und die beiden stritten sich die ganze Zeit um absolut nichts. Sie kläffte ihn an wie einer von diesen grauenvollen Pudeln mit Schleifchen im Haar, und er bellte zurück. So ging das ständig hin und her.

Jeder für sich war eigentlich ganz in Ordnung. Onkel Ther war ein bißchen eine Witzfigur mit seiner schlampigen Kleidung, seinem Bierbauch und seinen traurigen Augen. Er war bereits beim zweiten Bier, obwohl es erst acht Uhr morgens war. Tante May war, glaube ich, müde, deshalb schrie sie nicht, sondern warf ihm nur giftige Blicke zu. Was hätte diese Frau auch anderes tun können, außer ihn gleich zu verlassen? Sie war unglücklich, sie konnte Onkel Ther nicht leiden, aber sie hatte sich auch irgendwie damit abgefunden.

Tas packte derweil im Haus Proviant ein und füllte eine große Coleman-Kühltasche mit Getränkedosen. Tas ist die beste Freundin meiner Mom. Sie gehen zusammen Shopping, sehen sich zusammen Filme an wie *My Best Friend's Wedding* und lästern über andere Thais aus ihrem Bekanntenkreis. Irgendwer, so scheint es, hat immer gerade eine Affäre.

Jerry versuchte gerade, es sich im Chevrolet Suburban gemütlich zu machen. Er und Tas haben sich in Thailand kennengelernt, als er bei den US-Marines war. Mehr weiß ich eigentlich nicht, ich meine, wie die beiden sich genau kennengelernt haben. Ich weiß aber, daß Tas damals ziemlich süß war, und er hat sehr gut ausgesehen, auf eine männliche Art. Während des Vietnamkrieges ist Jerry oft mit dem Fallschirm aus Flugzeugen abgesprungen, deshalb sind seine Beine und sein Rücken jetzt etwas hin. Er war sogar eine Art Held, weil er ein halbes Dutzend Orden und Medaillen bei sich herumliegen hat. Ich weiß nicht, ob es mit dem Krieg, den Medikamenten oder sonst was zu tun hat, aber Jerry ist meistens nicht ganz richtig im Kopf.

Er kann immer endlos lang irgendwelchen Schrott erzählen: daß die Tomaten 1978 viel billiger waren als heute, und wir Kinder hören gar nicht zu, weil wir wissen, daß wir unter einer Viertelstunde nicht davonkommen, mindestens. Und so saß er auf seinem beigefarbenen Lazy Boy Recliner aus Cord und brabbelte irgendwelche Sachen, und unsere Blicke begannen, im Zimmer umherzuschweifen, irgendwann kehrten wir zu ihm zurück, und da bemerkten wir, daß Jerry wieder mal vergessen hatte, Unterhosen anzuziehen, und daß sein linker Hodensack aus den weiten, roten Shorts heraushing. Wir wollten schon anfangen, uns totzulachen, oder uns wenigstens wegdrehen, aber wir mußten ja sitzenbleiben, weil wir gut erzogen waren. Es wäre nicht höflich gewesen. Erst als Jerry mit seinen Geschichten über Benzinpreise fertig war, konnten wir auf die Toilette gehen oder irgendeine Entschuldigung murmeln, damit wir seinen Hodensack nicht länger anschauen mußten.

Steve war im Bad und durchsuchte den Arzneischrank nach Dramamine und was er sonst noch so finden konnte. Er hatte das furchtbare Gefühl, sich auf der Fahrt nach Las Vegas übergeben zu müssen. Steve ist mein Freund. Ich lebe mit ihm seit vier Jahren in Bangkok zusammen. Eines Abends sind wir einfach zusammen nach Hause gegangen, ich hatte Ecstasy genommen, und er war sehr betrunken. Zwei Monate später, wir wohnten schon zusammen, wurde er komisch, wenn ich Ecstasy nehmen wollte. Er sagte, ich würde mich damit immer zu sehr wegschmeißen. Dabei war er eigentlich selbst ein Wrack, als ich ihn kennenlernte. Er trug immer eine Flasche Evian mit sich herum und eine Spucktüte aus Plastik in der Hosentasche, für Notfälle. Wir konnten in kein neues Restaurant gehen, ohne daß er sich einen Tag vorher die Fluchtwege und die Lage der Toiletten eingeprägt hatte.

Das hieß natürlich, daß wir eigentlich nie in ein neues Kino konnten, Einkaufszentrum oder Lokal. Außerdem hatte er diese starke Aversion gegen helles Licht. Und wenn er nicht ziemlich betrunken war, war es für ihn eine Tortur, neue Menschen kennenzulernen: Er bekam Schweißausbrüche und Atemnot. Die Ärzte, zu denen ich ihn mitnahm, konnten nichts Physisches feststellen, und wenn er sich nicht gerade übergab, sah er ja auch ganz normal aus.

Als Steve und ich meine Familie in Kalifornien besuchten, machte meine Mom eine Riesenveranstaltung um ihn, sie flatterte aufgeregt um ihn herum und kochte aufwendige Thai-Gerichte mit geklopftem Fisch und importierten Bananenblättern. Sie versuchte ihn mit seinem bißchen Thailändisch in eine Konversation zu verwickeln, es ihm so angenehm wie möglich zu machen.

Steve war Engländer, er kam aus Sunbury, einer kleinen Stadt an der Themse. Es ist noch nicht mal auf der Landkarte, so klein ist es. Und es gibt dort natürlich keine Asiaten, bis auf eine Familie, die das Schlitzi-Chinarestaurant betreibt, das *Yum Yum Tree* heißt. Als Kind kannte Steve keinen einzigen Menschen mit Schlitzaugen. Ich war einmal in Sunbury, um seine Eltern zu besuchen, und es war wirklich asiatenfrei. Alle dort waren richtige Engländer, bleich wie Klebstoff im Gesicht. Aber Sunbury ist wirklich nett. Culture Club haben dort ihr Video für *Karma Chameleon* gedreht, und einer von Pink Floyd und Cliff Richard haben ihre Häuser dort.

Jedenfalls dauerte es eine Ewigkeit, bis alle alles zusammenhatten und endlich im Chevrolet saßen. Alle hatten viel zuviel eingepackt für ein Wochenende. Mom hatte sich extra ein Glitzerkleid gekauft, für den Fall, daß jemand auftrat, den sie mochte, wie zum Beispiel Kenny Rogers. Jerry hatte drei Paar Jogginghosen dabei, drei T-Shirts und natürlich seine Unterhosen vergessen. Das weiß ich, weil Tas sein Zeug durchging und rief: »Jerry, Darling, wo sind deine Unterhosen? Ich sehe hier keine Unterhosen!«

Tante May und Onkel Ther vertrugen sich, und alle waren bester Laune. Dad hatte sich extra ein paar Kassetten für die Fahrt aufgenommen: Moody Blues, Carole King und Carly Simon. Es war nett, im Auto zu sitzen und einfach nur zuzuhören, wie alle miteinander plapperten. Tas hatte Rotwein in einen Spezialbehälter gefüllt, damit Dad während der Fahrt trinken konnte, ohne daß die Polizei auf ihn aufmerksam würde. Bierdosen wurden herumgereicht, noch bevor wir die Stadtgrenze von San Diego verlassen hatten.

Nach ein paar Stunden Fahrt merkt man, wie sehr sich die Landschaft verändert. Man fährt durch Orte in der Wüste, in denen gar nichts passiert. Es gibt trockenen, staubigen Boden, vollkommen kahle Hügel, und wenn man das so sieht, kann man eigentlich wahnsinnig froh sein, in einem so blöden, weißen Ort wie San Diego aufgewachsen zu sein.

Wir hielten ein paarmal an irgendwelchen Raststätten. Alle stiegen aus, und die Männer pinkelten. Andere Wagen hielten. Dann kamen ein paar Wohnmobile auf die Raststätte gefahren. Leute stiegen aus. Alle waren super gelaunt und fragten uns: »Hey, wo fahrt ihr denn hin?«, und: »Aha, auch nach Vegas. Diesmal gewinne ich aber richtig«, und dann lachten sie und klopften Dad auf die Schulter. Ich glaube, Amerikaner sind immer gut gelaunt, wenn sie in Bewegung sind. Tas verteilte Käsesandwiches, für uns Asiaten gab es ein Hühnchen-mit-Reis-Gericht.

In der Dämmerung erreichten wir Las Vegas, das ja bekanntlich mehr Hotelzimmer als ganz Kanada hat. Das stimmt wirklich. Dad bog von der Highway 15 in den Strip ab. Nach der Fahrt durch die menschenleere Wüste ist dieser Moment immer ein Schock, Touristen in Shorts, Tanktops und Flip-Flops herumlaufen zu sehen, Mütter mit Kinderwagen und kleine Babys.

Wir standen in Dads Chevrolet an einer Kreuzung und schauten uns alle an. Eine weiße Stretch-Limousine hielt neben uns. Tante May zeigte darauf und blinzelte. In Thailand gibt es nicht viele dieser Limousinen, obwohl man sie hier für fünfzig Dollar die Stunde mieten kann und deswegen natürlich gar kein echter Star drin saß. Tante May war trotzdem sehr beeindruckt. Bevor wir ins Hotel gingen, fuhren wir noch eine Weile den Strip rauf und runter, einfach nur um zu schauen.

Wir kamen am *Mirage* vorbei, wo Siegfried und Roy mit weißen Tigern auftreten. Die beiden sind eine Mischung aus Zauberer und Dompteur, sie sprechen englisch mit einem undefinierbaren Akzent, der aber, glaube ich, deutsch ist. Vor dem *Mirage* steht ein acht Meter hohes Neonschild, auf dem die beiden abgebildet sind. Sie tragen hautenge, straßbesetzte Partnerlook-Anzüge, die vorne tief ausgeschnitten sind, damit ihr buschiges Brusthaar herausquillt. Ich weiß nie, wer Siegfried und wer Roy ist. Sie haben beide den gleichen Haarschnitt, und ihre Tollen stehen vorne zehn Zentimeter hoch wie schockgefrorenes Fell.

Wir fuhren die Hacienda Avenue herunter und hielten noch ein paarmal an, damit Tante May und Onkel Ther aussteigen und sich von Jerry fotografieren lassen konnten, einmal vor der Burg König Arthurs, einmal vor einem Piratenschiff und einmal vor dem *Mirage*, dessen Höhepunkt natürlich der Vulkan ist, der pünktlich alle fünfzehn Minuten ausbricht, komplett mit Lavaströmen und allem. Auf den Fotos sehen

Tante May und Onkel Ther immer ganz nett aus, wie ein Paar, das sich wirklich lieb hat.

Im Hotel teilte Dad den Frauen eine Suite zu und den Männern auch eine. Sofern standen wir alle Schlange vorm Bad, um uns fertig zu machen, und obwohl wir zwei Bäder hatten, dauerte es irre lange. Im Fernseher lief auf voller Lautstärke der Hotel-Kanal, wo man alles über die Casinos erfährt, wie man Blackjack spielt, wie man würfelt und wie man seinen Einsatz beim Roulette plazieren muß. Steve konzentrierte sich auf den Fernseher, Dad gab ihm Spieltips. Mom rief den Zimmerservice an und bestellte Unmengen von Extra-Handtüchern, winzige Seifen und Shampoofläschchen, die sie mit nach Hause nehmen wollte. Obwohl die Handtücher weiß und flauschig waren, sah ich, daß sie sich mit einem Handtuch von Zuhause abtrocknete. Sie hat immer noch diese Angst vor fremden Bakterien.

Mom kam in einem gelben Blazer und gelben Bundfaltenhosen aus dem Bad. Dazu trug sie goldfarbene Schuhe. Ihre Freundin Tas trug das gleiche Ensemble, nur in Aubergine. Sie war etwas sauer, weil einer ihrer künstlichen Fingernägel unter der Dusche abgefallen war, als sie versucht hatte, den Warmwasserhahn aufzudrehen. Tas Nägel waren in einem etwas helleren Aubergine als ihr Hosenanzug lackiert, und wenn man genau hinsah, konnte man die sehr kunstvoll gemalte, winzige Palme sehen, die vor einem orangefarbenen Sonnenuntergang jeden ihrer Fingernägel zierte, natürlich bis auf den eben abgefallenen. Onkel Jerry sagte ihr, sie solle nicht traurig sein deshalb, für ihn sehe sie bombig aus.

Wir aßen dann im Restaurant *New York New York* zu Abend. Es war überteuertes, langweiliges amerikanisches Standardessen. Auf der Bühne sangen vier schwarze Typen Songs von den Four Tops, danach erschienen drei schwarze Frauen und sangen Supremes-Stücke. Sogar Tante May gab zu, daß das *New York New York* richtig scheiße war. Mitten im Restaurant stand das Modell einer Achterbahn, so wie die in Coney Island, und die Wände waren besprüht mit Graffiti-Kunst. Mir leuchtete das Konzept von *New York New York* nicht ein. Wer möchte schon in einem Restaurant essen, in dem es aussieht wie in einem Crackhouse? Wir jedenfalls nicht.

Danach gingen wir rüber ins *Caesar's Palace.* Wir machten alle ungefähr eine Million Fotos. Wir ließen uns mit einer Cocktailkellnerin fotografieren, die eine kurze Toga trug, und auch mit einem Mann in goldenen Sandalen, der als Mark Anton kostümiert war. Er trug einen großen römischen Schild aus Plastik mit sich herum und einen Speer. Steve ging zu den Spielautomaten, eine Kellnerin nahm seine Bestellung entgegen. Er war schwer beeindruckt, daß er umsonst trinken durfte, auch wenn er nur an den 25-Cents-Maschinen spielte. Dad und Onkel Ther setzten sich an einen Pokertisch. Ich machte mit den Ladies einen Rundgang. Wir waren alle schrecklich aufgeregt, und es dauerte eine ganze Weile, bis wir merkten, daß wir Onkel Jerry verloren hatten.

Im *Caesar's Palace* tummelten sich Abertausende von Menschen. Ich hatte keine Ahnung, was wir tun sollten. Onkel Jerry muß man eigentlich immer an der Leine führen, war ja klar, daß er jetzt verschwunden war. Dad lief sofort zu den Sicherheitsbeamten des Casinos, um Jerry ausrufen zu lassen. Dann hörten wir: *Mr. Jerry Waring wird gebeten, sich mit der Familie Phrommayon am Eingang des Casinos zu treffen. Sollte irgend jemand Mr. Jerry Waring gesehen haben – er ist ein fünfundsechzig Jahre alter Weißer mit Glatze, er wiegt circa 200 Pfund und trägt ein grünes T-Shirt, eine blaue Jogginghose und Tennisschuhe –, dann zeigen Sie ihm bitte den Weg zum Ausgang des Casinos. Er wird dort von seiner Familie erwartet.*

Normalerweise wird bei solchen Durchsagen keine Personenbeschreibung gemacht, aber Onkel Jerry war so hilflos wie ein Fünfjähriger, der seine Mom verloren hat. Er ist, wie gesagt, nicht ganz richtig im Kopf. Wir warteten alle am Eingang des Casinos auf ihn. Er kam nicht. Onkel Ther riß ein paar Witze über ihn; vielleicht hätten ihn ein paar Nutten zum Traualtar geschleppt und solchen Scheiß. Die Witze waren ziemlich dumm, aber wir lachten trotzdem alle.

Wir postierten Tas am Eingang, durchkämmten systematisch das Casino und sahen alle fünf Minuten nach, ob er inzwischen aufgetaucht war. Das Casino ist so riesig, daß man sich gar nicht entscheiden kann, wo man zuerst suchen soll. Es ist so groß wie drei Footballfelder. Überall blinkt, klingelt und fiept es, und die Leute schreien durcheinander, und man bekommt sofort Kopfschmerzen. Ich sah eine Phalanx dürrer, weißer Seniorinnen in Rennhandschuhen, die drei Spielautomaten auf einmal in Beschlag nahmen, sie regelrecht stürmten. Ich sah eine Frau Anfang Dreißig im weißen Hochzeitskleid, komplett mit Schleier und Schleppe, die gelangweilt und apathisch auf ein Rouletterad stierte, und daneben ein paar in Pelz gehüllte alte Damen, die sich mit Bourbon betranken.

Steve und ich liefen erst eine halbe Stunde herum, dann eine ganze Stunde. Die Durchsage kam immer noch, doch Onkel Jerry war nirgends zu sehen. Tas machte sich inzwischen echte Sorgen. Er ist ein Mann mit ernsthaften gesundheitlichen Problemen, sagte sie immer wieder.

Wir teilten uns in Zweiergruppen auf. Tas blieb am Eingang des Casinos stehen. Mom und Dad liefen zum *Circus Circus* zurück, um Jerry dort zu suchen. Onkel Ther und Tante May zum *New York New York*. Steve und ich suchten im *Caesar's Palace* weiter, und nach einer Stunde wollten wir uns alle wieder am Eingang treffen. Die Stunde verging und noch immer kein Onkel Jerry. Ich schwitzte vom vielen Herumlaufen, unter meinen Achseln hatten sich kleine, halbmondförmige Schweißflecken gebildet, die mein Oberteil ruinierten. Wir waren schließlich in Las Vegas, da ist es heiß, sogar nachts.

Tas machte alle noch nervöser. Sie fummelte ununterbrochen an dem kleinen Buddha-Medaillon herum, das sie um ihren Hals trug. Dabei schaute sie verzweifelt um sich und machte kleine Vogelgeräusche. »Ooh, Ooh, Ooh«, machte sie. Wir klapperten jedes Hotel, jeden Parkplatz und jedes Casino ab. Wir liefen den Strip rauf und runter. Mom und Dad suchten sogar in der Fremont Street im *Glitter Gutch*, drüben bei den Pfandhäusern und bei den Hochzeitskapellen, dort wo die Neonschilder weniger prächtig sind und verhärmte Kellnerinnen verdünnten No-Name-Brandy ausschenkten.

Drei Stunden später gingen Steve und ich bestimmt zum vierten oder fünften Mal ins *Luxor*. Es steht am unteren Ende des Strip. Das *Luxor* ist den ägyptischen Pyramiden nachempfunden, nachts leuchtet ein grüner Laserstrahl vom Casino aus in den Himmel, den man sogar vom Flugzeug aus sehen kann.

Onkel Jerry saß im *Luxor* auf einem kunstledernen Barhocker und steckte 25-Cent-Stücke in einen Automaten, an dem man den aktuellen Ford Mustang gewinnen konnte, wenn auf der Anzeige vier Kirschen erschienen. Ich konnte es nicht fassen. Da hatte er die ganze Zeit gesessen und war nicht zu übersehen. Mutterseelenallein und in sich gekehrt und vergnügt, als füttere er an einem sonnigen Tag die Tauben im Park.

»Onkel Jerry, wir haben dich seit Stunden gesucht! Wo zum Teufel warst du denn?« schrie ich ihn an. Ich war mit den Nerven am Ende.

»Echt? Dabei war ich die ganze Zeit hier. Ich hab gewartet, daß ihr da drüben fertig werdet mit Spielen«, sagte er seelenruhig und zeigte auf eine Gruppe japanischer Touristen in etwa zehn Meter Entfernung. Es war eine zehnköpfige Gruppe, die sich lautstark und rasend schnell auf Japanisch unterhielt und Roulette spielte.

Steve war das alles peinlich, und in diesem Augenblick begriff ich, daß Onkel Jerry die Japaner für unsere Familie hielt, mit der er aus San Diego angereist war, die Familie, die er seit fünfzehn Jahren kannte. Daß er eine der Japanerinnen für die Frau hielt, mit der er seit fast fünfundzwanzig Jahren verheiratet war. Er hatte sich den Japanern angeschlossen, weil er dachte, das wären wir. Ich war stinksauer. Niemand aus der Gruppe dort drüben sah mir oder einem von uns auch nur entfernt ähnlich. Es waren häßliche, alte, laute Sushi-Fresser. Ich stand da, sah Onkel Jerry an und kochte vor Wut.

»Annie, können wir bald gehen?« fragte Onkel Jerry. »Bist du so lieb und fragst deinen Dad, wo wir als Nächstes hingehen?« Ohne aufzusehen fütterte er den Automat weiter mit 25-Cent-Stücken. Er merkte nicht einmal, daß er im falschen Casino saß. Daß es einen Unterschied gab zwischen dem römischen *Caesar's Palace* und dem ägyptischen *Luxor*. Daß die Wände mit Hyroglyphen-Imitaten bemalt waren und weit und breit keine einzige römische Marmorsäule zu sehen war. War ihm denn nicht aufgefallen, daß draußen eine fünfzehn Stockwerke hohe Sphinx stand, als er das Casino betrat?

»Äh, ich hab schon mit Dad gesprochen«, log Steve. »Wir gehen alle nach nebenan.«

»Ja, los, gehen wir«, sagte ich.

Zusammen halfen Steve und ich Onkel Jerry aus dem Stuhl. Er nahm seinen Münzbecher, auf dem das *Luxor*-Logo aufgedruckt war, und wir führten ihn hinaus.

»Hey, was ist denn mit dem Rest der Bande?« fragte er und deutete mit dem Münzbecher auf die japanischen Touristen.

»Ach, komm einfach mit. Wir treffen uns mit Dad und den anderen dort drüben«, sagte ich. Wir gingen mit Onkel Jerry vor die Tür. Er war nicht gut zu Fuß. Ich hielt ihn an der Hand, Steve lief einige Schritte voraus. Wir brauchten ziemlich lange, bis wir wieder beim *Caesar's Palace* waren, obwohl es gar nicht weit war. Ich war müde, es war lange nach Mitternacht, und ich hatte in Las Vegas nichts anderes getan, als diesen verrückten Alten zu suchen, meinen Onkel Jerry. Ich hielt ihn immer noch an der Hand.

Er erzählte mir, daß er mit den neuen Achterbahnen fahren wolle, die es jetzt in Las Vegas gab. Achterbahnen, die *Sky Screamer* und *Turbo Drop* hießen, und er erklärte mir die Unterschiede zwischen ihnen. Dann erzählte er von den Vorzügen der neuen Hightech-Stahlrohrbahnen im Vergleich zu den alten Holzkisten, und daß der *Stratosphere Tower* um die Ecke auch eine prima Achterbahn hätte, aber sie wollten *fünf Dollar* für eine Fahrt, und Mann, war das eine Menge Geld, wie konnten sie sich nur erdreisten, so viel zu verlangen für nur eine Fahrt. Und daß es in seiner Jugend, als er als Teenager in Indiana Achterbahn fuhr, definitiv keine fünf Dollar gekostet hätte. Ich hätte am liebsten: »Jetzt reicht's, halt endlich das Maul, Onkel Jerry!« geschrien, aber ich habe nur genickt und geschwiegen, wie immer.

Wir kamen eine Stunde später als verabredet zurück, aber dafür hatten wir Onkel Jerry gefunden. Tas umarmte ihn ganz fest. Ihr liefen tatsächlich Tränen übers Gesicht. Alle waren heilfroh, ihn zu sehen, und fragten erleichtert: »Wo warst du denn bloß?«

Onkel Jerry war etwas verwirrt und wußte gar nicht, was die ganze Aufregung sollte. Er machte ein Gesicht, als wollte er fragen, wovon wir eigentlich die ganze Zeit redeten, ließ es dann aber sein, weil alle ihn ignorierten, außer Steve. In dem Moment tat mir Steve sehr leid. Aber das war eben normal so in unserer Familie. Na ja, und dann bestellte Dad eine Runde Drinks bei der Bedienung, und alles war vergessen.

Am nächsten Morgen bestiegen wir natürlich keine einzige von diesen idiotischen Achterbahnen, und Jerry hatte sowieso vergessen, daß er damit fahren wollte oder daß Achterbahnen überhaupt existierten. Nach unserem *All-you-*

can-eat-Frühstücksbuffet marschierten wir im *The World's Biggest Gift Shoppe* ein, und Dad kaufte allen ein Geschenk. Danach gingen wir noch eine Runde spielen, aber es war eher halbherzig. Steve lief mit Dads Geschenk auf dem Kopf herum – einer grünen Baseballmütze, an der ein brauner Plastikklumpen befestigt war, der wohl Hundekot sein sollte. Auf der Mütze stand in großen gelben Buchstaben: *Shithead.*

Und dann fuhren wir alle die sechs oder sieben Stunden nach San Diego zurück.

Aus dem Amerikanischen von Marion Kagerer

Ingo Niermann

ZEHNTAUSEND JAHRE

Da ist sobald nichts weiter. Immer ist schon wer da, macht Müll und nimmt wem den Platz weg. Zunächst ist jeder einer zuviel.

Ich komme heim und bin mir ein Gast. Gehe schnell, als sei ich deshalb rücksichtslos.

Laufe ich durch die Stadt, wie es von allen Seiten drückt, schwebe ich durch die Straßen und werde zugleich erschlagen. Bin unterwegs, ohne daß sich mir ein Netz an genügenden Leistungen bietet. Ich habe Mühe, mir eine Stunde zu vertreiben, ohne etwas zu suchen.

Ich gehe in die Sauna und schwitze ab. Schon fühle ich mich besser, aber zurück auf der Straße dröhnt mein Kopf mit jedem Schritt.

Fahre ich aus der Stadt, nehme ich es als Abwechslung, daß sich die Abgase den einzelnen Auspuffen, Schornsteinen und Feldern zuordnen lassen. Bald halte ich in einer Parkbucht und laufe in den nächsten Wald. Vergeblich suche ich zu essen und trinken, auch im Sommer, aber es ist, als bereitete mir der Wind aus kargen Wipfeln ein Dach.

Vor mir liegt eine unbestimmt große Fläche, nie werde ich anstoßen, je weiter ich hinauskomme, desto langsamer bewege ich mich.

Wenn es auch Sorgen bereitet, doch mit der festen Grobheit, in der Hunger und Durst auftreten, schmerzende Füße und Knie, gehe ich wechselnd im Bein, im Bauch, nirgends.

Ich falle in die Pausen zum Essen und Schlafen und komme wieder heraus. Meine Schritte und Schlucke werden kleiner.

Nehme die Droge konzentriert auf einmal. Sehe nichts mehr, trete auf der nächsten Stufe fehl und schaukele hinab wie ein Blatt. Wirkt letztlich alles gleich, schlägt es dich zu Boden.

Schübe von Lust kapseln mich ab. Ich fühle, daß es mich zusammen und nach innen zieht. Ich bin unangenehm von mir selbst berührt. Erst jetzt gebe ich mich auf, verliere die Kontrolle.

Ich suche meinen flatternden Körper zu greifen. Meine Hand zittert an den Stielen, ich sehe und fasse ihnen nach.

Hänge kopfüber von einem Ast herab. Der Wind stößt mich nach vorne, ich lasse mich fallen, springe auf, die Augen geschlossen. Renne nackt über Felder und den Wildpfaden nach. Das flüchtige Ziel, das mir in seinen Spuren unlesbar bleibt, bahnt mich auf seine Fährte. Ich rupfe einen Vogel und schlitze ihn mit den Fingernägeln auf. Ungewohnt beansprucht das Zerren und Zernagen meine Schneidezähne. Narben von Tierbissen, Schürfungen und Kratzern bedecken meine Haut, die sich unempfindlich zeigt gegen Hitze und Kälte. Ich bin in einer unglaublich starken Verfassung.

Zurück bei den Leuten, gibt es keinen Austausch. So schwächlich sie sich in ihren Worten darstellen, so selten und kurios sind diese für mich. Alles reagiert und wird durchlässig, dagegen nehme ich Platz ein. Bewege mich ohne Zögern und werde erst recht angestarrt.

Du siehst mich, schleuderst deinen Kopf nach beiden Seiten und hältst mich im Blick. Die obere Lage deiner Kleidung ist ein sanft ausgeblichenes Rot, ohne Dunkel und Feuer, darunter eine kaum leuchtendere Farbe.

Du paßt bequem in meinen Blick, meine Arme. Ich öffne die Hände, leicht von den Hüften gestreckt, zu einer Umarmung.

Du stehst frei und dehnst dich.

Ich rufe nicht einmal mißverständlich, nur idiotisch, ich

würde mit dir auf jede Toilette gehen. Wende mich ab, schaue aus dem Fenster auf die Stadt und erkenne nur unklar die nächtlichen Straßen.

Der Gastgeber macht mich erneut bekannt. Er war vor kurzem schwer krank, seitdem trinkt er nicht mehr. Im Raum stehen einige hohe Tische, aber man sitzt auf dem Boden, lehnt den Kopf auf ein Kissen an der Wand. Ich gebe ihnen die Hand hinab und vernehme Namen. Meine Beine verheddern sich ein wenig, dann holen sie mich in ihre Mitte.

Ein junger Mann entgegnet einem Gleichaltrigen etwas, der hastig an der Zigarette zieht und ihm mit einer Grimasse widerspricht. Ein Bärtiger erhebt sich von der Treppenstufe, geht zu einem Körbchen mit Birnen und bringt seiner Partnerin eine. Einer öffnet das Fenster und zieht sich einen Pullover über. Nach dieser kurzen schutzlosen Abwesenheit des Kopfes hat er Gelegenheit, sich umzuschauen.

Du sprichst mich an: »Wir kennen uns noch nicht.« Höflich und ein wenig aufrichtig, doch ohne noch, erwidere ich: »Nein, wir kennen uns nicht.«

Du betrachtest vertraulich, aber zweifelnd mein Gesicht. Wenn du lächelst, sind deine Augen noch kleiner und schräger. Du ziehst an der Zigarette und sagst: »Es ist verraucht hier, komm mit auf die Terrasse.« Du deutest mir den Weg, die weitere Richtung und gehst voran.

Auf der Terrasse ist es kühl und still, nur die Tritte sind zu hören. Deine Stimme klingt schroffer, und du fragst mich abrupt:

»Was hast du?«

»Was meinst du?«

»Was ist mit deinen Augen?

Sie sind gerötet, entzündet, nicht verweint. Du hast es gelernt, mit angegriffenen Augen zu schauen?«

»Ich sehe die Sterne an. Wie viele sind schon erloschen.«

»Tut es dir leid? Was kann dir leid tun? Es genügt, den Stimmen, den Schritten, dem Stampfen der Füße zuzuhören und zu wissen, daß diese Geräusche verstummen werden und sich in der Leere verlieren.«

»Die einzelnen Sterne verlieren sich im Sternenstaub, der wiederum vom Stadtlicht überdeckt wird.

Was vergeht, wird von anderem überzogen und durchdrungen. Was mir abgeht, kann mir überallhin folgen oder vorauseilen.

Weil ich das weiß, muß ich zurückkehren zu einem bestimmten Ort, einer kleinen Falte. Dort scheint mir, geht die Sonne schneller auf, läßt der Tag die Sterne immer schneller verblassen.«

»Du wirst es anders finden. Nur an anderer Stelle ließen sich jetzt deine Wünsche befriedigen.«

»Hunderte schaue ich mir diesen Abend an. Ich laufe durch die tanzende Menge und taxiere jeden einzelnen aus nächster Nähe und sekundenschnell. In weiteren Durchläufen entdecke ich ein paar weitere Gesichter und vergewissere mich bei den wenigen, die mich vielleicht interessieren, meiner Einschätzung.

Ich hätte auf eine Wiese zu den Kühen und Käfern gehen können und mehr Liebreiz bei ihnen gefunden, wie Neugier bei mir.«

»Allerdings ohne die Anspannung, etwas Entscheidendes finden zu wollen. Du bist aufgekratzt, könntest jetzt –«

»Ich tanze und bemühe mich, eine Reaktion zu provozieren. Einen habe ich erkoren, mich ihm zu signalisieren. Eben weil ich nicht unbedingt nach ihm verlange, fühle ich mich bald unterlegen. Schon kehre ich mich wieder ein, schenke mir die Signale und zeige in Gedanken all den anderen: Seht, was ich diesem langweiligen und müden Wesen schenke. Weshalb ist es denn hier? Könnte es mich nicht wenigstens abweisen?

Ich bin nicht aufdringlich, schlenkere nur innerhalb ohnehin abweichender, aber nicht auffälliger Bewegungen. Streichele eine aufgescheuerte Stelle in der Innenfläche meiner

Hand. Das ist unverschämt dir gegenüber, aber du bemerkst mich nicht und mahnst mich nicht ab.«

»Nach mehreren durchwachten Nächten ist dein Blick so streng wie aufgelöst. Deine Bewegungen erscheinen so zufällig, daß zu vielen die Geduld vergeht. Du kannst nicht stillstehen und dich ebensowenig tanzend mitteilen. Aber wer berührt sich der bloßen Lust wegen und nicht auch symbolisch?«

»Denk, wir tanzen nachts im sich kühlenden Sand. Dort gleich das undurchsichtige Meer oder zur anderen Seite menschenlange Schlangen und handgroße Spinnen, die sich versteckt halten im niedrigen Gras. Der quietschende Sand, die überschnell ermüdenden Beine, aber die immer schneller schlagenden Trommeln. Ich weiß, wie toll das ist. Und wie gruselig es wird, wenn die Leute aus dem Norden kommen, ähnliches zu tun.«

»Mit uns wäre es dasselbe?«

»Wir nähmen einen Kassettenrecorder mit an den Strand und tanzten toll, wären toll, es wäre toll. Doch würden wir es genießen. Könnten Drogen nehmen, uns unterernähren, auch eine Woche lang, wochenlang, es würde nicht zwingend. Wir hätten zwingende Gründe, es jetzt zu tun, aber schon morgen, in einem Jahr, einer Minute.«

»Das ist hier nicht anders. Du lebst die meiste Zeit in der einen großen Stadt und kennst und triffst nicht mehr Leute als in einem Dorf. Die meisten kennen sich sogar untereinander. Aber du bist jederzeit in der Lage abzuspringen, hast immer neue Blöcke von Zeit vor dir und Abzweige, die du willentlich verpaßt.«

»Nachts im Bett überlege ich, wie der nächste Tag aussehen wird und habe abends wieder ein offenes Ende. Niemals habe ich nichts besseres zu tun. Egal wie böse und blöd die anderen, wir oder die Umstände sind.«

»Bist du umzingelt, ist wenig möglich.«

»Einem Raum, der vollgestellt ist, kannst du nicht vorwerfen, er ließe dir keinen Raum. Dann bräuchte man sich, in einer Kammer eingesperrt statt im ganzen Raum, nur die halbe Wand lang bewegen und wäre schon frei.«

»Das Haus ist keineswegs gebaut, dich zu empfangen, aber es trifft und enttäuscht dich immer wieder.«

»Das blaue Haus dort –«

»Ich wünschte, daß dort im zweiten Stock eine Bar wäre und wir uns ebenso anlehnen könnten wie hier an den Sims. Nur zwei, drei andere Gäste oder Personal wären mit uns im Raum, die wir lange in den Blick nähmen, ohne daß etwas geschähe.«

»Wir wollen nichts erfahren, aber werden unweigerlich schlauer. Fühlen uns einverstanden und ohne Widerstand, ohne an einem Geschehen teilzuhaben oder es zu wollen. Gern streckte ich einmal die Hand aus, wenn ich Grund hätte. Sonst bleibt sie ruhig liegen.«

»Ich denke, daran muß sich alles messen, an diesem Blick auf einen Baum, dieses Haus oder einer solchen Vorstellung von diesem Haus. Aber was soll das heißen? Mir fällt das trockene Brot ein, wieviel es für den ist, der gar nichts, das heißt: nur Hunger hat. Dann braucht er noch ein Dach, eine Decke und hat vielleicht auch genug Blicke gehabt. Es ist nicht nur die eine Weile, und wollte man dann nicht Sex?«

»Solange wir hinausschauen, absorbieren mich die aufziehenden Wolken, die aus den Bäumen, wie knapp auch, sicher an uns vorbeischnellenden Vögel, die kühler und feuchter werdende Luft. Drinnen ist meine Wahrnehmung flattrig, und ich fühle meinen eigenen Körper zu mächtig. Endlich umarmen und küssen wir uns, nachdem wir solange nur geschaut und geredet haben. Die Bewegungen hängen mir lose an und ziehen sich mit jeder Wiederholung straffer. Aber als ich in eine andere Bewegung gleite, falle ich heraus. Ich scheine mich zu verlieren, gerade löse ich mich und bin nur ein schlaffer Sack.«

»Es ist das Geraschel des feingliedrigen Laubs, das Geflirr

zugleich sichtbarer Ober- und Unterseiten, das mich in die lose gestellte Pflanzung zieht. Nicht die ledrigen, riesigen Blätter, die Brettern gleich im Wind schwanken. Aber schon wieder ist Herbst, der Sommer war zu kurz. Schon wieder Winter, der Herbst war zu kurz. Endlich Frühling, der Winter war zu lang, der Sommer wird zu kurz. Je länger ich es weiß, desto genauer schaue ich, wie lange sich die Blätter noch halten, wie lange die Knospen noch brauchen. Ohne das zu erforschen, ich erkunde allein meine Situation.

Zugleich denke ich: Weshalb nur. Was brachte uns unter diese Bäume. Weshalb sind Menschen hierhergezogen, noch bevor es überhaupt Heizungen gab. Nicht daß ich die Antwort nicht wüßte. Das Entsetzen bleibt, eben weil es nicht als Antrieb für eine Forschung oder was sonst zu nutzen ist.«

»Für die meisten bedeutet der Sommer nur milde Luft, längere Tage, Wäsche, die schneller trocknet, billigeres Gemüse. Du aber mußt gar nicht hinaus. Bekommst Kopfweh vom Duft der frischen und welkenden Pflanzen und kannst nur bei geschlossenem Fenster schlafen.«

»Ich weiß, daß es mir nicht gelingt, das Gras als einen seidenweichen Flaum zu sehen, die hundertjährige Eiche als meinen Baldachin. Unaufhörlich kehre ich zurück, und jede Rückkehr ist schmerzlicher als die vorangegangene. Ich will nicht hinausfinden, den Wald und das Gebüsch soll ein Labyrinth sanfter Gänge durchziehen und jeder Fels begehbar sein. Ich sehe viele solcher Typen auf Toiletten, in Parks, die dort umhergeistern und sehr viel Zeit lassen. Sie nehmen ihr Verschwinden vorweg. Sie verkünden jedem, der ihnen begegnet: Du mußt auch einmal verschwinden aus der Welt, als hätten sie es selbst bereits hinter sich.«

»Ein solcher Vorsatz, so wie er sich mitteilt, gehört nicht mehr dir.«

»Also versuche ich meine Absichten zu überraschen. Abrupte Zufälle leiten meinen Willen. Ich winde mich von

Position zu Position und erstarre. Mein Äußeres ist hart und glatt, aber perforiert, und aus all den kleinen Löchern tritt kein Schweiß, sondern spritzt direkt das Blut. Aus meinen Blutstropfen wächst das gleiche Gras wie ringsum. Egal, was ich tue.

Ein Erdbeben hat Kanäle gerissen, in denen die Überlebenden behende schwimmen. Einige sitzen auf einer hohen Mauer, ich stehe unten, bis zu den Knien im Schlamm, und versuche mich ihnen verständlich zu machen. Schon gelange ich zurück auf eine Straße, und ich bekomme heiße Suppe.

Es gibt keine Enklave, die ich schnüren und wohin tragen könnte. Ich komme lieber mit in deine Wohnung. Dort ist es warm und unser Lärm, unsere Laune, weil wir uns so gut kennen, daß die Körper sich nie verkehrt berühren. Jeder weiß genau, wann man sich wie zu bewegen hat, um einander die größte, ungetrübte Lust zu bereiten. Wann man innezuhalten hat, damit es genau lange genug dauert.«

»Sicher gibt es den perfekten Sex, aber er hebt sich vom übrigen Leben noch mehr ab. Der Sex wird göttlich, ohne daß man ihn vergöttern könnte. Er braucht nur Geschick und Maß.«

»Eine Stimmung hält die Wohnung besetzt. Indem wir miteinander schlafen, verlassen wir diesen Raum, stoßen ihn ab.

Du schiebst deine Zunge in meinen Mund wie das tägliche Brot, das, in den Mund genommen, den Hunger schon zu stillen beginnt. Ich brauche nur die Hand auszustrecken, etwas zu fassen. Es ist aufreizend, wenn so viel da ist. Eine dicke, erstickende Wolke bringt mich zu Fall. Ich rolle mich auf ihr, drücke sie platt, die sich schon wieder bauscht.

Nicht eins aus zweien zu werden, sondern unserer Einheit zu entrinnen, zwei zu werden, aber besser zwölf, tausend, unzählbar viele. So sein, daß die Liebe nicht weniger wird, wenn man sie teilt. Sie verschließt sich, wenn es genug ist. Deshalb interessiert mich niemand, wenn es ihm anständig geht. Mich interessiert, wer jeden Tag nur zwanzig Gramm Brot bekommt oder herunterbekommt. Weil meine Liebe so groß ist.

Auch wenn du es nicht weißt, auch wenn du es nicht merkst, sie hängt dir an. Du bist einer der schönsten Menschen, die ich in meinem Leben gesehen habe. Dein Pullover schiebt sich hoch, die Hüften stehen mächtig darunter, der Hals sticht streng durch, du spannst die Arme an, zuletzt den Bauch.

Wenn ich Liebe hab, dann bist du Liebe.«

»Du kannst das gleich wissen, wer etwas taugt und wer nichts?«

»Wie hätte ich sonst so weit kommen können.«

»Es könnte soviel weitergehen.«

»Du sagst, ich sei oberflächlich. Aber ich will nicht in dich hineinschauen müssen. Was da ist, soll auf dir schwimmen und erkennbar sein.

Bitte tu mir den Gefallen. Du und du, ja? Laß uns hinausgehen. In den Wald. Auf die warme Wiese. Den trockenen Sand. Das modrige Gestrüpp. Wir können auch, wenn dir das lieber ist, auf Asphalt, zwischen Maiskolben, Häusern, Gräbern, egal.

Nur das, was mir zuerst in den Sinn kommt, ist die Natur, die überall Kulturlandschaft geworden ist. Aber anders als ein Haus, der vom Denken geformte, zerbröselnde Stein. Wie einer Leiche etwas einzuführen, was diese nicht mehr verdauen und ausspeien kann. Dabei tut mir die Leiche so wenig leid wie der Stein. Es ist nur unangemessen, also vergeudet.

Ich sehe lieber, wie ein Strauch auf einem Stein wächst, sich die Wurzeln in die Poren drängen und in den Rinnen schlurfen als wie ein Mensch all das Zeug in ein Haus reinholt und rausschleppt.«

»Es tut mir leid, ich kann darauf nicht reagieren. Du magst mich langweilig finden.«

»Ich stehe wie du.«

»Mit mir kannst du dich nicht verständigen.

Was willst du? Willst du Strom haben?«

»Alles ist voll davon. Was ich davon habe, ist meine Sache.«

»Du willst nicht darüber reden.«

»Ich will über alles reden. Das ist es ja, daß du denkst, ich führe dich vor. Ich rede über alles, deshalb denkst du, ich führe dich vor. Ich sage es, wie es mir herauskommt.

Ich führe keinen Menschen wissentlich vor. Wenn ihr euch alle vorgeführt vorkommt, weißt du, woran das liegt? Weil ich länger gelebt habe, weil ich vielleicht zehntausend Jahre gelebt habe, wo ihr nur eintausend Jahre gelebt habt.

Jetzt bin ich ich, aber alle, die von dem Augenblick an, in dem ich sterbe, geboren werden, nehme ich an als mir gleich. Ich weiß nicht, wann ich sterbe und was dann sein wird, sondern schaue zurück weit vor meine Geburt.

Aber wenn ich euch hier sehe, halte ich meine Ohren vor die Boxen. Das sind die Baßschläge, von denen ich taub werden möchte. Dann ist es vorbei. Ich rede weiter, ohne dich noch zu hören.

Ich schaue auf menschliche Ansiedlungen, in denen Kriminalität Anbiederung bedeutet. In unvermeidlichen Atempausen setzt man sich die Spritze, um das Verbrechen entschieden weiterzuführen.

Ich verfeme das Verbrechen nicht. Ich mache meinen Mund nicht auf, um ein Urteil über andere Lebewesen abzugeben, die ich nur unvollkommen verstehe.

Ich erwarte kein Urteil.

Ich kann mich selbst kränken. Kein Mensch kann mich mehr kränken.

Fühle meine Augen verlassen und bleibe in meinem Blick gefangen. Sehe und kann mich für keine Sicht entscheiden oder sehe scharf und bin abgetrennt vom Sehen.

Das mir ungleich Vorhandene tritt zurück vor der Unendlichkeit alles Möglichen. Es genügt, daß es die Möglichkeit gibt, auch wenn ich sie benötige. Weniger, daß ich gedeihe als verwahrt werde, bleibe ich unterwegs in einer Richtung, oder kippe weg. Schlafe ein, ehe ich müde werde. Nichts sorgt für Unruhe und allein der Schlaf für Halt.

Ich beginne dich zu streicheln. Es hätte eine Bitte sein können, dafür kommt es zu spät. Du kreist die Hüften, leicht liegst du vor mir. Ich halte Abstand, und wie ich, steif, einen Schritt nach vorne mache, falle ich dich an. Ohne Umstände komme ich dir nahe. Betreten küsse ich dich. Du erhebst dich und läßt mir die Hand. Überspannst den Bogen und gibst mir Gelegenheit auszuscheren. Du weißt, daß ich sie nicht anders nutzen werde als zu einem weiteren Anlauf.

Ich bin eine Treppe hochgestiegen. Da sitze ich und spreche. Wenn ich dich wiedersehe, weiß ich, daß ich mit dir gesprochen habe, und kann dir das ganze Gespräch wörtlich wiederholen. Wenn ich die Treppe sehe, sage ich dir, wo das Schlafzimmer ist, wo das Wohnzimmer. Ich weiß das. Solange lebe ich schon.

Ich esse und trinke wie die anderen, aber was ich zu mir nehme, ist für mich präpariert. Die Luft, die ich einatme, ist gesättigt von Substanzen, die besonders installierten Plomben entweichen.

Allerorten erscheinen Flaggen. Ich hülle mich einzeln oder mit anderen darin ein, und wir überspannen die Gebäude. Überzogen sind sie von Sternen, Sonne und Mond. Das sind unsere Zeichen. Zeigen sich für uns, so wie wir sie zeigen.

Wir tragen die Fahnen durch die Städte und über das Land. Wir fallen der Sonne, dem Mond, den Sternen zu.

Die Toten sind nicht auffindbar. Man sieht uns nicht verschwinden. Einer tritt vielleicht vor, beugt sich, macht eine sonderbare Bewegung und ist weg.«

SEIN

om pūrṇam adaḥ pūrṇam idaṁ/ pūrṇāt
pūrṇam udacyate/ pūrṇasya pūrṇam ādayā/
pūrṇam evāvaśiṣyate.

Invocation to Sri Isopanisad

Joachim Bessing

CONTRAZOOM

Ich habe Christian seit meinem Umzug nach Frankfurt nie wieder angerufen. Und wenn ich heute durch meine neue Wohnung gehe, weiß ich, daß es richtig war. Wenn ich Wohnung sage, dann meine ich nicht ein einzelnes Zimmer mit einem Bett, einem Schreibtisch, Platten und Büchern, einen Flur auf dem ein Wäscheständer steht und eine Küche voller Altglas – nein, ganz sicher nicht. Ich meine Wohnzimmer, Ankleidezimmer, Bibliothek, Schlafzimmer, Gästezimmer, Wintergarten. Aus allen Fenstern sehe ich über die Stadt. Ich zähle das übrigens nicht auf, um anzugeben; ich möchte bloß nicht falsch verstanden werden. Denn wenn ich jetzt von Frankfurt erzähle, dann möchte ich, daß die Proportionen stimmen.

Ich gehe hinüber in mein Arbeitszimmer, zum Schreibtisch, ziehe die Lade auf, streiche über die Plakette, die dort auf den Briefen liegt, und weiß, daß es eigentlich ganz einfach ist.

Mein Versuch, zu erzählen was damals in Frankfurt auf der Buchmesse geschah, gleicht dem Zusammensetzen eines zerschossenen Spiegels. Mit der besonderen Schwierigkeit, daß die einzelnen Stücke des Spiegels von den im letzten Spiegelbild dargestellten Personen in die Taschen gesteckt und fortgetragen wurden. Was also geschah damals in Frankfurt? Vor allem: Was war im letzten Bild zu sehen?

»Ich freue mich wirklich, daß du dieses Jahr in Frankfurt dabei bist –«, sagte Christian und prostete mir zu. »Ich freue mich, daß du es schauen wirst.«

Wir saßen im Speisewagen des ICE nach Frankfurt, es war kurz vor Mittag und ich hatte gerade das vierte Fläschchen Cabernet Sauvignon geöffnet. Draußen war die langweilige Berglandschaft, die gleich nach Kassel kommt, zu sehen. Es war ein richtig schöner Herbsttag, die Sonne schien, und ich fühlte mich wirklich gut.

Schon damals habe ich mich ja eigentlich immer ganz gut angezogen. Unter einem Tweedjackett trug ich ein blauweiß kariertes Hemd von Richard James, dazu Jeans und feste, maultierfarbene Prada-Schuhe mit Gummisohlen. Eigentlich mag ich ja Ledersohlen lieber. Ich finde, mein Gang wird dadurch eleganter, aber damals hatte ich mir überlegt, daß wir auf der Buchmesse viel herumlaufen würden, und deshalb bequemere Schuhe gewählt.

Christian trug auch Jeans, allerdings waren seine viel älter als meine und deshalb stark ausgebleicht. Unter seinem braunen Cord-Jackett von Jigsaw trug er ein zerknittertes, beiges Hemd. Der Kragen war nicht heruntergeknöpft, wie es sich gehört; die Kragenenden rollten sich auf und über der Brusttasche waren mehrere curryfarbene Saucenflecken. Trotzdem fand ich damals, daß Christian viel besser aussah als ich. Das ging mir ja eigentlich immer so, wenn wir uns trafen. Er sah einfach echter aus, wie ein Schriftsteller eben. Ich kam mir dagegen immer vor wie ein Ausflügler, der ich im Grunde ja auch war.

Wir rauchten und sahen aus dem Fenster. Eigentlich war ich noch nie in Frankfurt gewesen, schon gar nicht zur Buchmesse, denn das, so glaubte ich, mußte fürchterlich langweilig sein. Messen, wie ich sie aus dem Fernsehen kannte, waren nichts anderes als Krämermärkte im Mittelalter, nur waren die Stände jetzt eben größer. Meine Eltern hatten mich einmal als Kind auf eine Camping- und Touristikmesse mitgenommen. Ich habe da, glaube ich, Aufkleber gesammelt und bin mit einer Plastiktüte voll nach Hause gekommen. Die meisten doppelt, zum Tauschen. Aber was sollte ich bloß heute auf der Buchmesse? »Es schauen« eben. Das kam mir halt auch so komisch vor. Daß Christian immer irgendwelche neuen Worte verwendete, daran hatte ich mich gewöhnt. Es war ja sein Beruf. Aber »schauen« – das war doch ein Wort aus dem Mittelalter. Vielleicht paßte es für ihn deshalb ja ganz gut zur Messe.

Als draußen der Henninger-Turm zu sehen war, erzählte ich Christian, was mir mein Freund Axel über Frankfurt erzählt hatte. Daß es früher eine Art Brückenkopf, die Furt der Franken über den Main gewesen sei. Daß der eigentlich schöne, historische Stadtkern im zweiten Weltkrieg zur Hälfte zerstört wurde und dann schnell ein neues, das heutige Frankfurt aufgebaut wurde. Weil die Stadt so unbedeutend war, haben die Frankfurter dann diese Hochhäuser gebaut, aber die Stadt ist dadurch auch nicht wichtiger geworden und das ärgert die Frankfurter noch heute.

Natürlich gab es dann noch Techno. Sven Väth und Das Omen, das früher ja Vogue hieß und den Boutiquenbesitzer Schaar, der sein Bekleidungshaus Hellberg mit dem frechen Werbespruch »Sie brauchen keinen Stil, Sie brauchen Hellberg« zur Nummer eins in ganz Frankfurt gemacht hatte.

Christian erzählte mir, daß hoch über den Messehallen, in denen die Buchmesse stattfand, ganz oben im pyramidenförmigen Glasaufsatz des Frankfurter Messeturms, ein Guru wohne. Der lebe da oben in zweihundert Metern in seiner gläsernen Pyramide und trage nur weiße Sachen. Auch seine Pyramide sei ganz in weißen Möbeln eingerichtet. Der mache seit Jahren schon nichts anderes, außer dort in der Pyramide zu schlafen und zu meditieren, meinte Christian. Ich glaubte damals, daß er das erfunden hatte.

Der Frankfurter Hauptbahnhof stand ganz im Zeichen des Gastlandes der diesjährigen Buchmesse, der Schweiz. Vor einer kugelförmigen Uhr aus grauem Kunststoff hatten sich drei Schweizer aufgebaut. Es waren Schweizer, wie ich sie mir wünschte. Klein, wurzelholzfarben und bärtig. Mit ihren Herrgottsschnitzerhänden hielten sie mächtige Alphörner, jedes etwa drei Meter lang. Dann, und das ist für mich ja die Schweiz, nickten sie sich knapp zu, stülpten ihre kleinen Münder an die Mundstücke der Hörner und begannen hineinzututen. Der tiefe Klang der Hörner wurde durch den schönen Bau der Bahnhofshalle in Frankfurt nicht nur verstärkt, ich konnte sie in meinem Bauch richtig fühlen. Ich dachte an das Heidi, die vom Großvater nach Frankfurt zur Familie Sesemann geschickt wurde, die behinderte Klara im Rollstuhl mit ihrer unschuldigen Lebensfreude zu heilen.

Die Alphornmelodie war sehr schön und bestand nur aus drei langen Tönen, die sich wiederholten. Ich wollte weitergehen. Christian weinte. Ich legte meinen Arm um ihn. Er wehrte sich. »Laß mich – es ist doch so schön.«

Auf unserem Weg zu den Schließfächern erzählte er mir dann zum hundertsten Mal seine Geschichte. Von der Schweiz, dem Saanenland, wo er aufgewachsen war. Vom Vater, der ihn mit weißem Joghurt gefüttert hatte. Mittags, beim Schreiben, auf dem niedrigen Schemel, damals im Chalet.

Im Pressestand der Buchmesse saß ein Schweizer hinter Panzerglas. Wir behaupteten Journalisten zu sein, Christian legte seinen seit zwei Jahren abgelaufenen Journalistenausweis des »Spiegel« vor, ich eine Mitgliedskarte, ich kann mich nicht mehr erinnern, welche. Der Schweizer studierte sehr lange unsere Ausweise. Er drehte die Karten um, las auf den Rückseiten, legte sie ordentlich nebeneinander vor sich hin, nahm sie noch einmal nacheinander in die Hand. Dann lehnte er sich zu seiner Sprechmuschel vor und fragte, ob wir Redakteure seien. Wir bejahten. Wir bekamen von ihm zwei Computerausdrucke, die wie Bordkarten aussahen, steckten sie in den Schlitz eines Drehkreuzes und waren drin.

Dort, am Stand mit der Nummer 46, dem Stand Kiepenheuer & Witsch, stand vor den Regalen mit Taschenbüchern Peter Härtling. Ich kannte ihn vom Namen her, und weil er der einzige Schriftsteller war, an den ich mich noch deutlich aus meiner Kindheit erinnern konnte. Er hatte in den siebziger Jahren ein Kinderbuch geschrieben, das ich mir aus der Ortsbücherei geliehen hatte. An die Geschichte konnte ich mich nicht mehr erinnern, aber dafür an das Foto des Autors auf dem Umschlag. An sein maskenhaftes Gesicht mit den engen Augen hinter getönten Brillengläsern, an sein Haar, die haubenartige Frisur. Es war verblüffend – er sah noch immer genauso aus. In einem sehr engen Anzug, dessen graublau gemusterter Stoff grob wie Korbgeflecht war, stand er ganz allein vor der Bücherwand. Er hatte ein Glas Sekt in der Hand, das fast leer war.

Christian begrüßte ihn und stellte mich vor. Härtling schmunzelte vor sich hin, sagte aber nichts und saugte an einer heruntergebrannten Zigarette, die er sich mit den Fingerspitzen an die Lippen führte. Christian fragte ihn höflich, woher er den Sekt habe. Härtling winkte undefinierbar über den Gang hinüber zum anderen Teil des Standes.

Dort, auf der anderen Seite des Ganges, aber noch immer am Stand Kiepenheuer & Witsch, war es gleich viel angenehmer. Hier waren die gebundenen Bücher des Verlages ausgestellt. Es gab einen schmalen Empfangstresen, zwei Sitzecken mit Bänken und die Teeküche. Am Empfangstresen bestellten wir zwei Gläser Sekt, die uns in der Sitzecke unter einem Mosaik aus Nick Hornbys neuem Buch »About a Boy« serviert wurden.

Härtling stand drüben wieder ganz alleine vor den Taschenbüchern. Er amüsierte sich trotzdem, zog an seinem Zigarettenstummel und nippte an seinem Rest Sekt. Es kam mir vor, als höre er tief in sich hinein. In ihm war wohl eine stumme Zwiesprache, ein amüsantes Geplauder, dem er lauschte. Er war bestimmt sehr einsam, und ich fragte mich, wie lange das schon mit ihm so ging. Christian begrüßte einen schmalen, sehr gut angezogenen Mann. Es war Alfred Neven-Dumont, der Verleger selbst. Er schien sehr müde zu sein.

In der etwas abseits gelegenen, eleganten Ledersitzecke des Standes nahm Peter Ustinov unter einem Werbeposter für sein neues Buch Platz. Vier Kameraleute knieten sich vor ihn hin, schwenkten ihre Kameras und gaben ihren Assistenten Anweisungen. Ustinov blieb dabei vollkommen entspannt und fächelte sich mit den Enden seines Seidenschals etwas Luft zu. Er zog eine Grimasse, und eine junge Beleuchterin in einem New-Model-Army-T-Shirt kicherte.

»Sehen Sie meine Herren,« sagte der Verleger zu uns und massierte sich mit seinem Handballen die Stirn, »es ist doch jedes Jahr wieder dasselbe für mich. Den ganzen Tag stehe ich dann hier an diesem Stand, unterhalte mich mit Leuten wie Ihnen, trinke Sekt. Das macht mich alles furchtbar müde. Nach einer Woche hier in Frankfurt sehne ich mich nach nichts mehr als nach einem Spaziergang in meinem tropfnassen Laubwald, gleich hinter meinem Haus. Ich sehne mich nach Schlaf, will dann nur noch schweigen. Noch etwas Sekt?«

Eine andere Frau als vorhin, nicht so hübsch und auch nicht so freundlich, schenkte uns die Gläser wieder voll. Der Verleger hielt die gewölbte Hand über sein Glas, die Frau sah ihm dabei nicht einmal ins Gesicht. Drüben bei Ustinov gingen die Lampen der Kameraleute nacheinander an. Es wurde jetzt richtig warm am Stand Kiepenheuer & Witsch.

»So«, sagte der Verleger und knöpfte sein beiges Jackett zu »Ich muß Sie jetzt bitten, mich in Frieden zu lassen. Ich muß hinüber. Sir Ustinov, Sie verstehen. Falls Sie noch einen Sekt wollen, Sie wissen ja jetzt Bescheid.«

Lächelnd ging er hinüber zur Sitzecke, zum Licht. Ustinov beantwortete dort bereits erste Fragen der Reporter. Zu seinen Füßen wechselten die Kameraleute im Entengang ihre

Positionen. Das hübsche Beleuchtermädchen hatte sich inzwischen Kopfhörer aufgesetzt und hielt eine Mikrofonangel über Ustinovs Kopf.

Ich fragte den Mann neben mir nach einer Zigarette. Er hielt mir seine Packung hin, es waren Marlboro Menthol. Aus dem Falz im Inneren der Pappschachtel waren kleine Streifen herausgerissen. Er gab mir Feuer, und erst jetzt sah ich, wie bizarr er aussah: Ein tannengrüner Rollkragen umschloß seinen dünnen Hals. Der Adamsapfel trat überdeutlich hervor, sein schmales Gesicht war von einem kurios ausrasierten Vollbart umrahmt. Eigentlich war es gar kein Vollbart, sondern ein gezacktes Ornament aus kurzgeschnittenen Barthaaren, ähnlich der Verzierung auf einem Dolch aus Toledo. Seine Augenlider waren leicht geschwollen.

Er stellte sich mir als Erich Schmidt-Eenboom vor. Seine spitzen Fingerkuppen streiften dabei kurz meine Handfläche. Er nahm sich selbst auch eine Zigarette aus der Schachtel und leckte das Papier der Zigarette über die ganze Länge der Klebenaht an. Dann besah er sich nachdenklich die feuchte Spur. Das dünne Papier war durch seinen Speichel fast transparent geworden, darunter waren die hellbraunen Tabakstreifchen deutlich zu sehen. Er erzählte mir von seinem Buch, dessen Einband ziemlich häßlich war. Solche Bücher interessierten mich damals natürlich überhaupt nicht. Dicke Bücher mit seitenlangen Fußnoten und ohne Geschichte waren das. Damals wollte ich aber noch Geschichten.

Schmidt-Eenboom trennte mit seinem langgefeilten Daumennagel die feuchte Naht des Zigarettenpapiers auf und pulte den ganzen Mentholtabak in eine Pfeife. Während er weiter redete, stopfte er den Tabakhaufen mit seinem kleinen Finger im Pfeifenkopf fest.

»Es ist doch so«, nuschelte er, während er die Pfeife anrauchte, »ob ich jetzt in der ersten Auflage ein paar Seiten schwärze oder eben nicht – wem nützt das denn?« Er schaute mich traurig an. Aus seinen Nasenlöchern kräuselte sich der Rauch in zwei dünnen Fäden. Die Situation war mir peinlich, weil ich ihm gar nicht zugehört hatte. Als er von einem Journalisten angesprochen wurde, ging ich schnell weg. Ich kam an der Teeküche vorbei und bat um ein Glas Sekt. Es klappte. Erst jetzt fiel mir auf, daß Christian verschwunden war.

In der Taschenbuchecke, dort wo ich vorhin noch Peter Härtling gesehen hatte, saß jetzt Sissi Perlinger im roten Sessel einer inzwischen extra für sie hergerichteten Plauderecke. Sie hatte ihre Haare in eine silbernes Krönchen hineingeflochten und trank, glaube ich, ein Wasser.

Neben ihr saß auf der Bank ein Mann in einem Anzug aus Ozelot-Imitat. Sie hörte ihm mit schiefgelegtem Kopf zu, lächelte und schaute immer wieder zur anderen Seite des Standes hinüber, zu Ustinov. Ich stellte mich einfach neben die beiden hin und trank meinen Sekt.

Eigentlich mag ich Sissi Perlinger ganz gerne. Nicht, was sie macht – Kabarett finde ich schrecklich. Ich mag ja auch keine Pantomime und keine Clowns. Ich hatte sie einmal auf einer Freiluftbühne in Berlin gesehen, bei irgendeiner schlimmen Veranstaltung, da war sie als Affenweibchen verkleidet und hat ein Lied über Affensex gesungen. Es hat damals stark geregnet, und ihr Mikrofon war eine Banane aus Plastik gewesen. Aber wenn sie nicht sang, sah sie ganz freundlich aus, wie ein schönes junges Mädchen.

Der Ozelot-Anzugträger hatte dichtes, zurückgekämmtes Haar und sehr dünne Augenbrauen. Sein Gesicht war mit Selbstbräuner dunkel gefärbt. Nur im Nacken waren ein paar Streifen hell geblieben, vielleicht war er da nicht so gut rangekommen. Er schwitzte. Sein Gesicht glänzte richtig, und er wischte sich immer an der Nasenspitze herum, dabei preßte er sich den rechten Handballen auf die Lippen, so daß ihn die Perlinger eigentlich gar nicht verstehen konnte.

Gleich neben dem Stand Kiepenheuer & Witsch, am Ende

des Ganges, war vor den Toiletten ein schmales Häuschen aufgebaut, nicht größer als eine Telefonzelle. Darin saß ein bärtiger Mann mit einer Ponyfrisur und rauchte. Hinter ihm standen auf Wandborden zwanzig Exemplare des einzigen Buchs, das er anzubieten hatte. Auf dem Umschlag war die Zeichnung eines langhaarigen Kerls mit krallenartigen Fingernägeln zu erkennen. Er sah genau aus wie der Struwwelpeter aus dem alten Kinderbuch, aber der Zeichner hatte ihm einen Hitlerbart unter die Nase gemalt. Das Buch hieß »Struwwelhitler«. Ich habe den Mann nicht gefragt um was es in seinem Buch geht.

Ich ging den Gang in die andere Richtung wieder zurück. Am Stand Kiepenheuer & Witsch war die Interviewstunde mit Ustinov gerade zu Ende gegangen. Die Kameraleute rauchten, und Ustinov schrieb der netten Beleuchterin eine Widmung in sein neues Buch. Sie streichelte sich den Nacken und schaute ihm mit schräggelegtem Kopf beim Schreiben zu. Ich merkte, daß mir leicht schlecht wurde.

Ich hatte ja den ganzen Tag noch nichts gegessen, außer den sechs Nürnberger Bratwürstchen im Zug, und seitdem pausenlos Alkohol getrunken. In einem der Stände am Gang war ein Buffet aufgebaut. Dort standen in Zweiergrüppchen die Verlagsmenschen mit Tellern in der Hand herum. Ein bulliger Typ im grünen Zweireiher redete auf einen kleineren mit Schweinsgesicht ein. Der Kleinere rauchte eine gelbe Pfeife, genau passend zu seinem gelben Sakko. Auf dem Buffet standen drei Platten aus silbern beschichteter Pappe. Auf durchgeweichten Spitzendeckchen lag kleingeschnittenes Pumpernickelbrot mit Frischkäse und Mandarinen. Zwischen den Platten standen halbleere Sektbecher, in denen aufgeqollene Zigarettenstummel schwammen. Ich nahm mir ein Brot, es knickte in der Mitte durch und fiel auf meinen Schuh. Eine ältere Frau mit gelbgefärbten Haaren hielt mir ein Tablett hin und fragte, ob ich auch ein Gläschen Sekt wolle. Ich nahm mir gleich zwei davon und ging.

Am Stand gegenüber sah ich Christian wieder. Er kniete dort vor einem Mann in einem schwarzen Lederanzug. Neben dem Mann stand ein kurzhaariger Junge, den ich nicht kannte. Der Junge sang dem Ledermann ein Lied vor. Es war, glaube ich, »Kristallnaach« von BAP, und eigentlich machte er auch nur die Gitarrenmelodie nach. Christian bat mich, ebenfalls zu knien. Der Mann sei Ingo Schulze – der schönste Dichter, den seine Augen jemals schauen durften. Ich stellte die Sektbecher auf einem Bücherstapel ab und kniete mich hin.

Von unten aus betrachtet sah Ingo Schulze noch elementar unangenehmer aus. Er trug einen ledernen Hut, wie ihn australische Naturparkwächter tragen müssen. Einzelne, lockige Strähnen hingen ihm ins Gesicht. Seine Haut war fleckig und gerötet, er wirkte verwirrt. Benjamin, so hieß der kurzhaarige Junge im silbernen Anzug neben ihm, sang jetzt »Do kanns zaubre«, auch von BAP.

»Ach ja – ich bin dieses Jahr übrigens wieder den ganzen Winter in Kalkutta. Madras, Goethe-Institut, höchstens mal so zwischendurch –«, erzählte Ingo Schulze und winkte fröhlich zu uns herunter. »Du, Christian, wenn du Lust hast, kannst du mich da gerne besuchen. Ich hab da auch ein Haus und so.«

Benjamin hielt Ingo Schulze dessen eigenes Buch zum Signieren hin. Der Umschlag war orange und braun gemustert. Drei rote Hunde, zwei Fische, ein Recycling-Pfeil und eine Flasche Meister Proper umrahmten den Titel »Simple Storys – Ein Roman aus der ostdeutschen Provinz«. Ich fragte mich, wer sich eigentlich diese irren Buchumschläge ausdenkt. Schulze signierte gleich drei Bücher, für jeden von uns eins. Wir gingen damit zurück, zum Stand Kiepenheuer & Witsch.

In der Ecke, in der wir vorhin auch schon gesessen hatten, saßen jetzt Alice Schwarzer und Ralph Giordano. Giordano, den Christian seit Jahren kannte, war ein echter Gentleman.

Er sah blendend aus, gebräunt, mit beeindruckend vollem Haar, und er war sehr gut angezogen, im offenen Hemdkragen einen bauschigen Shawl. Es gefiel mir, wie er uns Alice Schwarzer vorstellte – »Eine wirkliche Dame, meine jungen Herren« –, ganz freundschaftlich.

»Jungs«, strahlte Frau Schwarzer und breitete ihre Arme aus, »setzt euch! Genau jetzt möchte ich von gutaussehenden Männern umgeben sein. Ich komme nämlich gerade von Giovanni di Lorenzo, und es war wie immer schrecklich. Ich dachte mir noch, gut, einmal kannst du ja noch mit ihm sprechen, aber dann merkte ich schon bei seiner ersten Frage, wie er sich so von unten links an mich anpirscht –«. Dabei zog sie eine Augenbraue bis über den Rand ihrer Brille hoch und schaute dann, di Lorenzo imitierend, von weit unten herauf, wie ein kleiner Hund unter einer Tischplatte es täte, »da hatte er gleich wieder diesen Gesichtsausdruck, so nach dem Motto ›Hohe Herrin, bitte einmal peitschen‹ – ich bin sofort gegangen.«

Giordano lächelte fein und nahm einen Schluck Sekt. Von hinten bog sich Otmar Jenner ganz zu ihm herunter. In der Hand hielt er sein eigenes Buch, das genau so orange eingebunden war wie das von Ingo Schulze. Es hieß »Sarajevo Safari«. Otmar Jenner sagte: »Hallo, ich grüße Sie, Herr Giordano. Wir sind uns ja gestern schon vorgestellt worden.« Dabei zeigte er blinzelnd zur Taschenbuchseite des Standes hinüber, wo eine abwaschbare Tafel aus weißem Resopal hing. Darauf stand mit grünem Edding: »Heute am Stand«, und darunter in Rot: »Otmar Jenner«. Sonst nichts.

Benjamin kam aus der Teeküche und stellte drei Flaschen Sekt auf den Tisch. Giordano gab Christian und mir je eine Flasche zu öffnen. »Ja, ich kenne Sie«, sagte er zu Jenner gewandt. Wir prosteten uns zu. Otmar Jenner hatte kein Glas zur Hand, aber er blieb trotzdem hinter uns stehen.

»Ach, ist das heute wieder herrlich –«, freute sich Frau Schwarzer und zupfte an meinem Jackett. »Warum habt ihr euch eigentlich so schön angezogen? Ich meine, mir gefällt das ja.« Christian trank aus und stand auf. Er schwankte schon ein bißchen. »Liebe Frau Schwarzer«, sagte er und faltete bittend seine Hände, »ich möchte jetzt vor Ihnen knien!« Ich kniete mich auch hin, Benjamin auch.

»Sie sind die schönste und klügste Frau, die unsere Augen jemals schauen durften.« Sie lachte. Giordano schenkte nach. »Mensch!« rief er und öffnete dabei die dritte Flasche, »wenn ich jetzt nicht hinüber in Halle drei müßte, zu der Diskussion über die Wehrmachtsausstellung, würde ich diese Flasche jetzt ganz alleine austrinken, und dann würdet ihr den wahren Ralph kennenlernen!« Darauf tranken wir. Giordano gab jedem von uns die Hand »Wir sehen uns doch heute bestimmt noch auf dem Fest«. Er verschwand schnell im inzwischen stark angeschwollenen Strom der Fachbesucher auf dem Gang. Ich sollte ihn nie wiedersehen.

»Ihr kommt also heute abend?« fragte Frau Schwarzer. Ich wußte eigentlich nichts von dieser Party, aber Christian erklärte uns allen, es handele sich dabei um die schönste Party, die wir je geschaut hätten. Mit nichts zu vergleichen, der Höhepunkt der Messe. Ich war jetzt wirklich betrunken und sagte: »Ich werde es schauen.« Wir tranken schnell aus, und dann stand auch Frau Schwarzer auf und lachte: »Gut, meine Lieben, ich gehe jetzt zum Hessischen Rundfunk, das letzte Interview für heute. Wir sehen uns ja nachher.«

Nachdem sie gegangen war, hielten es Christian und Benjamin für das Beste, auch zu gehen. Und zwar ins Hotelzimmer von Benjamin, zum Umziehen. In dem Moment fiel mir auf, daß Christian und ich ja gar kein Zimmer zum Übernachten hatten. Vor ein paar Wochen hatte Christian mir zwar irgend etwas von einem Zahnarzt erzählt, bei dem wir wohnen könnten. Aber heute im Zug hatte ich ihn gar nicht mehr danach gefragt und unsere Koffer mit den Anzügen und den Hemden zum Wechseln hatten wir am Hauptbahnhof in ein Schließfach gegeben.

Im Gehen sah ich noch einmal Peter Härtling. Er stand vor genau dem Stück der Wand, an dem das Regal mit den Ausgaben seines Buches »Große, kleine Schwester« aufgebaut war. Etwa acht junge Frauen, manche sahen gar nicht schlecht aus, umringten ihn und ließen sich Bücher signieren. Otmar Jenner machte eine Flasche Sekt auf, alleine, auf Ustinovs Couch. An dem Stand, an dem ich vorhin das Brot gegessen hatte, war niemand mehr. Die Frau mit den gelbgefärbten Haaren spannte Klarsichtfolie über die kalten Platten.

Nebenan entdeckte Benjamin dann den kleinsten Stand der ganzen Halle. Vor dem Eingang stand hinter einem Tisch eine alterslose Gestalt mit einem sehr langen Pferdeschwanz. Er trug einen weiten, violetten Overall mit aufgenähten, grünen Sonnen. Manche der Sonnen trugen Ray-Ban-Sonnenbrillen. Der Overallträger verkaufte selbstgemachte Postkarten an die Messebesucher, und sein Geschäft lief nicht gut. Von einem Motiv kauften wir ihm seinen ganzen Vorrat ab. Es waren bestimmt zwanzig Stück. Auf dieser Karte war der Verkäufer selbst an einem Tisch abgebildet. Er hatte sich einen gerollten Hundertmarkschein in sein rechtes Nasenloch gesteckt und saugte damit Apfelwein aus einem gerippten Apfelweinglas durch den gerollten Schein in seine Nase. Darüber stand in weißen Buchstaben »Welcome to Frankfurt«.

Wir folgten den Piktogrammen zum Ausgang, aber als wir draußen waren, standen wir nur auf einem riesigen Platz, der von den hell erleuchteten Hallen eingerahmt war. Es gab da keinen Taxistand, nur einen kleinen Bus voller Menschen. Von außen konnten wir Japaner sehen, die auf dem grün beleuchteten Gang zwischen den Sitzen standen. Die Sitzenden kramten in Tüten voller Buchprospekte. Der Motor des Kleinbusses lief schon, aber wir wollten da auf keinen Fall einsteigen.

Benjamin meinte, es sei ganz leicht, hier eine Mitfahrgelegenheit zu bekommen, und als aus einer Straße zwischen den Hallen ein Auto auftauchte, drückte er mir sein Buch von Ingo Schulze in die Hand und rannte dem Auto entgegen. Er redete irgend etwas in das heruntergefahrene Seitenfenster hinein und winkte uns zum Auto. Er sagte, wir sollten einsteigen, er habe dem Fahrer gerade dreihundert Mark geboten, wenn er uns zum Hauptbahnhof fahren würde.

Wir stiegen alle drei hinten ein, den Fahrer konnte ich nicht erkennen. Er sprach auch nicht mit uns. Wir fuhren vom Messegelände herunter und dann die Hauptstraße links weiter, obwohl der Hauptbahnhof ja eigentlich rechts war. Keiner von uns kannte sich in Frankfurt aus, schon gar nicht nachts. Als wir nach zehn Minuten in einem Wohnviertel vor einer Ampel hielten, fragten wir den Fahrer, wo er eigentlich hinfahre.

Er drehte sich nicht um, machte nur das Radio leiser und sagte: »Nach Offenbach. Ich muß doch meinem Chef hinterherfahren, der fährt jetzt nach Offenbach. Warum?« Christian fragte ihn, ob er uns nicht zum Hauptbahnhof fahren wolle. Er wiederholte, daß er mit uns nach Offenbach fahre. Wir stiegen aus, bevor die Ampel wieder grün wurde, und nahmen uns ein Taxi zum Hauptbahnhof.

In einer Unterführung des Bahnhofs wollte ich mir schnell eine Wurst kaufen. Christian hatte auch Hunger. Benjamin wollte aber nicht mit uns in den Fleischerei-Imbiß, sondern sich einen Bäcker suchen, weil er Vegetarier war. Der Fleischerei-Imbiß war eigentlich schon geschlossen, aber in der Wärmetheke lagen noch Würste und Frikadellen zusammen auf einem Pappteller. Wir bestellten uns zwei Würste und zwei Bier.

Der persische Verkäufer hatte eine rotweiß gestreifte Tracht an. Er stellte unsere Wurstpappen mit einer kleinen Verbeugung auf den gewölbten Tresen und lächelte uns freundlich an. Seine Wimpern waren sehr lang und dicht. Trotz seiner rasierten Glatze hatte er ein weißes Papierhütchen auf. Die Wurst war ganz verschrumpelt und kalt. Christian stieß mich an und nickte Richtung Verkäufer, der nach hinten gegangen war, zu den Getränken. Ich nickte auch und machte dieses »Mhm-hmm«, das wir immer machten, wenn wir einen Homosexuellen erkannten, egal ob in einem Laden oder im Fernsehen.

»Kalt, das Bier?« rief der Verkäufer vom Kühlschrank her. »So kalt wie eine stählerne Faust in meinem Arschloch!« schrie ich zurück. Christian wurde ganz rot. Der Verkäufer kam langsam mit den zwei Bier auf uns zu, stellte sie neben die Würste. Dann strich er das Kleingeld vom Tresen in seine Hand, ohne nachzuzählen, und bedankte sich mit der selben Verbeugung wie vorhin. Es war mir jetzt so peinlich wie noch nie etwas in meinem Leben. Ich wußte gar nicht, wie mir das passieren konnte. Der Verkäufer deckte den Aufschnitt in den Vitrinen mit grünen Wachsdecken ab und knipste die Lichter in den Vitrinen aus, eins nach dem anderen. Wir nahmen die Bierflaschen und gingen schnell weg. Benjamin kam uns mit einem Stück Gemüsepizza entgegen. Wir holten die Koffer und gingen zu Fuß ins *Mariott*, wo Benjamin ja wohnte.

Benjamins Hotelzimmer war ein sehr langer, holzverkleideter Schlauch, an dessen Ende ein Bett zwischen die Wände gequetscht war. Davor standen zwei Sessel und eine Leselampe, zwischen den Sesseln ein niedriger Tisch. Ich fragte mich wie schon so oft, wer eigentlich die Anzahl der Möbel bestimmt, die in diese Hotelzimmer gestellt werden. Ich meine, kein vernünftiger Mensch würde sich doch für ein einziges Zimmer so viele Möbel kaufen.

Christian versuchte, Eckhart anzurufen, aber auf dem Mobiltelefon lief das Band. Ich holte meinen grauen Anzug aus dem Koffer und ein weißes Hemd von Helmut Lang. Dazu band ich mir eine dunkelblaue, schmale Seidenkrawatte um. Benjamin besaß keine Krawatte. Wir überredeten ihn, eine schwarze Gucci-Krawatte von Christian zu nehmen. Christian hatte natürlich zwei dabei. Ich übrigens auch, aber meine zweite war grau und Benjamin trug ja schon einen silbernen Anzug, das hätte zu gewollt ausgesehen. Christian band sich für Benjamin eine zweite Krawatte lose um den Hals, weil Benjamin, wie wir merkten, selbst gar keine Krawatten binden konnte. Das fand ich schon ein bißchen komisch, aber er meinte, er sei eben nicht der Typ dafür. Als er sie dann anhatte, sah er gleich viel ordentlicher aus. Wir tranken sehr zügig zwei Flaschen Portwein, die Benjamin vom Verlag aufs Zimmer gestellt bekommen hatte, und ließen uns ein Taxi kommen.

Die Party war im Hotel »Frankfurter Hof«. Es gab keine Einladungen und keine Türsteher am Eingang. Ich weiß nicht mehr, wie spät es damals war, aber die Eingangshalle war schon voller Menschen in Abendkleidung.

Wenn ich durch so schöne Orte wie alte Hotelhallen gehe, höre ich in mir immer ein Steicherstakkato. Das war schon immer so. An der Bar bestellte Christian Champagner. Die Bar war ein paar Treppenstufen erhöht über dem Rest der Halle. Der Teppichboden war weich und dunkelblau, die Wände mit dunklem Holz getäfelt und indirekt beleuchtet. In den Ledersitzgruppen unterhielten sich leise gut angezogene Menschen und tranken Champagner aus flachen Schalen. Es gefiel mir richtig gut hier in der Bar. Ich zündete mir eine Zigarette an, und wir prosteten uns zu. Christian hatte Krug-Champagner bestellt. Die bauchige Flasche war kleiner als andere Champgnerflaschen und kostete ihn vierhundertfünfzig Mark. Der Kellner stellte uns eine silberne Etagère hin, auf der drei Lachstoasts lagen. Alice Schwarzer war nirgends zu sehen. Sissi Perlinger auch nicht.

Plötzlich stand Eckhart vor uns. Er hatte sich verändert, seit ich ihn vor einem Jahr in Berlin gesehen hatte. Sein

Haar hatte er sich bauschig in die Stirn gefönt, er sah jünger aus. Eckhart war gerade erst aus Heidelberg angekommen und wartete auf einen Radkurier. Er hatte eine sehr schöne dunkelgrün gestreifte Krawatte an. In den Augenwinkeln hatte er ganz zarte Falten, das war mir früher nie aufgefallen. Die kleine Flasche Krug war leer, aber Eckhart führte uns zu einer kleinen Bar gleich beim Eingang, wo es Champagner umsonst gab.

Im Saal war es inzwischen noch voller geworden. Weit weg, in einer Sitzecke des großen Saals sah ich Alice Schwarzer mit unbekannten Begleiterinnen. Die Foyerbar, zu der Eckhart uns dann führte, war überhaupt gar keine Bar. Es war ein Ausstellungsraum des Juweliers Wempe, ungefähr so groß wie ein Hotelzimmer. An den Wänden standen teuer aussehende Vitrinen, in denen angeleuchtete Uhren und Ringe ausgestellt waren. Ein paar Kaffeetischchen und Stühle standen herum, in der Mitte des Raumes steckte ein ausladender cremefarbener Blumenstrauß in einer goldenen Amphore. Aber was Eckhart über die Getränke erzählt hatte, stimmte.

Auf einem Buffet zwischen den Vitrinen standen zwei große Eispokale der Firma Krug, in denen Champagnerflaschen steckten. Neben diesem Tisch stand Harry Rowohlt in einem Jeansanzug und ein hagerer Typ in einem schlechtsitzenden schwarzen Zweireiher mit rotem Einstecktuch. Der Hagere diskutierte gerade mit einem Hotelkellner, ohne ihn dabei anzusehen. Der Kellner sprach sehr leise und hielt ihm eine längere Liste hin, der Hagere wiederholte nur immer wieder sehr laut, er sei der Manager von »Mr. Rowohlt« und daß alles in bester Ordnung sei. Wir nahmen uns ein paar Gläser und verließen die Bar.

In einem Sessel in der Lobby saß Rainald Goetz und schrieb in ein Notizbuch. Er freute sich richtig, uns zu sehen. Sein Gesicht war verschwitzt, und er riß seine Augen ganz weit auf. »Hey super. Ihr hier. Was hast denn du da für einen supertollen Streifen an deinem Hemd?«

Ich fragte mich, warum er mich das fragte. Er wußte doch genau, daß Helmut Lang diese Hemden machte. Das war bestimmt nur ein Versuch, mich zu einer Antwort zu bringen, die er irgendwann in seinen Büchern verwenden konnte. Seit seinem Buch »Rave« waren wir nämlich alle sehr mißtrauisch geworden. Darin hatte er die belauschten Drogengespräche vieler unserer Bekannten einfach aufgeschrieben, und denen war das im nachhinein ziemlich peinlich gewesen. Eine Freundin von uns hatte er besonders genau zitiert, und die ist dann ein halbes Jahr lang vor Scham überhaupt nicht mehr ausgegangen.

Ein kleiner Hotelangestellter bahnte sich einen Weg durch die Menschen. Er hielt ein Schild hoch, auf dem »Dr. Eckhart« stand. Eckhart redete kurz mit ihm, der kleine Mann verschwand zur Rezeption, und dann kam er wieder, hinter ihm ein Radkurier. Der Kurier holte einen schmalen Umschlag aus seiner Umhängetasche und gab ihn Eckhart. Eckhart unterschrieb einen Kurierscheck.

In dem Umschlag war eine kleine silberne Pappschachtel, darauf stand in sehr schöner, schwarzer Schrift: »Platinum Égoïste«. In der Schachtel lagen kleine Briefchen aus weißem Papier. Rainald Goetz lachte ununterbrochen und schrieb alles mit. Mit Rainald und der Schachtel gingen wir dann zu den Toiletten.

Zu fünft paßten wir nicht in eine Kabine, also legte Benjamin die Linien direkt auf den trockengewischten Marmor zwischen zwei Waschbecken. Genau in diesem Moment ging die Tür auf, und ein dünner Lockenkopf kam herein und rief etwas auf finnisch. Rainald stellte sich vor uns hin und lachte, während Benjamin das Kokain auf seine Karte scherrte und in die vorletzte Kabine trug. Wir quetschten uns alle mit hinein. »Super«, flüsterte Rainald und lachte immer noch. »Ehrlich, ich find's so super!«

Ich bin mir heute noch sicher, daß Rainald dann aber beim Nehmen das obere Ende vom Schein mit den Fingern zuhielt und nur so tat, als nehme er was. Eckhart redete dann ziemlich schnell auf Rainald ein, über den Sonnenuntergang heute in Frankfurt, der ihn an die vollgepißte Unterhose von Grace Kelley erinnert habe, und Rainald nickte begeistert und lachte immer weiter. Ich bin dann mit Christian und Benjamin weggegangen.

Ich weiß nicht mehr wie, aber im dritten Stock des Hotels trafen wir einen alten Mann mit einer Videokamera, der uns filmen wollte. Der Mann sah schrecklich aus. Über seinem weißen Overall trug er zwei vanillefarbene Armeewesten. Sein Haar war schulterlang und vergilbt. Ein grauer Bienenzüchterbart hing ihm bis auf die Brust, darunter baumelten verschiedene Plaketten an einer Kette: ein kleines Aralzeichen und ein elfenbeinfarbenes Amulett, auf dem sich zwei betend ineinander verkrampfte Hände aus einer strahlenden Pyramide heraus einer untergehenden Sonne entgegenstreckten.

Schon als er uns ansprach, hielt er sich die Videokamera vors Auge. Die Kamera war alt und am Batteriefach mit gelbem Textilklebeband umwickelt. Wir schrien: »Bringen Sie uns synthetische Drogen!« Das Lämpchen neben dem Kameraobjektiv blinkte rot. Er lächelte, ging vor uns in die Hocke und sagte: »Ja, Drogen. Es gibt auch körpereigene Drogen. Man muß sie aber zu nutzen wissen. Es gibt so viele Drogen. Vril.« Der Aufzug hielt, und ich ging hinein. Als die Tür sich schloß, sah ich noch Christian und Benjamin, die den Alten anschrien. Er filmte sie dabei.

Ich suchte Eckhart und Rainald. In der Wempe-Bar waren jetzt alle Plätze besetzt. Ich nahm mir ein Glas Champagner. Harry Rowohlt stand immer noch an der gleichen Stelle wie vorhin. Sein Manager redete jetzt auf eine Frau im grünen Seidenkleid ein. Ihr Gesicht war ausgezehrt, sie schaute mich ununterbrochen an. Sie sah genau aus wie Die Koksgräfin auf dem Bild von Otto Dix.

Ein dicker Typ mit einer viel zu kurz gebundenen Krawatte und einem blitzenden umgehängten Ozon-Akkumulator hielt mich vor dem Aufzug an. »Hey du, wo gibt's denn hier die Drogen.«

Ich zeigte auf den Aufzug hinter mir und log: »Im sechsten Stock, in der Suite von Frau Schwarzer läuft eine geile Ketamin-Party für dich. Tiere sind auch da. Und Menschenreiter. Haare.« Der Dicke beriet sich kurz mit einem kleineren Begleiter, der schwarzgefärbtes Haar hatte. Der Kleinere näselte etwas Wienerisches, und dann verschwanden sie schnell im Aufzug.

Im großen Saal traf ich Christian, der sich mit einem Mann unterhielt. Christian stellte ihn mir als den weisesten Mann vor, den er jemals geschaut habe. Er sei sein Alter ego. Der Mann hatte einen verschmierten, leberfarbenen Leinenanzug an. Er stank ziemlich und in seinen Mundwinkeln klebten Blätterteigbrösel und schaumig getrockneter Speichel. Er stöhnte Unverständliches, war vielleicht Bulgare. Dann sagte er gar nichts mehr und starrte nur noch vor sich hin. »Schau mal da drüben«, sagte Christian und umarmte den Bulgaren. »Unser Freund aus der Pyramide mit der Vril-Kamera ist auch noch da.«

Am Ende des dunklen Saals, vor dem abgesperrten Wintergarten stand der Alte aus dem dritten Stock und fotografierte. Niemand beachtete ihn. Die Sitzenden um ihn herum redeten einfach weiter und lachten. »Sag mal«, fragte ich Christian, »was ist das überhaupt für ein Mensch?«

Christian meinte, der sei halt verrückt, habe von germanischen Flugscheiben erzählt und von sechs Meter großen Riesenmenschen, die im Inneren der Erde lebten. Ein Nazi, vielleicht. »Aber warum fotografiert er dann hier alles?« fragte ich. Christian rüttelte kräftig an der Schulter des nun eingeschlafenen Bulgaren, der ja sein Alter ego war. »Weiß ich nicht. Vielleicht für Zündel in Kanada. Ein Lehrfilm für seine Tunnelmenschen, für die Zeitung, weiß ich nicht.«

Während der ganzen Zeit hatte es dort hinten nie aufgehört, zu blitzen. Ich bahnte mir einen Weg durch den Lärm und die Party, bis zum Alten.

Ich stellte mich neben ihn und schrie ihn an, ob er eigentlich ein Nazi sei, oder was.

»Aber nein –«, sagte der alte Mann und lächelte. Dann hob er seine Kamera und fuhr fort, das Partygeschehen im Raum hinter mir zu blitzen, »wissen Sie, ich bin einfach nur stolz, zu den Sturmtruppen Adolf Hitlers zu gehören.«

Ich lief an den Sitzgruppen vorbei auf den Ausgang des Festsaals zu. Jemand faßte mich von unten her am Jackett, zog, und ich blieb stehen. Doris Dörrie hatte sich in meinen Anzugstoff verkrallt. Jetzt zerrte sie den Jackettzipfel ausgelassen hin und her und rief mir etwas zu, was ich nicht verstehen konnte, denn das Gelächter an ihrem Tisch war zu laut. Ich mußte mich zu ihr herunterbeugen. Ihr Gesicht war ganz rot vom Lachen und Trinken, ihr Blick verschwommen.

Einer ihrer Blahnik-Pumps steckte in dem Eiskübel auf dem Tisch. Sie zog mich am Revers zu sich heran und sah mir in die Augen. Ihre rechte Pupille glitt nach außen weg. »Hören Sie doch mal – was wollen Sie denn mit dem lieben Alten. Lassen Sie den doch mal in Ruhe seine Fotos machen! Aahh –« Sie zeigte auf das Sarah-Lucas-Gummibändchen an meinem Handgelenk, auf dem in silbernen Großbuchstaben »CHRISTMAS« stand. »Schau doch mal da drüben – das ist der Verleger von Diogenes, dem haben wir vorhin auch so ein Bandili geschenkt.«

Der Verleger war ein freundlicher Mann mit einem rosigen Gesicht. Er war bestimmt schon siebzig Jahre alt und saß ganz friedlich in einem Sessel und lächelte. Auf dem roten Bändchen an seinem Handgelenk stand »DEATH«. Doris stupste mich in den Bauch und kicherte. Der Verleger war mir ganz egal. Ich hatte Angst vor dem Bärtigen im weißen Overall mit dem Fotoapparat und sagte Doris Dörrie ganz ruhig, daß es sich bei diesem Mann, den sie einen lieben Alten nannte, um einen richtig harten Nazi handele. Um einen Terroristen noch dazu. Unter seinem Tarnanzug – das dachte ich damals ja wirklich – habe er sich Semtex und Zünder mit Klebeband um den Bauch geschnürt, und dann sagte ich ihr noch das mit den Sturmtruppen.

»Das ist ja ein Nazi!« schrie Doris Dörrie. »Da müssen wir doch sofort was dagegen machen! Los kommt – wir schmeißen jetzt den Nazi raus!« Endlich ließ sie meinen Anzug los. Ihre Freunde amüsierten sich bestens über ihr Geschrei, und Doris sah verzweifelter und älter aus, als sie wahrscheinlich war.

Auf dem Tisch, an dem Frau Schwarzer mit ihren Freundinnen saß, lag der Dicke mit der zu kurz gebundenen Krawatte von vorhin. Er wälzte sich auf dem Bauch, hatte die Arme auf dem Rücken verkrampft und imitierte mit geblähten Backen einen Fisch. Sein Freund mit den schwarzgefärbten Haaren kreischte dazu wie irr und stopfte dem Dicken handvollweise Eiswürfel in den hinteren Hosenbund. Unter dem durchweichten blauen Hosenstoff zeichnete sich schon ein ganzer Haufen Eiswürfel ab.

In der Wempe-Lounge, das konnte ich im Vorbeigehen deutlich sehen, lag Benjamin rücklings über einem Kaffeetischchen. Die Koksgräfin und eine völlig betrunkene Gehilfin schütteten ihm aus zwei Flaschen gleichzeitig Krug-Champagner in den weit aufgerissenen Mund. Er prustete.

Daneben, vor einer zertrümmerten Wempe-Vitrine, würgten sich Christian und Harry Rowohlt gegenseitig. Rowohlts Manager kam hinter mir her durch die Tür der Lounge gefallen und grölte: »Don't cha worry – Mr. Rowohlt has invited everyone! I'll pay!« Aber da war ich auch schon draußen auf der Straße. Ein Bus hielt. Es war hell.

Carl von Siemens

IM SCHATTEN DES TIGERS

Colombos Flughafen gleicht von außen einer Festung: Polizeiposten, Straßensperren, getarnte MG-Nester. Nacht, irgendwann in den Stunden vor Morgen. Die Ankommenden der großen internationalen Fluggesellschaften schieben sich durch ein ausgeklügeltes System von Sicherheitskontrollen, die wie hintereinandergeschaltete Reusen das Fortkommen nur in eine Richtung gestatten. Nach den ersten Schritten ist jegliche Umkehr verboten, und da auch Privatwagen nicht bis vor die Terminals fahren dürfen, pendeln Shuttlebusse durch Stacheldraht und winkende Familien.

Doch das erste, was auffällt, ist die Luft. Sie ist so schwer und so süß, daß man fürchtet, schon vom Atmen Durchfall zu bekommen. Atmungsschwere Feuchtigkeit legt sich über das Gesicht wie ein Vorhang aus vermodernder Gaze. Die Shuttlebusse entlassen ihre Passagiere auf den Parkplatz, in einen Veitstanz mit Namensschildern wedelnder Taxifahrer. Asien kommt mit Handtelephon und Wickelrock, dunkler Haut, bloßen Füßen, dem Flackern nächtlicher Kochstellen, angefressenem Asphalt und dieser süßen, dicklichen Luft unter Palmen.

Preise: handeln, feilschen. Wie viele Rupien bis Galle? Sämtliche Energie dieses kleinen, ein wenig langsamen Landes fließt in lebensgefährliche Überholmanöver auf der Straße. Geschäfte drängeln sich in unfertige Häuser, und dann läßt das Taxi Colombo hinter sich, Colombo mit seinen Panzern vor den Ministerien und den Flugabwehrraketen auf dem Dach der indischen Botschaft. Läßt den Krieg hinter sich, denn jeder Krieg ist nur die Peripherie eines mehr oder minder im Alltag lebenden Hinterlands.

Die Tropen dampfen lethargisch in den anbrechenden Morgen. Aus ihrem Schatten spritzen Fußgänger in unseren Weg, unerwartet und lebensmüde, und erreichen doch unversehrt die andere Seite der Straße. Laster sausen aufheulend vorbei, viel zu nahe, obwohl die Fahrspur auf Kosten vieler angrenzender Wohnzimmer bereits verbreitert worden ist. Vor Sonnenaufgang malt sich die Welt in pastellweichem Grau, rauschende Palmen, endlich das Meer.

Der Fahrer hält vor einem Tempel, um Geldscheine in den Briefkasten zu werfen. Dadurch provoziert er einen Griff zur Photokamera, der freilich unvollendet bleibt, vielleicht ist es erste Faulheit, die sich bemerkbar macht, vielleicht auch das Wissen darüber, daß es noch Hunderte solcher Gelegenheiten geben wird. Tatsächlich trabt, einen blasierten Treiber auf dem Rücken, schon bald der erste Elefant uns entgegen, mit klirrenden Ketten an den Fesseln wie einst die Hippies am Strand von Hikkaduwa. Früher, so heißt es, seien sie zu Tausenden gekommen. Nun haben die Anschläge der *Liberation Tigers of Tamil Ealam* den Besucherstrom fast zum Erliegen gebracht, und als die australische Cricket-Nationalmannschaft auch noch ihre Teilnahme am World Cup mit der Begründung absagte, nicht mehr gefahrlos einkaufen zu können, konnte sich Außenminister Kadirgamar, übrigens selber ein Tamile, nur noch böse zurücklehnen und schnauben: »Shopping ist etwas für Flaschen.«

Im Dezember war Jaffna gefallen. Regierungstruppen hatten sich den Weg in die Stadt erzwungen und schwemmten nun die entwurzelte Bevölkerung ganzer Landstriche fliehend vor sich her. Ihrer Hochburg im Norden beraubt, verschwand die Guerilla im Untergrund, nur um an anderen Stellen wie aus dem Nichts wieder aufzutauchen. Bomben explodierten in der Hauptstadt. Während dort Menschen von Granatsplittern zerfetzt wurden, ging der Rest der Bevölkerung wie immer zur Schule oder Arbeit, pflückte Tee oder bewirtete die verbleibenden Touristen in Badeorten wie

Hikkaduwa, Unawatuna oder Tangalle. Stückchen des globalen Teppichs aus Parallelwelten, in die der Globus zerfällt, seitdem Transport- und Kommunikationsmittel die Bedeutung des Raums weitgehend aufgehoben haben. Vielleicht besteht diese Bedeutung nur noch in der Auswirkung des Raums auf die Geschwindigkeit der Zeit, denn überall dort, wo er knapp wird, in menschenreichen Regionen und Städten etwa, erzwingt der entstehende Druck Veränderungen in weitaus größerem Maße als in landwirtschaftlichen Gebieten, wo die mit der Nutzung des Bodens verbundene Langsamkeit der Tendenz zur technologischen Verdichtung des Lebens entgegensteht. Und da es in Sri Lanka ausreichend Platz gibt, können die Spuren einer uralten Geschichte ungestört in der Gegenwart verlaufen, ohne von den Notwendigkeiten moderner Entwicklung überrollt zu werden.

Im Herzen des Dschungels schlummern Ruinenstädte unter einer Decke von Bäumen und kreischenden Affen. Vor dem akustischen Hintergrund des heranrollenden Meeres bleibt Englisch die Sprache der gehobenen Presse. Am Fuße des Forts von Galle stört nichts die Stille außer dem hellen »Klock« des Lederballs auf der Fläche einiger Kricketschläger. Architektonische Einflüsse in dieser alten Kolonialstadt bleiben dabei niederländisch-portugiesisch, und vor den Kirchen und Verandas der Bürgerhäuser führen Frauen in Saris ihre Sonnenschirme spazieren wie dunkelhäutige Versionen von Mary Poppins.

Galle wird wie »Gaulle«, d.h. im Deutschen wie »Gohl« ausgesprochen, und obwohl das singhalesische *goala* »Enklave« heißt, wurde irgendwann einmal angenommen, es käme von *gallus*. So ist das Wahrzeichen der Stadt ein roter Hahn. Nachdem dieser Irrtum die französische Welt heraufbeschworen hatte, blieb mir diese weiter auf den Fersen, und zwar in der Form eines Trugschlusses über das Mittelalter und die Schlacht von Hastings.

Es war reiner Zufall gewesen, daß ich vom Hotel unter lärmenden Bäumen die Straße hinablief, durch den Eingang des Forts und weiter zum Bahnhof. Antiquitätengeschäfte kamen, das plastikbunte Figurenchaos eines Hindutempels, Bananenstauden und Telephonkabel, eine Mischung von Technologie und Tradition unter tropischer Sonne, von einem Hügel aus beherrscht durch den neobarocken Doppelturm der Kathedrale der Heiligen Maria. Der Aufstieg verlief über eine steile Straße, die sich in der Mittagssonne gabelte; dort tauchte eine weitere Mary Poppins geräuschlos in einen der üppigen Vorgärten ab, die den Weg zu beiden Seiten säumten. Unterdessen fegte ein junger Mann in blauen Shorts mit einem Besen über das Wechselspiel von Licht und Schatten im Arkadengang, der oben auf der Kuppe des Hügels die Kirche umgab. Sonst war keine Menschenseele zu sehen. Es herrschte eine Atmosphäre wie vor einem Duell, Mittelamerika im Kino, katholisches Christentum in einem fremden Land, wo im Dezember kein Schnee fällt und Heiligenbilder die Farben von Götzen haben: *Chronik eines angekündigten Todes.* Das Innere der Kirche war unangenehm kühl, obwohl durch die offene Türe ein warmer Luftzug kam. Wisch, wisch machte es draußen. Links vom Schiff stand eine Weihnachtskrippe mit europäischen Figuren, deren elektrische Dekoration geräuschlos im Sonnenlicht blinkte. Ich schlenderte in Richtung Altar, während die leeren Bänke zu beiden Seiten an mir vorüberglitten, und fand mich unvermittelt vor einem Grabstein:

A Great Priest
Who Pleased God in his Days
The Right Reverend Doctor
Anthony de Saram
Is Here Laid to Rest

Auf geographischer Höhe von Malediven und Nikobaren erinnerte mich der Klang dieser Worte an englische Hohlwege, an Herbsttau und Rugbyfelder: das Internat meines Bruders in England. Dort hatte sein ehemaliger Housemaster ebenfalls »de Saram« geheißen. Der Name war mir damals im Gedächtnis haften geblieben, das »de« hatte mich auf eine normannische Familie schließen lassen, die vielleicht mit Wilhelm dem Eroberer aus Frankreich gekommen war, um bei Hastings zu kämpfen, und durch die darin enthaltenen Hinweise auf adeliges Kriegertum und die galante Ritterlichkeit der alten Welt hatten meinen latenten Sinn für Romantik geweckt.

Nach meiner Rückkehr aus Ceylon schickte ich einen Brief mit erklärenden Photos nach Wiltshire. Kaum vierzehn Tage später kam die enttäuschende Antwort, daß, trotz einer fast sicheren genealogischen Beziehung zwischen Kirchenmann und Internatsleiter, vor Ort nichts näheres über Bischof Anthony de Saram bekannt sei. Auch hatte ich mich in meinen Vermutungen über die Ursprünge der Familie getäuscht:

»De Saram would appear to be a Portugese name, like many others in Sri Lanka – Pereira, da Silva, etc. etc. However, I don't know if we have traced our line back to any known Portugese; on the other hand, there are Dutch ancestors whom we do know about. My father's family emigrated to England when he was seven years old, in 1920. His father was a surgeon, Alan Morgan de Saram, married to an Englishwoman, the daughter of a Royal Navy officer, I believe. My sister is married to another de Saram, Rohan, who is a world-famous cellist, playing with the Arditti Quartet. They live in London, and have two children. Rohan is still a Sri Lankan, and his family all live in Colombo.«

Der entscheidende Vorfahre setzte also nicht von Frankreich nach England über, sondern wahrscheinlich von Portugal nach Ceylon. Die Familie blühte und gedieh; sie überstand den Wechsel von portugiesischer zu holländischer genauso wie von holländischer zu britischer und von britischer zu singhalesischer Herrschaft. Jedes dieser Völker wird seine Spuren im Stammbaum hinterlassen haben, ganz wie in dem jenes Schriftstellers, auf den mich Hugh de Saram in seinem Brief ebenfalls hinwies: Michael Ondaatje. Und Michael Ondaatjes Buch »Running in the Family« über eine Reise nach Sri Lanka auf den Spuren seiner Familie ist seinerseits voll von Hinweisen auf die de Sarams, über die so wunderbare Sätze geschrieben werden wie:

»Francis de Saram had to have had the most extreme case of alcoholism in my father's generation«; »Shelton de Saram – a very good looking and utterly selfish man«; »Jesuit fathers too were falling in and out of love with the de Sarams with the regularity of mangoes thudding onto dry lawns during a drought…«

Ein Sprößling dieser Familie wird Kleriker, ein anderer siedelt über nach England. Aus diesem Zweig heiratet ein Mädchen einen der singhalesischen de Sarams, ihr Bruder wird Internatsleiter. Der Internatsleiter unterrichtet einen jungen Deutschen, dessen älterer Bruder einige Jahre später den Weg nach Sri Lanka findet, ausgerechnet vor das Grab des Bischofs. Er entschließt sich nun, seinerseits den Internatsleiter zu kontaktieren. Eine Korrespondenz entwickelt sich, und so wird er vielleicht selber den Weg nach England finden, zu Hohlwegen, Herbsttau und Rugbyfeldern. Zufall oder Fügung?

Für das Talent, durch Zufall glückliche oder unerwartete Entdeckungen zu machen, eben wie die des Grabsteins in Galle, wurde im Englischen das Wort *serendipity* geprägt.

Serendipity leitet sich ab von *serendip*, und *serendip* wiederum ist der altarabische Seemannsname für eine tränenförmige Insel im Süden des Indischen Ozeans: Ratnapida, die Insel der Edelsteine. Taprobane. Seyllan. Sri Lanka.

Ich hatte die Reise angetreten in blindem Vertrauen darauf, daß man am besten fährt, wenn man sich den Dingen überläßt, sind diese einmal in Bewegung geraten. Genau ein Jahr war es her, daß ich meinen ersten journalistischen Text veröffentlicht hatte; ein Buch, so hoffte ich, würde irgendwann einmal folgen. Einige meiner Arbeiten landeten auf dem Schreibtisch eines jungen Schriftstellers. Unsere Lebenswege wiesen erstaunliche Parallelen auf: Internat, wir hatten für Magazine ähnlicher Art geschrieben, nur daß er mir immer einen Schritt voraus zu sein schien – sein erster Roman war gerade erschienen.

Dann erhielt ich von ihm eine exotisch frankierte Einladung für Silvester in Galle. Eine ganze Gruppe junger Leute würde kommen; ich brannte darauf, sie zu treffen. Das Schriftbild, ein in Deutschland unüblicher Reliefdruck, der Text wackelig und leicht schief, ließ erahnen, daß die Karte vor Ort gedruckt worden war.

Tatsächlich befand sich die Werkstatt nur wenige Meter von unserem Hotel entfernt in einem verfallenden Eckgebäude des Forts. Sein Inneres beherbergte auf einer Fläche von zwei Stockwerken einen unüberschaubaren Schatz von alten Bleisätzen, verteilt über Tische, Regale und Tabletts, deren Oberfläche in gleichmäßige Kästchen gegliedert war, wie die Waben eines Bienenstocks. Wir standen in einem Paradies für jeden Semantiker, einem babylonischen Gewirr aus verschiedenen Zeichen und Schriften.

Nun war alles zusammengebacken unter Staub und Dreck, kaum erkenntlich in den Sonnenstrahlen, die, durch Löcher im Dach und Fenster fallend, über den Bretterboden strichen. Aus Vorsicht preßten wir uns eng an die Wand, um nicht durch das morsche Holz zu brechen und hinunter auf die ratternden Maschinen des Erdgeschosses zu fallen, inmitten eines Regenschauers von Schriftstücken und mysteriösen Buchstaben, einer unsortierten und kryptographischen Geschichte der Insel, inmitten der Adressen verstorbener Beamter, von Briefköpfen, Sonnenrädern, politischen Symbolen, kabbalistischen Zeichen, buddhistischen Kürzeln, Abbildungen von Sportgeräten für Clubs, von Bäumen, Blumen, Pflanzen und Gesichtern, von Tausenden von Rätseln und potentiellen Anfängen sich zufällig zusammensetzender Geschichten.

Bei meiner Ankunft im Hotel um halb acht Uhr morgens schlief der Gastgeber noch. Er wurde bewacht von einem gurkennasigen Polizisten, postiert am oberen Ende der Treppe, die von der Straße zur überdachten Veranda führte. Auf einer Höhe von mindestens sechs Metern kreisten Ventilatoren über den unbesetzten Edelholzmöbeln des *New Oriental Hotel*. Es waren alte Stühle, ihr Korbgeflecht quietschte zwischen dunkel glänzenden Rahmen, und darüber flitzten Schwalben durch offene Flügeltüren in das lautlose Innere des Gebäudes.

Erbaut zur Zeit des Sonnenkönigs, hatte das Haus die Verwaltungen und Offiziersmessen zuerst der holländischen, dann der britischen Armee beherbergt. Es war eigentlich nur ein weißer Kasten mit ganz großen Fensterbögen und einem flachen Ziegeldach. Als Hotel hatte er sich durch das letzte Jahrhundert hinein in die Gegenwart gerettet als technologiefreie Welt mit Räumen von sinnloser Größe, wo es keine Klimaanlagen gab und die Tische aus Mahagoni waren.

Nun hieß es, es sei verkauft worden. Man würde diesen Sommer noch renovieren. Unter vorgehaltener Hand fiel der Name einer Hotelkette aus Singapur, und mit ihm kam eine beunruhigende Vision von Klimaanlagen und Geschäftsleuten in grellen Bermudas. Noch aber gab es Stühle, denen die Engländer in einem letzten Anflug von Bosheit den Namen *Bombay Fornicator* gegeben hatten, da man ihre Armlehnen ausklappen und in der Länge zu Fußstützen verdoppeln konnte: Luxus, der nur im Orient denkbar war. Wir lagen auf diesen Gestellen, die Schenkel albern geweitet, umsorgt von einer Schar spreizfüßiger Kellner im Wickelrock, die Weinflaschen mit verständnisloser Ehrfurcht behandelten und unendlich langsam über Tische und Stühle schlichen. Sie wurden überwacht von einem finsteren alten Mann, der aus der Sicherheit des Türrahmens regungslos zu uns herüberstarrte, die schwarzen Ringe der Degeneration um die Augen wie der Scharfrichter in einem indischen Stummfilm. Wir nannten ihn den schrecklichen Kali, eine unmögliche Gestalt, die mit physischer Gewalt daran gehindert werden mußte, während wir noch sprachen, zurück in den Türrahmen zu flüchten und dort die Bestellung nach »boiled vegetables« in seinem skurrilen Akzent vor sich hinzumurmeln als »blvlblüb«.

In der Halle signalisierten die Morsezeichen eines elektrischen Weihnachtsbaums das Nahen von Silvester. Während wir aus der Dusche in unsere Welt davonhuschender Geckos, tanzender Motten und kichernd in die Wand zurücksinkender Zimmermädchen stiegen, stürmte, nur wenige Kilometer weiter entfernt, ein Einheimischer das Zimmer zweier Berlinerinnen am Strand von Hikkaduwa und rief: »Habt ihr Drogen?«

Im Hotel warf sich der Pianist ans Klavier. In der Pension folgten dem ersten Ganoven drei weitere. Ein Münchner bestellte Burgunder. Die Ganoven wedelten mit rostigen Macheten. Dann verschwanden sie mit Bargeld, einer Videokamera und den Autoschlüsseln eines Wagens in Zürich. Mit zwei Großraumtaxis fuhren wir zum Strand. Die Berlinerinnen fuhren vom Strand zur Polizei. Und als ich, Wochen später, in der Deutschen Hauptstadt eine Pizza essen ging und auf eine alte Bekannte stieß, erklärte mir diese: »Ich bin überfallen worden!«

»Wie! Hier, auf der Straße?«

»Nein, in Sri Lanka. Ich war da zu Silvester.«

Um die Schraube noch eins weiter zu drehen: Ich kannte dieses Mädchen nur aufgrund eines weiteren, statistisch ebensowenig erklärbaren Zufalls – weil ich nämlich, in einer anderen Berliner Kneipe, einem anderen Mädchen in die Arme gelaufen war, mit der ich vor drei Jahren einmal für Disney World in Florida gearbeitet hatte und die mich dann mit dem Opfer des späteren Überfalls in Sri Lanka bekannt machte. Um genauer zu sein: Sie wurde ihre Geliebte.

Sri Lanka, Nabel der Welt. *Serendipity – the faculty of making happy or unexpected discoveries by accident.*

Vom Inland kommend, führt der Weg fast zwangsläufig auf die grandiose Terrasse des Galle Face Hotels in Colombo. Altmodisch und überdacht öffnet sie sich in zwei Stufen zu einem Stückchen Rasen, an dessen hinterem Ende einige Palmen das Meer einrahmten. Seinen Korbstuhl in dieses Panorama gedreht, saß dort mein alter Schulfreund Sebastian. Er saß in der Gesellschaft einer Engländerin, die gerade dabei war, ihre aristokratischen Finger um einen Gin Tonic zu wickeln. Die beiden hatten unterdessen Bekanntschaft mit dem Rest der Truppe in Galle geschlossen, welche nun ihrerseits wie auf Kommando erschien. Nun diskutierten sie lebhaft, ob man das in den Rasen eingelassene Schachbrett mit menschlichen Figuren bevölkern könnte. Ich setzte mich hinzu, lächelte und schwieg. Niemandem würde ich verraten, daß ich wußte, wer die Königin wäre. Ich hatte sie im New Oriental gesehen, eine dünne Amerikanerin wohl Ende Vierzig, die wie der Geist der Roaring Twenties in rauschender Seide durch das Hotel gewandert war, ihre ohnehin schon große Gestalt durch ein Paar Charleston-Schuhe und einen grotesken Turbanaufbau ins Hühnenhafte verlängert, um sich wie eine Trauerweide hinab zu den Gästen zu beugen. Klappernde Reifen, Ringe und

Sklavenbänder bedeckten beide Arme vom Handgelenk bis zum Ellenbogen.

»Das ist Sandy«, sagte mein Freund, »eine ganz tolle Frau. Sie war früher einmal Sängerin. Draußen im Dschungel wohnt sie, in einem unglaublichen Haus.«

»Da würde ich gerne einmal hin.«

»Wir waren eigentlich bei ihr eingeladen.«

»Und warum sind wir nicht gegangen?«

Er hob erstaunt die Schultern. »Weiß nicht. Wahrscheinlich zu müde.«

Die unwirkliche Erscheinung der Amerikanerin sollte mir noch lange durch den Kopf spuken, bis mir auf einer Exkursion in den Urwald plötzlich einfiel, an wen sie mich erinnerte: an Edith Sitwell.

Barfüßige Kinder liefen auf beiden Seiten des Bootes die Lagune entlang, Mädchen in hellen Säcken, die als weiße Tupfer durch Bananenstauden, Balsaholz und Mangobäume schwebten. Der andere Teil der Gruppe fiel in dem zweiten Fieberglaskahn immer mehr zurück. Es war Sunil von der Rezeption gewesen, der uns hierher geführt hatte. Wir waren durch sein Haus gekommen, einen ebenerdigen Schlauch mit wackeligen Wänden, der die Lücke zwischen zwei anderen Häusern am Ortsausgang füllte. Während uns seine Mutter zwischen Plüschsesseln, Spitzendecken und Hochzeitsphotos anstrahlte und eine Tochter ihre Beine vor Verlegenheit wie Korkenzieher umeinander wickelte, wies der Hausherr auf eine Baustelle: Sein Heim wurde auf der Rückseite im Eigenbauverfahren gerade vergrößert. Dahinter begann der müllübersäte Strand. Die grüßenden Hände weiblicher Verwandtschaft geleiteten uns ins Freie. Auf der Brücke stand ein Armeeposten, und darunter fraß sich der Meeresarm ins Inland, hin zum krakeelenden Urwald, den man, vielleicht nur für heute, *Spice Island* getauft hatte.

Es war bewölkt, unangenehm und schwül. Im Heck des modernen Einbaums saß ein Mann und trieb uns mit sanften Paddelschlägen vorwärts. Dabei blickte er auf das dunkelhaarige Mädchen, das zwischen ihm und dem amerikanischen Maler mit dem Filmstarlächeln saß, nicht ganz sicher, ob und wann er mit den üblichen Touristeninformationen beginnen sollte. Dann sagte er ganz beiläufig:

»Unsere traditionellen Einnahmequellen sind Gewürze, Gummi und Tee. In den letzten Jahren ist noch eine vierte hinzugekommen: Unsere Ladies gehen in den Mittleren Osten und arbeiten dort als Hausmädchen.«

»Und was macht ihre Lady?« fragte Rebecca, die, wie üblich, sehr herzig angezogen war und bereits die Vorlage für eine Figur in einem Roman geliefert hatte.

»Meine Frau ist zu Hause und zieht meine Kinder groß«, sagte er zufrieden und lachte durch seine fehlenden Zähne. Dabei glitten wir über das flache Wasser immer tiefer in den Dschungel hinein, dessen Ufer sich auf beiden Seiten vor uns weitete und schloß. Warane wälzten sich durch den Schlamm der Böschung, in Verstecken gärte illegal gebrannter Arrak, und darüber flitzten die aufschillernden Brustfedern winziger Vögel durch das Geäst von Bäumen, die mit ihren Wurzeln wie mit Händen ins Wasser griffen. Wir legten an und wateten an Land.

Nach einem Balanceakt über Stöcke und Steine weitete sich der Wald, der nur von außen dicht war, und schuf zwielichtigen Platz für eine elende Siedlung aus Lehmhäusern auf halber Höhe des schlüpfrigen Berges, für Feuerstellen, kläffende Köter, winzige Menschen und daneben, von einem Kranz spießender Pflänzchen umgeben, das frisch ausgehobene Grab eines Mannes. Doch Sunil führte uns weiter, zerrieb Blätter zwischen den Fingern, deren Kuppen nach Zimt rochen, nach Limonen, Kardamom und Nelken, bis die Sonne durch die Wolken brach und unsere Gruppe durch das Dach des Dschungels, hoch über der aquamarinblau glitzernden Lagune und dem Meer in tiefgrünen Wellen davonrollender Palmen.

Die Sicht war grandios und hatte dennoch etwas Beklemmendes an sich, da man gewahr wurde, welch weiter Weg es zurück bis nach Hause sein würde. So dauerte der Abstieg länger als erwartet. Auf der schleichenden Rückfahrt im Kahn aus Fieberglas verspürte ich schon bald das Bedürfnis nach Strand und frischer Luft. Um uns sog der Wald das Wasser aus dem Boden und spie es über die Blätter wieder aus, feist, grün und ungenießbar. Die überraschenden Einblicke der Hinfahrt – Eidechsen, Fässer, Dörfer – waren einer abweisenden Blätterwand gewichen, welche die von Augenblick zu Augenblick zunehmende Schwüle in sich aufzunehmen und mit geballter Kraft zu reflektieren schien. Wie seltsames Obst hingen zwei oder drei Angler von einigen der in den Boden gerammten Holzpfähle, welche sich, mit einfachen Fußstützen versehen, hintereinander in einer Reihe vom Ufer bis hin zur Mitte der Lagune zogen. Ein Marmeladenglas wurde herübergereicht, in dem ein winziges Fischchen ziellose Kreise zog. Vom Boot konnte man bis auf den Grund sehen, wo vereinzelte Baumstämme unter der Bewegung des Wassers aussahen wie regungslos am Boden stehende Tiere.

So trieben wir unter sich formierenden Wolken weiter über die Lagune, zum Fluß und schließlich zum Meer. Die Lethargie, die im Schatten des drohenden Unwetters wie ein Kissen über dem Land zu brüten schien, war eigentlich nur in unseren Köpfen entstanden, als plötzliche Einsicht in die Grenzen, die menschlichem Wirken durch die immense innere Kraft der Natur in den Tropen gesetzt werden. Gleichzeitig lief dieser innere Fatalismus immer wieder Gefahr, auf die Umgebung projiziert und so als äußere Friedlichkeit mißverstanden zu werden – und das, obwohl die Menschen hier, genauso wie überall anders auch, in regelmäßigen Abständen mit unverständlicher Wut übereinander herfielen.

Doch für den Neuankömmling hatten Wetter und Vegetation in diesen Momenten noch die Illusion einer allumfassenden Ereignislosigkeit geboren und lockten mit dem Phlegma spätkolonialer Degeneration. Es war kein Wunder, daß sich europäische Einwanderer an ihre eigene Kultur geklammert hatten wie an einen Rettungsanker: Nur so konnte es gelingen, den Urwald auch im Geiste auf Distanz zu halten. Doch während man sich in Frack und Abendkleid zum Essen setzte, mußte eine fußgetriebene Mechanik Ventilatoren und träge nickende Pfauenfächer in Bewegung halten, deren Bewegungen die feucht stehende Luft zerteilten, wie Spinnräder, deren beständiges Surren die Hintergrundmusik ablieferte für den Schimmel, der sich in der Nacht über das Schwimmbad legte, für das Regnen der Samenkörner auf den Rasen für Kricket und Croquet, zerfallende Fassaden durch das Wirken des Monsuns.

Mit der passiven Unaufhaltsamkeit einer Welle stieg die Menge der Reisenden empor zu den Abteilen des Zuges am Bahnhof von Colombo. Die massiven Waggons sahen aus wie die Kulisse zu einem Abenteuerfilm von David Lean, eine unverwüstliche Modelleisenbahn aus Stahl, deren quietschende Fenster eines nach dem anderen nach oben geschoben wurden und dabei auf halbem Wege steckenblieben. Dieser Zug sollte mich für einige Tage von dem Gefühl befreien, mit jedem Versuch von produktiver Arbeit unweigerlich am Klima scheitern zu müssen, da er mich, auf den Spuren der früher in gleicher Absicht geflohenen Engländer, ins Hochland bringen würde, in die frische Luft der Berge von Nuwara Eliya.

Während die Slumhütten an den Stadträndern in Bananenstauden versanken, schilderte ein zierlicher Armeeinspektor den Kampf gegen die Tamil Tigers, erdolchte einen eingebildeten Gegner in der Luft, schickte eine imaginäre Gewehrsalve hinterher, spuckte aus dem Fenster, vorbei an den Obstverkäufern, von denen seinerseits der Geruch reifer Mangos und Papayas zu uns hinüberwehte, und schlief ein.

Die Stadt öffnete sich zu Reisfeldern, deren wasserglänzende Ränder von Palmenwäldern gesäumt waren. An einer der nächsten Haltestellen erhob sich der Armeeinspektor und verschwand, ohne mir noch einmal ins Gesicht zu blicken. Der unausgesprochene Hauch von Skepsis über Sinn und Erfolg der Kämpfe, den seine leicht unterdrückte Abschiedsgeste im Abteil hinterlassen hatte, wurde von drei freudestrahlenden Offizierskadetten zerstreut, die an seiner Stelle nun den Platz mir gegenüber eingenommen hatten. Mit dem scheidenden Beamten teilten sie die Neigung, erhoffte oder vollbrachte Heldentaten im Bürgerkrieg durch das Betätigen unsichtbarer Gewehre zu illustrieren. Obwohl sie der Zug zur Feuertaufe nach Norden brachte, trugen sie Zivil, und ihre übermütige Art hatte noch wenig Militärisches an sich.

»Puff! Wir werden gegen die Tamil Tigers kämpfen!«

»Alles Gangster und Terroristen!«

»Puff Puff Puff! Shoot-to-kill!«

»Puff Puff, ha ha!«

Ihre Art, den blutigen Konflikt nur als eine weitere Variante des ewigen Spieles von Räuber und Gendarm zu verstehen, mochte vordergründig auf einen Mangel an Fronterfahrung zurückzuführen sein; gleichzeitig drängte sich mir jedoch die schmerzliche Erkenntnis auf, daß die drei jungen Männer instinktiv bereits den einzig möglichen Weg gefunden hatten, den ihnen bevorstehenden Schrecken zu überstehen: indem sie so taten, als sei er ein Scherz. Diese Form des Selbstbetrugs, sich durch die Vortäuschung eines Indianerspiels jeglicher moralischer Verantwortung zu entheben, verhieß unvorstellbare Grausamkeit. Meine Unfähigkeit aber, in der einen oder anderen Seite mehr als nur Opfer zu sehen, meine Unfähigkeit zum Selbstbetrug und damit auch zur Parteinahme verdeutlichten, daß dieser Krieg nicht mein eigener war. Und da es nicht mein Krieg war, sondern nur ihrer, würde ich ihm auf meiner Reise auch nicht begegnen, es sei denn, ich unternahm konkrete Anstrengungen, die Konfrontation mit ihm zu suchen. Von meiner europäischen Identität wie von einem Kokon geschützt, könnte ich mich bewegen wie die Einheimischen und unterlag dennoch anderen Gesetzen, so wie der Konsul in Graham Greenes Roman »Our Man in Havanna« in die Hände der Geheimpolizei fällt und vom Oberst mit den Worten beruhigt wird: »Don't worry – you don't belong to the torturable classes.«

Im Abteil wogten frischgebügelte Hemden, Schnurrbärte, Affenschaukeln und Tüllkleider um vereinzelte Pärchen, die sich schweigend an den Händen hielten. Tageszeitungen wurden vor dem Panorama jenseits der Fenster entfaltet, und die Kringelbuchstaben ihrer Überschriften erinnerten, ähnlich wie das Alphabet der Khmer, an die grob nachgezeichneten Konturen von Äpfeln, Birnen und Kirschen. Dann bog der Zug wieder in die andere Richtung, und auf der ehemaligen Bergseite konnte man auf einmal kilometerweit in die Täler sehen, wo die Palmen von Kiefern abgelöst und die Hügel steiler wurden.

Hellgrün nachwachsende Teesträucher verdrängten den Wald, bis sie zur vorherrschenden Pflanze wurden. Schließlich bedeckten sie die Hänge wie ein dichtes, von feinen Linien durchbrochenes Polster. In regelmäßigen Abständen lagen zum Zug hingedrehte Steintafeln mit den Namen der Plantagen in dieser einsamen Kulturlandschaft wie Grabsteine in einem Park. Die Offizierskadetten starrten auf die Teepflückerinnen, die draußen als bunte Flecken über die Landschaft verteilt waren und die, kleinwüchsig und dunkel, mit in der Nase glänzendem Goldschmuck dem Zug hinterherblickten.

»Hübsche Mädchen, huh?«

»Sieh her, ihre dunkle Haut: Das sind alles Tamilen.«

»Ist deine Freundin blond?«

Während eine jener genauso typischen wie überflüssigen

Reiseunterhaltungen über Verlobung, Frauen und Familie bei fallendem Thermometer erstarb, fuhr der Zug in die Bergstation von Hatton ein. Kein Taxi, sondern der Stationsvorsteher brachte mich über die letzten Serpentinen auf eine Höhe von nicht ganz zweitausend Metern über dem Meeresspiegel ins eigentliche Zentrum von Nuwara Eliya. Hier hatte Sir Samuel Baker in der Mitte des letzten Jahrhunderts seinen Wanderstock in den Boden gerammt und verkündet, ein Dorf zu bauen, bis er dann weiterzog, um die Quellen des Nils zu entdecken.

Der daraufhin entstandene Ort mauserte sich zu einem *der* Ferienziele des Vizekönigreiches, in der die herrschende Klasse Erholung von der Hitze und den Fiebersümpfen des Tieflandes suchte. Als die Briten nach der Unabhängigkeit gehen mußten, hinterließen sie zwangsweise verstaatlichte Teeplantagen, eine Reihe weißglänzender Fachwerkhäuser im Cotswold-Stil – und Haufen von getrocknetem Fisch, der in braunen Haufen zum Himmel stinkt, Grundnahrungsmittel für die Scharen von Plantagenarbeiter, die heute die Baracken des Bazars neben der Bushaltestelle bevölkern.

Ungestört von alledem, leicht erhöht über dem Dorf und diskret zurückgesetzt hinter Hecken und einem sanft ansteigenden Rasen mit Tischen und Stühlen, serviert der »Hill Club« noch heute, ein fünfgängiges Menü für Mitglieder und Gäste. Der Speisesaal ist groß und eckig wie eine Schulaula, voller Weihnachtsdekorationen, komischer Vorhänge, Luftballons, ein wenig spießig und deswegen vollkommen echt. Die meisten der Anwesenden sind Touristen, die in Grüppchen an den Reihen kleiner Vierertische sitzen und ihr *Roast Rack of Lamb* zersäbeln. Man kann die Augen schließen und sie sich gut vorstellen, diese Briten, damals, wie sie zu Hause eine eher bescheidene Existenz geführt und nun in den Kolonien als Pflanzer eine zweite Chance bekommen hatten, Taschenuhren zu tragen und Clubs zu gründen, in denen Einheimische mit weißen Handschuhen an sie herantraten und fragten: »Would you care for a glass of claret, Sir?«

Im Nebenzimmer brennt ein großes Feuer im Kamin. Bei Tee und Schokolade sitzen Gestalten aus Manchester und Redding in den Plüschsesseln und diskutieren, ob man mit dem Tannenbaum auch die Photos der Königsfamilie verheizen soll. Auch hier ist der Lauf der Zeit also doch nicht mehr ganz aufzuhalten, obwohl er, abhängig von Person und Ort, mit unterschiedlicher Geschwindigkeit seinen Fortgang nimmt. Denn vierhundert Meter entfernt vom Relikt republikanischer Engländer steht ein alter Singhalese vor einem 120 Jahre alten Tisch von *Burroughs & Watts, Manufacturers, Soho Square, London* und fordert den Vorbeikommenden zu einer regelmäßigen Partie Snooker.

Eine chronische Migräne hat den ehemaligen Mechaniker vor Jahren zum Spieler werden lassen; nun beugt er sich über den Tisch mit der undurchschaubaren Freundlichkeit eines Menschenschlages, der seit Generationen gewohnt ist, in jeder Freundlichkeit des Zugereisten nur eine weitere Form der Exzentrizität zu sehen. Abend für Abend streut er rote Kugeln wie Fußangeln über den grünen Filz, im Licht einer tiefhängenden Lampe wie in einem Bild von Edward Hopper, um den Gegner in ein kompliziertes Netz präziser Blockadeschüsse einzuspannen, dessen Versuche mit einem einstudierten »Nice try, Sir« zu belobigen und sich dann mit einer Folge sicherer Stöße an die gnadenlose und unausweichliche Exekution zu machen. Die innere Befriedigung, die er bei diesen Siegen empfinden mag, ist seinem Gesicht nicht anzumerken.

Er müßte sie auch nicht offen zur Schau stellen, da die Tafel mit den Namen der Präsidenten des »Hill Club« ihre eigene Sprache spricht, wo die Namen der englischen Sirs und Lords auf einmal den Namen von singhalesischen Sirs und Lords weichen, bis das Verschwinden des englischen

Adelsprädikates vor dem einheimischen Namen die unaufhaltsame Lockerung der Bande des Commonwealth repräsentiert. So werden diese in die Erinnerung verdrängt, in besondere Momente, wie den, an dem der alte Mann vor dem Billardtisch zu sprechen beginnt und von seiner Familie erzählt: »For nineteen years, my father had been the driver of a gentleman ...«

Als ich vor meiner Abreise am kommenden Tag noch einmal vorbeisah, stand er schon wieder, oder noch immer, unter der Lampe in seinem zeitlosen Saal und reichte mir wortlos einen Queue: Für den Augenblick war ich sein einziger Gegner. Im Frühling aber, wenn die Blumen blühen, wird Nuwara Eliya für zwei Wochen zum Boulevard des Landes. Dann reist die Große Welt an, aus Colombo und von noch weiter her, um auf den Spuren des Empire zu wandeln und England ohne die Engländer zu genießen. Es gibt Golftourniere, Pferderennen, Musicals, Disko und Konzerte; die Hotels sind überfüllt, die Preise vervielfältigen sich, selbst in der Nacht wird es noch Staus geben, zum Ärger all derer, die kein Zimmer mehr bekommen haben und deswegen auf dem Bürgersteig schlafen müssen.

Jetzt aber war das Hotel leer bis auf eine japanische Reisegruppe. Sie scharte sich um einen fetten Mönch, der gekommen war, um die viertausend Stufen zum heiligen Adams Peak zu erklimmen. Er saß beim Frühstück, balancierte unter dem beifälligen Nicken seiner Umgebung Stücke des Omeletts auf der Messerspitze und war sichtlich stolz darauf, sich beim Zuschnappen nicht in die Zunge zu schneiden.

Strände, Wickelröcke und geschälte Mangos waren ganz weit weg. Anstelle dessen gestatteten Wolken und Kälte einen klarköpfigen Aktionismus, der auf unangenehme Weise an Europa erinnerte. Die Leute schlenderten nicht, sondern liefen, und einige gingen sogar wandern.

In dieser Absicht war auch Revan ins Hochland aufgebrochen, der sich nun auf unserer Rückfahrt nach Galle im Zug neben mich setzte. Mit seinem Bruder hatte er in der Nähe eines Platzes namens *World's End* gezeltet, während der Tau von den Bäumen troff und Tiere lautlos durch das Mondlicht glitten, Hirsche und seltsame Affen. Nun überkreuzte er seine neuen Timberland-Boots und strich über das himmelblaue T-Shirt, das den Aufdruck der singhalesischen Wasserball-Nationalmannschaft trug. Er hatte das Spiel am St.-Thomas-College erlernt und hoffte nun, im Herbst für ein Turnier nach Indien zu fahren. Seine Schule lag in einem Ort mit dem wunderschönen Namen Mount Lavinia. Wie ich später erfuhr, war es auch die Schule von Michael Ondaatje gewesen.

Der junge Student verließ mich bald, um für weitere Schwätzchen durch den Zug zu streifen. Sein Platz wurde von Reverend Brother Joe Sunnystan Selvanayagan ersetzt, Priesterschüler in der gefallenen Tamilenstadt Jaffna, dessen Seminar der Apostel des Ostens seinen Namen gegeben hatte: St. Francis Xavier. Bis Ende Oktober hatten sie dort, im Herzen des Bürgerkrieges, unter dem Schein von Kerosinlampen das Evangelium studiert, während sich um sie die Stadt langsam leerte. Es fehlte an allem – es fehlte an Strom, es fehlte an Wasser, und es fehlte an Medizin für die Kranken. Als die Regierungsoffensive näherrollte, wurde die Schule ins Umland evakuiert. Denjenigen, die es sich leisten konnten, stellte man frei, die heiße Phase bei Verwandten im Süden zu verbringen. So kam der schlanke Mitzwanziger am Ende seiner sechsjährigen Ausbildung in den Genuß einer mehrmonatigen Zwangspause und befand sich nun, mit über der Brust baumelndem Kruzifix und weißem Kassock auf dem Weg in die alte Königsstadt Kandy.

»Die Kirche steht über dem Konflikt«, dozierte er mit einer Miene, die nicht zu seinem Alter passen wollte. Dann schubste er mit seinem Kollegen eine Gruppe verschüchterter Novizen auf die Sitzbank am gegenüberliegenden Ende des Waggons. Der zweite Priesterschüler setzte sich ihnen gegenüber. Reverend Brother Joe Sunnystan Selvanayagan machte seelsorgerische Handbewegungen, mit denen er die Luft zu zerteilen schien, die jeden Augenblick wieder wärmer und weicher wurde. Da er ein Jahr lang Philosophie und vier Jahre lang Theologie studiert hatte, versuchte ich, ihn in ein Gespräch über Bischof Berkeley und seine These zu verwickeln, daß wir niemals die Dinge an sich, sondern nur ihre Erscheinungen wahrnähmen. Die Handbewegungen wurden schneller. Dann öffnete ich Salman Rushdies Buch *Mitternachtskinder*, verwies auf eine Stelle, in der ein indischer Bischof, in Anspielung auf Gott Krishna, das Christentum für Hindus attraktiv machen möchte, und rief triumphierend: »Jesus war blau!«

»Unmöglich.«

»Doch, ich sage es Ihnen. Da steht es geschrieben, schwarz auf weiß.«

Ich reichte ihm das zerfledderte Taschenbuch, dessen aufgeschlagene Seiten er mit lautlos arbeitenden Lippen überflog. Dann legte er die Finger einer Hand an den leicht geöffneten Mund, als wolle er mir die Beichte abnehmen. Für einen Augenblick dachte ich, er wäre schwul. Reverend Brother Joe Sunnystan Selvanayagan blickte mich vorwurfsvoll an; schließlich kam ihm die Erleuchtung.

»Sind sie Protestant?«

In den Waggons herrschte konstante Bewegung durch Gruppen junger Männer, die herausfinden wollten, wer sonst noch mit ihnen reiste. Sah ich aus dem Fenster, schoben sich in den Kurven die vorderen Waggons in mein Blickfeld, Kästen mit gleichmäßigen Reihen offener Fenster, in denen, weiße Flecken auf dunklem Grund, die Hemden der Passagiere, im Fahrtwind flatterten. Neben den Schienen schwankte das Gras, und dahinter fiel das Panorama in grünen und blauen Stufen ab zum diesigen Horizont. Die Palmen kehrten zurück. Nur mit dem Kopf über ihre Wipfel ragend, blickte ein steinerner Buddha von einer Anhöhe über den Bahnhof hinab auf die Stadt, in der, vor mehr als einem halben Jahrhundert, Alan Morgan de Saram seine Reise nach England begonnen hatte: Kandy. Die angehenden Priester und ihre Zöglinge stiegen aus. Es wurde noch voller. Der Zug setzte sich wieder in Bewegung, und dann ratterte die ganze Karawane zu den Trommelschlägen eines musizierenden Albinos, mit Mangoverkäufern und viel Gejohle und Geschrei in den Tunnels, hinab ins Tiefland und zurück ans Meer.

Dort stehen Korallenriffe vor der Küste Sri Lankas. Bei Sonnenuntergang bricht sich auf den Wogen das Licht, scheckig, metallisch und hart. Inmitten dieses Spiels aus Schatten und Reflexion schwimmen Wasserschildkröten als schwarze Flecken in der Brandung, gekommen, um Nahrung zu suchen. Dann saß unser Gastgeber am Strand, das Surfbrett auf den Knien, und wartete auf die Mutter aller Wellen.

Eine von ihnen traf mich von hinten und spülte beide Kontaktlinsen hinaus in den Golf von Mannar. Die Welt verschwamm zu einem Nebel loser Farbtupfer, reduzierte sich auf Geräusche und Gerüche, Wind in den Palmen, Sand unter den Füßen und das unterschwellige Gefühl von Gefahr. Im Wasser gab es tückische Strömungen, die einen an bestimmten Stellen innerhalb weniger Augenblicke weit hinaus aufs offene Meer reißen konnten. Gleichzeitig entwickelte dieses in der Nähe des Ufers eine beängstigende Kraft.

Da verstand ich zum ersten Mal, was es hieß, Schiffbrüchige würden »in der Brandung zerschellen«: Bei zurückweichender Flut fühlt der entkräftete Körper zum ersten Mal wieder den Boden, tastet sich mit vorgestreckten Händen an Land. Da ergreift ihn eine neue Welle und drückt ihn über die ausgespreizten Finger nach vorne. Gelenke brechen im

Sand. Im Strudel des abfließenden Wassers verliert er die Orientierung. Die nächste Welle kommt über ihn, und wenn die Küste steinig ist, wird er darauf geschleudert, ohne sich schützen zu können. Hier am Strand, wo unser Gastgeber saß, hatte die Strömung in den letzten Wochen zweimal jemanden ergriffen und aufs freie Meer gezogen. Zweimal hatte sich Rick, der junge Besitzer des Strandrestaurants, auf sein Surfbrett geworfen und, mit schwarz über den Wellen aufblitzenden Armen, das Opfer wieder zurückgeholt. Die Tatsache, daß er nun Leben rettete, war eine eigenartige Fügung des Schicksals, hatte er seines doch vor einigen Jahren um ein Haar verloren.

Er muß damals achtzehn Jahre alt gewesen sein. Die Zeiten waren hart für den Süden. In der Not gedieh eine weitere Terrororganisation, die marxistische *Janatha Vimukti Permuna JVP*. Deren Anschläge und Erpressungen vergalt die Regierung mit nackter Gewalt. Als Rick eines Abends noch auf der Straße war, vielleicht hatte er die Sperrstunde übersehen, wurde er von Sicherheitskräften gepackt und in einen Wagen gezerrt. Lähmende Furcht muß ihn ergriffen haben, als man ihn fesselte, ihm die Augen verband und der Motor des Wagens aufheulte, um ihn an einen unbekannten Ort zu bringen.

Das Fahrzeug hält. Der Gefesselte wird in eine Baracke bugsiert. Durch einen Spalt in der Augenbinde kann er erkennen, daß er nicht alleine ist. Der große Raum ist voller Leute, die wie er hierher verschleppt worden sind. Am Kopfende des Raumes steht ein Mann, dessen Gesicht hinter einer Maske verborgen ist. Er teilt die Anwesenden in zwei Gruppen. Ricks Gruppe wird wieder in die Freiheit entlassen. Diejenigen, die der anderen Gruppe angehören, werden getötet, indem man ihnen benzingetränkte Tücher über die verbundenen Köpfe legt und entzündet.

Der damalige Präsident, Ranasinghe Premadasa, fällt wenig später selber einem Mordanschlag zum Opfer. Auf der

Maiparade umarmt ihn ein Selbstmordattentäter und bringt dabei eine an seinem Körper befestigte Bombe zum detonieren. Das kann Rick aber noch nicht wissen, als er am Ende der längsten Nacht seines Lebens ins Freie gebracht wird, fröstelnd vielleicht, denn auch in Sri Lanka ist es am Morgen kalt.

Nachdem er auf diese Weise sein Leben geschenkt bekommen hat, beginnt er, das Geschenk zu multiplizieren und selber Leben zu retten. Wahrscheinlich geschieht dies gar nicht bewußt. Wahrscheinlich sitzt er nur eines Tages am Strand und denkt sich »Was nun?«, als er den Hilfeschrei einer Frau vernimmt. Über den Wellen tanzt eine Hand. Die dankbare Touristin verschenkt ihre Uhr. Dann schickt sie ihm Geld. Rick beginnt, sich eine Existenz aufzubauen. Er kauft sich ein Restaurant. Und es wird an dieser Stelle gewesen sein, wo die beiden Berlinerinnen Silvester verbracht haben.

»Meine Freundin war noch am weinen«, erzählte mir das Mädchen später, »aber das hatte andere Gründe. Ich war auf einmal so richtig gut drauf. Komisch, daß ich damals weiter nach Indien fahren wollte – und das du es dann auch getan hast.«

Sie fragte mich, ob ich an Telepathie glaube.

»Irgendwie«, erklärte sie, »sind wir alle durch irgendwelche unsichtbaren Kräfte miteinander verbunden.«

So trifft man an gewissen Tagen noch jemand anderen deutscher Herkunft im Restaurant. Es handelte sich um einen alten Juden, der zur Nazizeit nach Amerika ausgewandert war, nun auf einem der Plastikstühle saß und durch eine riesige Sonnenbrille hinaus auf den indischen Ozean blickte. Ihn umgaben zwei dickliche Dämchen, bei denen nicht ganz klar war, wer Mutter war und wer Tochter, beide in altmodischen Blümchenkleidern, wie einst zur Sommerfrische an der Ostsee.

»Wir kannten Rick schon, als er soooo klein war«, sagte der

Mann und streckte seine Hand aus. Rick nahm dies lachend zur Kenntnis. Unterdessen war er ausgewachsen, selbständig, vielleicht verheiratet. Und vor allem: Er war ein famoser Koch.

Finale: Unter einem trompetenden Vollmond ziehen wir im Gänsemarsch vom Hotel hinauf auf die Mauern des Forts. Dort, auf dem äußersten Punkt der Festung, beinahe dem südlichsten Zipfel der Insel, kreist der V-förmige Doppelstrahl eines Leuchtturms über Palmenwipfel, eine zur Moschee umgewandelte holländische Kirche, wandert weiter, über eine Gruppe sitzender Moslems, und verliert sich über dem Meer. Am Horizont steht eine Kette von Lichtern: Fischerboote, die auf ihren Fang warten. Vollmond – in Goa und Ko Phangan werden sie jetzt Party machen. Da löst sich eine weiße Gestalt aus dem Schatten des Bauwerks. Sie hält einen Gegenstand bedrohlich hoch über dem Kopf. Für einen Augenblick scheint sie dort zwischen Himmel und Erde zu schweben, während der warme Wind mit ihrem Gewand spielt und nun mit voller Wucht den Geruch der Brandung bringt. Dann trifft der Scheinwerfer des Leuchtturms die Gestalt. Zwischen ihren Händen funkelt ein Transistorradio auf wie eine Monstranz. Aus dem Äther krächzt eine Stimme:

»And here are the cricket results...«

Es sind die australischen Nachrichten.

Rainald Goetz

SAMSTAG, 5. JUNI 1999

HOTEL EUROPA

muß schmunzeln kö
KLÄRUNG 1
BERNHARD VAN TREECK
Die Kunst der Gesellschaft
ärung 3

liche Sammlung
rd vom 30. April
der Kunsthalle
n der Sammlung
Picasso Museum

Jammer
Zone
Glückstage
merkwürdigen Sil-
der zwölf Schläge der
des Postgebäudes am Plaza Mayor
man eine Weintraube schlucken, wenn man im
neuen Jahr Glück haben will. Das sind zwölf Trauben
in siebzehn Sekunden. Obwohl das fast unmöglich
ist, versuchen es die Menschen jedes Jahr aufs neue
– in ganz Spanien, denn das Läuten wird per Radio
Dieses Beispiel aber zeigt: Abergläubische Tricks
manchmal alles andere als witzig, auch dann,
sie nicht gleich lebensgefährlich sind. Es kann
lich ziemlich anstrengend und frustrierend sein,
von Radiowecker-Orakeln und Unglücks-T-Shirts
Tag verderben zu lassen. Oder stundenlang
spannt im Auto zu sitzen und sich durch
tes Zwinkern vor dem sicheren Unfalltod zu
Das hört sich vielleicht
lustig an – ist es
nicht. Besonders
Prüfungen, sei es
tur, Führerschein
Diplom, machen
viele meiner Bekann
das Leben
zur Hölle. Beliebt
Prüflingen ist, wie
festgestellt habe,
Ampel-Orakel.
funktioniert so:
befindet sich
ziemlich weit weg
einer Fußgänger-
weise auch einer
ampel, und diese
Grün. Nun muß
sich mit langsamer
schwindigkeit
bloß nicht
werden. Schafft
noch, die Straße
Grün zu überquere
besteht man Abi
Führerschein-
Diplomprüfung.
die Ampel
wieder
schreckliche
Nacht vor sich.
Bekannte von
sich damit drei
lang gequält, vor
Staatsexamen.
trotzdem bestand
Ich bin nicht allein
Ich habe alles probie
Talismane in
mentöpfen vergrab
per Klospülung
sorgt, auf den Müll
worfen. Unglücks
ten, -pullis, -sch
trotzdem
Meinen alten
tel in die
Schubladen
bannt. Es
nutzt,
Johann
Teuf
ne Freundin Sonja einen
den Hals trägt, der sie
mand außer ihr selbst
sonst seine heilenden
Anhänger wieder mit
muß nur mit einem
draufschreiben. Und
er wieder, besser als
und Fernsehen landesweit übertragen. Das Glücks
schlucken ist nicht nur schwierig – manche
suchen es mit Tricks wie geschälten
sondern auch ganz schön gefährlich. Weil
Glücksschlucker an ihren Trauben erstick
vergangenes Silvester mit Unterstüt
Schweizer Uhrenspezialisten die Pause
den Turmuhrschlägen verlängert, so
Sekunden für seine

Tür kaputt
Bitte Keil benutzen

Feuilleton

haut dich um"
ist früher besser als später?

herrscht ein Spaßzwang im Land"

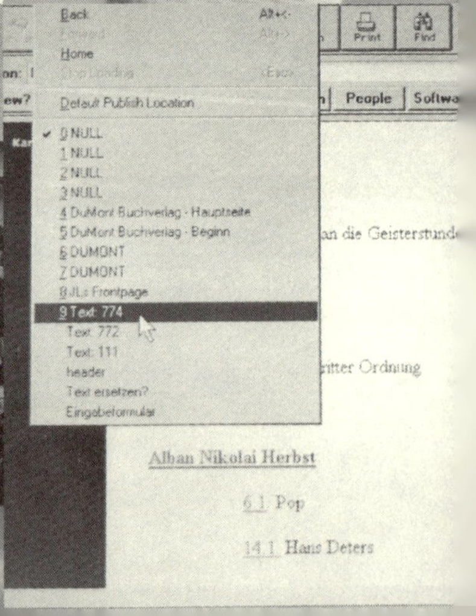
Back
Home
Default Publish Location
0 NULL
1 NULL
2 NULL
3 NULL
4 DuMont Buchverlag - Hauptseite
5 DuMont Buchverlag - Beginn
6 DUMONT
7 DUMONT
8 JLs Frontpage
9 Text: 774
Text: 772
Text: 111
header
Text ersetzen?
Eingabeformular
Print
Find
People
Alban Nikolai Herbst
6.1. Pop
14.1. Hans Deters

LIVE
INSTITUTE FOR PEACE
Washington

HAPPY
What Next?
Don't Guess
TALES FROM
THE FRONT

KRIEG

Sixt
rent a car
2.8D

TECHNO-LEXIKON

WestBam

HELL

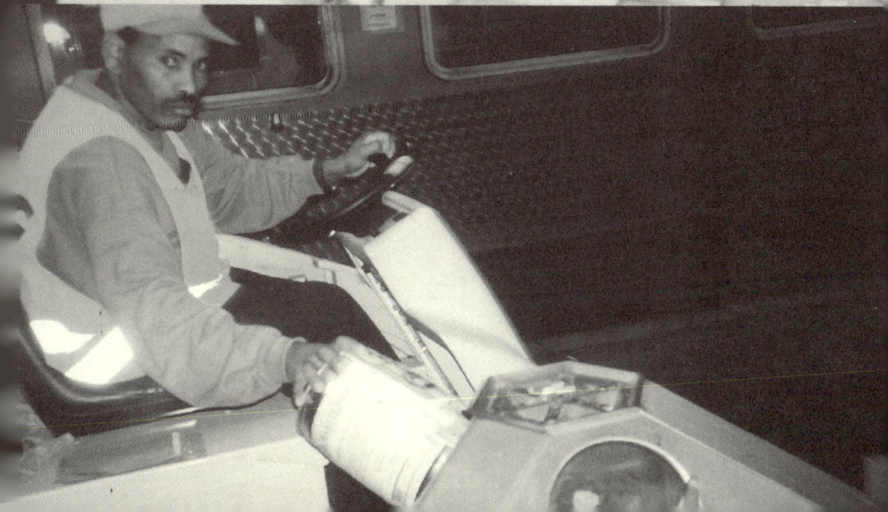

RAVE
Sex

Gala

FORMEL 1
FOTOS
Weg zum Bild!

NESCAFÉ
GOLD
SPITZENQUALITÄT
EINER SCHREIBT DER BERLINER REPUBLIK
ETWAS INS STAMMBUCH
Erstmals sind die Älteren
nicht per se schon Täter.
Erstmals heißt es: Macht erst mal,
bilanziert wird später.
Erstmals sind die Jüngeren
nicht per se schon Richter.
Erstmals schreckt das Kainsmal nicht
älterer Gesichter.
Erstmals müssen alle ran,
Turnschuhe wie Krücken.
Glückt's nicht, sind wir alle
ergo muß es glücken.

Lorenz Schröter

BELLERSEN

Man muß einfach nur die Landstraße langfahren. Winke-winke machen die kleinen schwarz-weißen Männchen am Rand. Sie wünschen gute Fahrt und beschützen uns, die putzigen Gesellen. Der schwarz-weiße Strichcode der Leitpfosten gliedert unsere Fahrt unaufdringlich, plack plack, plack plack. Geduldig, sanft und nachgiebig strahlen sie uns aus einem gelben Auge freundlich an. Ja, ihr braven Leitpfosten, ungezählt wie die Sterne am Himmelszelt bei Sturm und Wind, kaum jemand achtet eure Dienste, die ihr, bei Staub und Hitze, still und genügsam, verrichtet. Ihr habt die Aufgabe der Baumgeister und Gartenzwerge übernommen. Hinter euch ist nur der dunkle Wald.

Fahren, fahren, fahren. Man muß einfach nur die Landstraße weiterfahren. Die Mittelstreifen jagen sich und versuchen immer wieder vergeblich durch den Mercedesstern zu huschen. Stählerne Scheiblettenschilder zeigen Orte an, arme Dörfer noch ohne Umgehungsstraßen. Die Häuser lehnen sich abgestumpft vom Verkehr zurück, müde, tote Fenster mit Balken verrammelt, voller Spinnweben und zerbrochener Keramikfliesen. Ein bißchen gruselig, aber nicht zu sehr. Dann sind wir auch schon wieder vorbei am viereckigen Mond mit dem roten Schrägstreifen. Wir fahren und fahren.

Es ist schön hier, unendlich schön. Zart wölben sich Hügel am Horizont, ganz sanft bewachsen wie mit blondem Flaum vom Unterarm junger Mädchen. Felder in allen Farben, in Gold und Grün und noch einem Grün und tausendundeinem Grün. Dazwischen, in der Form ihrer Blätter, freistehende Bäume. Manche trauern, manche dösen wie Hirten, manche warten nur stolz. Wir fahren.

Es ist das Land aus dem Shell-Atlas, das Reich des Fahrens. Wenn man anhält, kommt man zur Besinnung. Ich weiß nicht, ob das gut ist. Jedes Land hat ein Ende, eine Grenze, also muß man wohl oder übel mal anhalten. Zum Tanken, beim Edeka eine Cola kaufen oder sich die Beine vertreten, wie es immer heißt. Papi muß sich mal die Beine vertreten. Heute ist Papi natürlich nicht da. Ich bin ganz alleine da, ganz alleine mit mir. Nein, stimmt, jemand anders ist noch da, aber das verrate ich erst später.

Bellersen ist ein schönes Dorf, keine Frage. Es gibt eine grüne Bank mit einer Metallplakette, darauf steht, wer sie gespendet hat. Wahrscheinlich die Sparkasse oder der Optiker. Eine wilde Hecke hat den Gartenzaun überwuchert wie bei Dornröschen. Kinderfahrräder in den Farben von Nimm Zwei-Bonbons liegen in der Einfahrt. Jede Einfahrt ist anders bepflastert. Beim Hausbau befahl die Hausherrin dem Bauleiter, daß ihre Hofeinfahrt auf jeden Fall anders gemustert sein muß als die vom Nachbarn.

Es ist ein schöner, normaler Ort, hier läßt es sich aushalten, wie man so sagt. Ich steige aus, etwas schwach auf dem Beinen, auch im Kopf rauscht die Fahrt noch nach. Das heißt, etwas Seltsames hat Bellersen schon. Bei der Renovierung des Gasthauses kam eine mittelalterliche Schrift zum Vorschein: »Zum toten Juden.«

Verständlicherweise sorgte das für allerhand Aufregung.

Hören wir mal zu. Da ist zum Beispiel der kleine Benjamin, der seine Mutter Anna fragt:

»Dubu Mabamaba, wabas sibind eibeigebentlibich Jubudeben?«

»Was redest du da?«

»Kebenst Dubu nibicht diebie B-Sprabachebe?«

»Ach Gott, die B-Sprache. Gibt es die immer noch? Also, äh, abalsobo wabas wibilst Dubu wibisseben?«

»Was sind eigentlich Juden?«

»Oh, mein Gott! Woher hast du das? Was weißt du davon? Nun, äh Juden, das sind ... Weißt du, du darfst niemals glauben, die wären habgierig oder sie würden sich verschwören, um die Weltherrschaft an sich zu reißen. Hörst du, das darfst du niemals glauben? Das ist ganz wichtig. Wenn dir jemand erzählt, die, äh, Juden hätten alle eine große Nase und wären sehr reich oder Wucherer, komm sofort zu mir, dann reden wir darüber? Ja, abgemacht, Benjamin? Großes Indianerehrenwort?«

Kein Wunder, daß sich Anna Sorgen macht. Anna sieht ein bißchen aus wie Uschi Glas, sie hat dieses rechtschaffen Zusammengezuzzelte, auf ihrer Bluse wagt bestimmt kein Fleckenteufel zu landen. Sie ist Farbberaterin und hat zuhause eine Tabelle, die sie an das Gesicht ihrer Kunden hält und ihnen verrät, ob sie ein Herbst- oder Wintertyp sind. Weil aber kein Mensch seine gesamte Garderobe wegen dieser blöden Tabelle umstellen will, verkauft Anna ihnen ein Herbst- oder Wintertuch, um den Typ zu unterstreichen. Deshalb laufen alle im Dorf mit diesen Tüchern um den Hals oder über der Schulter herum. Leben kann Anna davon nicht, aber sie hat ein großes Schild an ihrer Hauswand: »Kosmetik und Farbberatung«. Das ist aber jetzt nicht so wichtig.

Anna macht sich also Sorgen, da trifft sie ihre Nachbarin:

»Marianne, ich glaube, der Ungeist geht um. Mein Benjamin hat mich heute gefragt, was sind eigentlich, äh, äh, äh ... Das kann er nur aus der Schule haben. Wir Erwachsenen müssen das jetzt auffangen, nicht wahr?«

»Ja, das ist eine Art Prüfung für uns. Eher symbolisch meine ich.«

»Hast du ein Buch, das du mir leihen kannst, über äh, äh ...«

»Juden?«

»Ja, äh ... Ich weiß gar nicht, irgendwie kann ich das Wort

nicht aussprechen. Es klingt irgendwie so... so... antisemitisch.«

Marianne ist Lehrerin und, tut mir leid, sie hat Übergewicht und rotgefärbte Haare, das machen Frauen um die Fünfzig so. Früher war sie Feministin, heute trinkt sie Puerh-Tee. Marianne hat noch einen Mann, Joachim, ein rechter Schlaumeier in engen Jeans. Er sagt gerne Sachen wie:

»Es gibt kein richtiges Leben im falschen.«

Oder:

»Wenn man von was nicht reden kann, soll man schweigen, nicht wahr?«

Oder er macht irgendwelche literarischen Anspielungen, die keiner kapiert. Auch Joachim ist Lehrer, er hat aber Rückenschmerzen und ist deshalb frühpensioniert. Er war mal Kommunist und hat noch die blaue Marx-Engels-Gesamtausgabe im Regal stehen. Allerdings in zweiter Reihe, davor stehen jetzt Kochbücher: *Die koreanische Küche*, *Geheimnisse der Toskana*, *Exotische Gemüse* und *Das Casablanca-Kochbuch*, ein peinliches Mitbringsel zu seinem letzten Geburtstag.

Diesmal aber meint Joachim, der Klugscheißer:

»Das verwundete Wort kann in einer neuen, in einer affirmativen Anwendung, die sein früheres Wirkungsgebiet zerstört, zum Instrument des Widerstands werden.«

Da hat er, wie meistens, recht. Aber keiner hört ihm zu.

Wie in jedem Dorf gibt es auch in Bellersen einen Bürgermeister. Der ist verantwortlich:

»Nun ja, also es gibt meiner Meinung theoretisch vier Möglichkeiten, und ich betone das ganz besonders, daß es nur theoretische Möglichkeiten sind und ich für keine... Oh Gott, also erstens: Wir übermalen den Schriftzug wieder. Das wäre sicher die bequemste Lösung, und wenn die Schrift da aus der Nazi-Zeit stammen würde, wäre das auch kein Problem, dann wäre das ruckzuck weg. Kein Problem.

Aber sie sieht älter aus, so Mittelalter, und wenn wir das übermalen würden, das würde, das würde… Also das würde schlecht aussehen, wenn es herauskommt. Und außerdem aus denkmalschützerischen Überlegungen, wegen der Authentizität, nicht war?«

Der Bürgermeister würde die Verantwortung gerne teilen. In der Stille hört man nur:

»Eine Tasse Kaffee.«

»Draußen nur Kännchen.«

Der arme Bürgermeister muß alleine weitermachen:

»Also gut. Eine andere Möglichkeit, ich betone theoretische Möglichkeit, ist, wir lassen es einfach so wie es ist. Mein Gott, mußte ausgerechnet uns das passieren? Ich meine, jetzt sind fünfzig Jahre vorbei, und nun das! Ich meine, das kann doch kein Scherz gewesen sein. Und wo wir doch so vorbildlich den Müll trennen. Bevor also diese Angelegenheit… Man weiß wirklich nicht, wie man sich da verhalten soll. Ich glaube, da muß man einen Experten fragen.«

»Was denn für einen Experten?«

»Naja, den Ignatz Bubis, wofür ist er denn sonst da?«

Endlich mischen sich auch die andern Einwohner in die Diskussion:

»So ganz verstehe ich die Aufregung ja nicht.«

Annas Augen leuchten begeistert:

»Ich meine, ›Zum toten Juden‹ klingt vielleicht nicht besonders… nicht besonders… gemütlich.«

»Ja, in England haben die Pubs auch so komische Namen wie ›Toads and Lords‹. Das ist auch ziemlich eklig, ich meine, da denkt man gleich an zerquetschte Kröten und so…«

Der Bäcker des Ortes erwähnt immer gern seinen vergangenen Englandaufenthalt.

»Das ist doch wohl was ganz anderes.«

»Ich denke, das ist ein Zeichen. Eine Chance für uns.«

Marianne versucht zu schlichten, in dem sie das Ganze

entwicklungspsychologisch sieht. Aber Anna hält an ihrer Idee fest:

»Was steht denn da? ›Zum toten Juden‹ – nicht mehr und nicht weniger. Da steht nicht: ›Juda verrecke‹, da steht noch nicht mal ›Zum ermordeten Juden‹. Tote Juden sind ja an sich nichts Schlimmes. Mendelssohn ist zum Beispiel tot und Jude. Einstein auch. Die meisten der berühmten Juden sind tot.«

»Und?«

»Naja, wir passen das Gasthaus dem Namen an und hängen da Portraits auf von toten Juden. Also Heinrich Heine, Kurt Tucholsky, Karl Kraus ...«

»Erich Kästner.«

»Das war kein Jude«, weist Marianne den Bäcker zurecht.

»Nicht? Aber er war doch auch immer so lustig.«

»Das ist vielleicht keine schlechte Marketing-Idee.«

Die Sekretärin des Bürgermeisters hält sich selbst für viel geeigneter als ihren Chef und hat bereits die kommende Komunalwahl im Auge:

»Da kommen dann vielleicht auch Touristen aus Israel, die genug von den ganzen öden KZs haben. Die wollen auch mal Blumen sehen. Und eine schöne Landschaft wie bei uns. Plus ein wenig Kultur mit Kafka oder so.«

Der Bürgermeister hingegen begeistert sich nicht gern für fremde Ideen:

»Hm, hm... Aber ist das nicht irgendwie pervers? Morbid? Ich meine, da hängt dann ein Bild von Erich Mühsam und drüber steht ›Zum toten Juden‹ – das klingt ja so, als ob wir uns drüber freuen würden.«

Anna läßt nicht locker:

»Man darf halt nur Juden aufängen, die nicht im KZ gestorben sind. Ich meine natürlich deren Fotos aufhängen. Ben Gurion zum Beispiel. Oder Rabin. Nee, den vielleicht nicht, der wurde ja auch ermordet.«

»Vielleicht lesen wir ja diese alten Buchstaben ganz falsch, und die Schrift bedeutet was ganz anderes. Zum Beispiel... ›Zur roten Rute‹.«

Das ist natürlich der Bäcker.

»Ferkel!«

Das war Anna.

»In Sibirien, da erschrecken die Schamanen die jungen Männer, die in die Erwachsenenwelt aufgenommen werden sollen, auch mit schrecklichen Totems. Als Initationsritual.«

Und das Marianne.

»Was hat denn das damit zu tun?«

»Na, diese Schrift an der Wand, das ist ein Initationszeichen für uns. Aus unserm Unterbewußtsein.«

Jetzt ist Marianne an der Reihe. Sie mag es gar nicht, wenn andere so viel reden:

»Da wird einem der Verlust der jüdischen Kultur in Deutschland bewußt, nicht wahr? Wie eine Art Phantomschmerz.«

Zu einer Lösung würde man heute nicht mehr kommen, das sieht der Bürgermeister genau und erhebt sich seufzend. Die Versammlung verläuft sich.

»Ich glaube, ich würde gern mal mit einem, äh, Juden schlafen... Nicht wirklich, aber die Vorstellung...«

Anna ist das aus Versehen herausgerutscht. Sie und Marianne ziehen sich in den Garten auf ihre Hollywood-Schaukel zurück und machen eine Flasche Wein auf.

»Prost. Die Juden sind nicht umsonst gestorben.«

»Ich finde schon, daß es ziemlich sinnlos war.«

»Dank der Shoa ist wieder ein moralisches Rigorosum in die Welt gekommen.Das Absolute, kein Wischi-Waschi. Es gibt wieder den Teufel. Und die Hölle.«

»Ich finde aber, gerade die Sinnlosigkeit ist die Hölle.«

»Weißt du, was Maimonides gesagt hat? ›Die Augen schauen vorwärts, nicht rückwärts.‹ Das trifft doch auf uns, die wir keine Juden umgebracht haben, total zu. Wir müssen vorwärts schauen.«

Die beiden haben sich kundig gemacht und sind dabei irgendwie auf den spanischen Arzt und Theologen Moses Maimonides gestoßen.

»Wenn ich mich recht erinnere, hat Maimonides das aber über die Astrologie gesagt und nicht über den Holocaust, äh... äh... ich meine die Shoa.«

»Klar, das war ja auch im 12. Jahrhundert.«

»Du meinst, die toten Äh-Juden sind gut für uns, Marianne?«

»Miriam, ich heiße jetzt Miriam. Manchmal stelle ich mir vor, der Mossad entführt mich nach Tel Aviv. Weil sie mich für einen Nazi halten. Ich träume das oft... Es ist richtig angenehm, so unschuldig verfolgt zu werden. Die ganze Welt ist gegen einen, und man zieht sich ganz auf sich selbst zurück. Ja, das ist doch das gute am Deutsch-Sein, die ganze Welt hat uns umzingelt mit Vorwürfen, so daß wir uns in uns selbst zurückziehen. Niemand liebt uns. Und vor Gericht dann, in Tel Aviv, da wo sie dem Eichmann den Prozeß gemacht haben, da stehe ich also in Handschellen, und dann werde ich meine Unschuld beteuern. Ah, wie gut das tut, so unschuldig leiden zu müssen – denn wir können ja keine Nazis mehr sein, wir sind ja alle zu spät geboren... Oh ja, das wäre schön... nicht schuldig!«

»Gut, gut, Miriam. Weißt du noch, wie wir niemals so werden wollten wie unsere Eltern? Dreißig Jahre haben wir doch mit aller Kraft dagegen angekämpft, und jetzt läßt die Kraft nach und die Veranlagung kommt durch. Ich merke jeden Tag, wie ich immer mehr wie meine Mutter werde. Schrecklich.«

»Es ist wie ein schwerer Traum, nicht wahr? Ein schwerer, deutscher Traum. Wer kennt denn heute noch alle Minister der jetzigen Regierung? Oder alle Bundeskanzler? Aber Göring, Himmler, Goebbels, die werden wir nie vergessen. Das sind schon mythische Gestalten. Hitler, das ist doch kein Mensch mehr. Eher ein gefallener Erzengel, wie Satan. Oder nimm Rudolf Hess, den die Neonazis alle verehren. Weil er Treue symbolisiert. Und Schweigen. Das ist schon gar keine richtige Geschichte mehr, sondern ein Märchen. Ein böses Märchen, wie die meisten Märchen, aber eben ein Märchen.«

Marianne ist nicht nur vom Rotwein betrunken.

»Naja, ich habe mir zumindest überlegt, ob ich zum Judentum übertrete …«

»Was? Ich dachte, du bist Buddhistin?«

»Gefühlsmäßig schon. Aber der Buddhismus ist ja mehr so eine Weltanschauung und keine, naja, Religion. Ich glaube, der Mensch braucht Religion.«

»Glaubst du denn plötzlich an Gott?«

»Das kommt darauf an, wie du Gott definierst.«

»Das machen ja normalerweise die Religionen für einen, das ist schließlich das Praktische an ihnen. Die erklären einem dann schon Gott.«

»Es ist mehr so kulturell. Naja, ich weiß selber noch nicht. Ich vertraue dir jetzt ein großes Geheimnis an, das darfst du aber niemanden erzählen: Ich mag keine Klezmer-Musik. Ich finde die, bei allem Respekt, grauenhaft. Düddel-dü, düddel-dü. Dabei bin ich doch kein Antisemit, oder?«

Aber Marianne, die sich jetzt Miriam nennt, hat noch ein anderes Problem:

»Weißt du, was ich glaube? Ich glaube, mit Joachim ist was nicht ganz koscher. Er raucht wieder.«

Anna, ihre gute Freundin Anna, ist manchmal sehr genervt von Marinne, weil sie dauernd redet. Dann kann Anna auch ziemlich gemein sein. Als sie noch jung waren, hat Marianne einmal einen chicen blauen Lippenstift getragen und Anna hat sie gefragt, ob ihr kalt ist. Anna hat es faustdick hinter den Ohren:

»Dein Mann? Der ist doch ein militanter Nichtraucher? Ich glaub ja eher, der hat was mit der Buchhändlerin.«

»Mit der Gewitterhexe? Nie im Leben, da bin ich mir ganz sicher.«

»So?«

»Ja, nichts da ›So?‹! Der kriegt doch seit Jahren keinen mehr hoch. Joachim hat so einen Geburtstagskomplex, jedesmal wenn er ein Jahr älter wurde, war's aus mit ihm. Witzigerweise ist er am 9. November geboren worden, na, und ausgerechnet er als Geschichtslehrer, an diesem Tag: 9. November 1918 Ausrufung der Republik, 9. November '23 Hitlerputsch, 9. November '33 Reichskristallnacht. Und seit dem 9. November 1989 ist völlige Sendepause. Da geht nichts mehr.

Futschikato. Tote Hose. Genau mit dem Mauerfall. Witzig nicht? Der alte Kommunist, das hat er sich nicht träumen lassen. Früher hat er echt den ›Roten Morgen‹ vorm Fabriktor verkauft, als wir noch in der Stadt wohnten. Na, als die Mauer fiel, da war's dann aus mit seinem Kommunismus. Soll ich noch eine Flasche Wein aufmachen? Seitdem hat er auch angefangen zu kochen. Dabei hat er sich vorher nie was aus gutem Essen gemacht. Man muß nur nach Bulgarien fahren, dann weiß man, daß der Kommunismus dort immer noch an der Macht ist. Oder Rumänien. Kommunisten können nicht kochen.«

Beide haben recht. Joachim ist impotent, aber er steigt trotzdem mit anderen Frauen ins Bett, und ist dort impotent. Hauptsache, er beugt sich nicht dem modischen Monogamie-Diktat des Zeitgeistes, wie er immer sagt. Joachim gehört zu der Generation, die ›Zeitgeist‹ sagt, wenn ihr was nicht paßt. Wenn er was gar nicht mag, sagt er ›modischer Zeitgeist‹. Danach kommt nur noch Faschismus.

Aber nicht nur Marianne und Anna, auch andere haben Probleme. Der Bürgermeister zum Beispiel, dem seine Sekretärin ausrichten muß:

»Der Bubis hat endlich geantwortet.«

»Na, endlich, dann ist ja alles gut.«

»Naja, ich weiß nicht so recht. Er meint: Macht euern Scheiß alleine.«

»Wie? Was soll das heißen ›Macht euern Scheiß alleine‹? So geht es doch nicht, verdammt nochmal.«

»Na, so direkt hat er das nicht gesagt. Mehr so das übliche ›Wir bedauern Ihnen mitteilen zu müssen‹... blabla... ›Sehen uns außerstande... aus zeitlichen Gründen‹... blabla... ›Ohne nähere Kenntnis der Sache‹... blabla... ›Keinen Freibrief‹...«

»Was? Freibrief? Eine historisch-kritische Expertise, einen simplen Ratschlag! Wofür ist der Bubis denn sonst da? Von unsern Steuergeldern! Dieser Hirni!«

»Du kannst doch einen Juden nicht so beschimpfen, Spatzl.«

Sekretärin und Bürgermeister duzen sich, aber das ist eine andere Geschichte.

»Warum? Hört jemand zu? Aber Sie haben Recht, ich muß mich beruhigen. Und nennen Sie mich nicht Spatzl.«

Eigentlich duzt ja nur die Sekretärin ihren Chef. Er siezt zurück, aber das ist jetzt nicht so wichtig.

»Und wenn man statt dem Bubis einen andern Juden fragt? Ich könnte ja mal im Telefonbuch unter Goldstein nachschaun. Oder unter Grünspan. Oder einen von den Talkshows, Maxim Biller, diesen Friedmann oder diesen Wolffsohn. Irgendeiner wird schon was sagen. Dann sind wir raus aus dem Schlamassel, oder?«

»Was man macht, ist falsch. Es ist so, als ob man übers Meer fährt mit einer wertvollen Fracht und aus den Untiefen der See kommt ein Ungeheuer und verschlingt einen. Das ist doch ungerecht, wir sind doch nicht die Schweizer Banken - wir haben doch gar nichts gemacht! Außerdem scheint da jemand seinen Müll nicht richtig zu trennen, da kommt schon wieder ein Beschwerdebrief von der Sortieranlage, weil dauernd jemand Pampers in den Biomüll wirft. Und dann der blöde Bubis, der zu fein ist, sich um unsere Angelegenheiten zu kümmern. Dieser Trottel.«

»Kusch!«

»Ja, ja.«

Wen haben wir jetzt schon aus dem Dorf kennengelernt? Den Bürgermeister und seine Sekretärin, die gerne Bürgermeisterin an Stelle des Bürgermeisters wäre. Den Bäcker, der sich nun aus dem Internet das Rezept für Bagels besorgen will. Die ängstliche Anna, die fulminante Marianne, beziehungsweise Miriam und ihren Mann Joachim. Der Klugscheißer hat einen Freund, Florian, der wiederum mit Anna verheiratet ist. Die beiden haben schon lange keinen Sex mehr, aber auch das ist eine andere Geschichte. Florian ist so eine Art Heimatpfleger mit Ellbogenflicken auf der grauen Strickjacke, er versucht seine Nachbarn zu überzeugen, mickrige Holzbirnen statt standortfremden Rhododendron zu pflanzen.

Verwundert steht Florian vor dem Edeka. Es ist sieben Uhr abends, und der Laden hat noch offen. Florian macht sich oft so seine stillen Gedanken:

Auch so eine Tradition, die verschwindet. Die Ladenschlußzeiten. Es gibt Dinge, die man bewahren sollte. Diese sogenannte Rechtschreibreform. Ich habe mich an einer Sammelklage im Namen meiner Kinder beteiligt, wurde leider abgewiesen, jetzt sammeln wir Unterschriften für ein Volksbegehren.

Tolpatsch soll jetzt mit zwei ›L‹ geschrieben werden, als ob es von ›toll‹ käme und nicht vom ungarischen ›talpas‹, ›breitfüßig‹, womit man sich in Ungarn über die Infantrie lustig gemacht hat... Ja, so verschwindet die Kultur... Denn ich möchte nicht von meinen Kindern gefragt werden: Wo warst du, als sie das scharfe S ausgerottet haben?

Heimatliebe ist nicht nur dumpfes, reaktionäres Zeug. Es gibt in dieser Region ja auch eine Tradition von anarchistischen Wilddieben und romantischen Schwachköpfen. Und es tut mir in der Seele weh, wenn das alles aufgefressen wird von zwölf Jahren Nazidiktatur. Wie ein schwarzes Loch im Weltall, daß jedes Licht verschluckt.

Florian, der Heimatpfleger, und Anna, die Farbberaterin,

haben zwei Kinder. Benjamin, den Meister der B-Sprache, kennen wir schon, aber sie haben auch eine Tochter, Sabine. Sie ist neunzehn Jahre alt und schon deshalb sehr hübsch. Aber sie will nicht hübsch sein, sie will um ihrer selbst willen geliebt werden. Deshalb hat sie sich auch ihre langen Haare abgeschnitten, das machen schöne Frauen oft, wenn sie um ihrer selbst willen geliebt werden wollen. Das heißt, natürlich will Sabine hübsch sein, sie will eigentlich beides. Sie ist schließlich neunzehn Jahre alt. Also Sabine hat auch ein Problem, und weil ihre Mutter sie dauernd nervt, sie wolle ihre beste Freundin sein – am liebsten würde Anna über ihr fehlendes Sexualleben sprechen, aber Sabine hat dazu überhaupt gar keine Lust, deshalb nervt sie ihre Mutter mit ihrem Problem:

»Warum kann ich nicht blond sein? Alle schönen Frauen sind blond.«

»Du bist doch schön. Außerdem gibt es viele schöne Frauen mit dunklen Haaren.«

»So? Wen denn?«

»Hm, äh... hm...«

»Na also!«

»Schneewitchen zum Beispiel. Schwarz wie Ebenholz, weiß wie Schnee und rot wie Blut.«

»Ja, super. Schwarz-weiß-rot wie das Hakenkreuz.«

»Wart einen Augenblick... die Ding... äh... hm... Anne Frank.«

»Danke. Viel besser. Danke.«

Sabine dreht sich auf ihren Turnschuhen um, die sie aussehen lassen, als würde sie auf Waffeleisen laufen, und läßt entnervt ihre Mutter stehen, gerade bevor dieser noch andere Brünette einfallen: Birgit Schrowange, Monica Lewinsky. Vielleicht auch besser so.

Und dann ist da noch der Bürgermeister, der mit der Verantwortung. An der hat er zu tragen, Tag und Nacht. Sie reißt ihn sogar mit einem Telefonklingeln aus dem Schlaf.

»Hallo?«

Die Verantwortung reißt ihn aus dem Schlaf, oder nur das Klingeln des Telefons? Ja, es ist wirklich die drückende Verantwortung, die auf ihm lastet und die ihn hochschrecken läßt. Er weiß nicht, ob er die Stimme am Telefon nur träumt:

»Sie sind doch der Bürgermeister von Bellersen, wo tote Juden am Gasthof hängen?«

»Wie? Was? Nein. Das heißt ja. Ich bin Bürgermeister. Aber hier hängen keine Äh-Juden. Wer spricht denn da überhaupt?«

»Sie verleugnen also. Gut. Wie ist Ihre Einstellung zu den Juden? Glauben Sie, daß sie zuviel Macht haben? Daß die Juden in der amerikanischen Presse zuviel Einfluß haben?«

»Ich lese nur den Landkreisboten. Und Focus. Aber manchmal auch den Spiegel.«

»Sie lehnen also die amerikanische Presse ab, weil der jüdische Einfluß zu groß ist? Gut. Und was halten Sie von der Politik Israels?«

»Was? Wer spricht da? Äh, Israel... wissen Sie, wieviel Uhr es ist?«

»Interessieren Sie sich nicht für das Schicksal der Juden?«

»Israel, oh, Gott. Israel... Ich bin für Frieden. Ja, für Frieden.«

»Sie kritisieren also die Politik der Regierung von Israel?«

»Ich weiß nicht...«

»Ach ja, Sie haben mal wieder von allem nichts gewußt. Und die deutsche Vergangenheit, wie stehen Sie dazu?«

»Schlimm, schrecklich... aber...«

»Aber?«

»Das ist doch schon so lange her. Da waren wir doch noch gar nicht auf der Welt. Bitte! Wer spricht denn da? Wer sind Sie?«

»Die Vergangenheit hört nie auf. Und Hitler?«

»Schrecklich. Aber Hitler war es nicht allein.«

»Sie entschuldigen also Hitler. Gut.«

»Nein, nein. Wissen Sie, ich habe mich intensiv mit dieser Zeit auseinandergesetzt.«

»Warum?«

»Als Deutscher hat man die Pflicht...«

»Wir tun immer unsere Pflicht, wir Deutschen, nicht wahr?«

»Diese Zeit fasziniert einen, deshalb setzte ich mich...«

»Aha, Sie sind also von den Nazis fasziniert. Diese herrlichen Lichtdome, die Aufmärsche, die schwarzen Uniformen.«

»Nein! Nein, nein!«

»Doch, doch. Immer nur leugnen und Ausflüchte suchen...«

Der arme Bürgermeister. Aber es war nur ein Traum, ein schwerer Traum aus seinen Eingeweiden.

Das ist Bellersen. Jetzt verrate ich auch, wer mit mir da war. Er ist mein ständiger Begleiter, er ist größer als ich, hat aber die gleiche Figur. Er sieht ein wenig aus wie die Sarkophage bei Tim und Struppi im Tal der Könige, die Dinger, die man um die Mumien klappt. Zum Glück sehe ich ihn nur selten. Vor allem wenn ich fahre, Geschwindigkeit mag er nicht. Aber wehe, wenn ich anhalte. Dann brabbelt er noch mehr als ich.

Nika Scheidemandel

S O

Auf der Suche nach der Angemessenheit dachte ich anfangs, daß ich einfach einen langen Brief an meine Omi schreibe, die hat fast ein Jahrhundert miterlebt, das ist eine Zeitspanne von überschaubarer Qualität. Omi als Ansprechpartner hätte mir zudem eine recht schmeichelhafte und verletzliche Ehrlichkeit verliehen. Aber ihr Brief an mich wäre dann bestimmt viel interessanter, denn sie hat ja, wie gesagt, fast das ganze Jahrhundert miterlebt. Also wahrscheinlich wäre das Optimale dann so etwas wie EINHUNDERT FRAGEN AN MEINE OMI UND IHRE ANTWORTEN geworden.

Aber einerseits ist Omi gerade in Teneriffa und hat kein Fax, und andererseits kann ich ihre Schrift immer so schlecht entziffern. Mal abgesehen davon liegt Omi wahrscheinlich gerade am Pool und läßt sich von Tony, ihrem attraktiven polnischen Hausmeister, der außerdem auch für ihre Häuser in Köln zuständig ist und dessen Statur man für seine Anfang sechzig noch als sehr stattlich bezeichnen darf, eine ausgiebige Rückenmassage geben. Dementsprechend kurz würden dann natürlich auch ihre Antworten ausfallen. Aber all das ist pure Hypothese, mit der ich mich nicht länger aufhalten will.

Deshalb habe ich mich den Fakten zugewandt: Die Sumerer, die Bewohner Mesopotamiens, des Zweistromlands zwischen Euphrat und Tigris, waren ein kapriziöses Völkchen.

Der alte Abraham, einer der Bibelautoren – nicht zu verwechseln mit dem ABRA-HAM, dem Schinken, den wir aus der Aldi-Kühltheke kennen, sondern der eigentliche Vater Abraham, bevor er einige tausend Jahre später die Schlümpfe kennenlernen sollte –, war auch ein Bewohner Mesopotamiens, also ein waschechter Sumerer.

Abraham verließ irgendwann erzürnt das Land, spuckte noch einmal über die Schulter und brabbelte Unverständliches in seinen Bart. Folgende Hybris hatte ihn völlig aus dem Konzept begracht: Die vornehmlich jungen sumerischen Larifaris verbrachten einen Großteil ihrer großzügig bemessenen Freizeit – das Rad und die Schrift hatten sie ja bereits erfunden – damit, Pyramiden zu bauen.

Dies taten sie allerdings nicht, um, wie die alten Ägypter, ihren Vorfahren einen Platz in der Geschichte einzuräumen, vielmehr taten sie es, wie gesagt, aus purer Hybris. Ihren Pyramiden gaben sie den schönen Namen KIRKUS. Ziel des halbstarken Pyramidenbaus war, diese immer höher und breiter und in schwindelerregende Höhen und Breiten zu türmen.

Kurz gesagt, der wirkliche Zweck dieser Pyramiden bestand ausschließlich darin, daß sie schon aus der Ferne wahnsinnig fett aussehen sollten, und dann stürzten sie irgendwann, weil sie natürlich viel zu hoch gebaut waren, einfach um. Man muß sich das ungefähr so wie tiefergelegte Corvettes vorstellen.

Es gab dann also irgendwann richtige Sumerer-Gangs, und die coolsten Typen mit den schärfsten Miezen waren immer die, deren KIRKUS gerade umgekracht war. Verschmitzt lungerten sie dann auf den Trümmern und kauten mit frecher Miene auf Betelnüssen rum. Aus dieser Zeit stammt wahrscheinlich auch die Redewendung: »Jetzt hört doch mal auf mit dem KIRKUS.«

Abraham verließ dann irgendwann sein geliebtes Land – die Wiege der Menschheit –, weil er Angst hatte, von Trümmern erschlagen zu werden. Was Abraham nicht wissen konnte war, daß er inzwischen an Tollwut litt, die er sich bei seinem sumerischen Schoßhund, den er irgendwann liebevoll MEIN KLEINER TIGRIS taufte, eingefangen hatte.

In einer von Tagträumen gezeichneten Insomnia unternahm er eine lange Reise zu Fuß, die ihn schließlich nach Transsylvanien, und zwar in die transsylvanischen Wälder, führen sollte. Dort biß er, hungrig und von verzerrten Irrbildern geleitet, einen armen schlafenden Bären und fiel endlich erschöpft in einen tiefen, traumlosen Schlaf.

Der arme Bär, der ja nun Vater Abrahams Tollwut innehatte, war auch nicht faul und biß seinerseits einen einsamen Wandersmann, der auf der Suche nach schmackhaften transsylvanischen Waldbeeren war. Dieser biß dann wiederum eine Jungfrau, die gerade ein Bad im glasklaren Bergsee auf einer nahegelegenen Lichtung nahm.

Wie wir in jedem einschlägigen medizinischen Lexikon nachlesen können, wie dem PSCHYREMBL, war die Tollwut der Auslöser des später modern werdenden Vampirismus. Die Symptome der Tollwut – und gleichzeitig des Vampirismus – sind ein unabstellbarer Beißzwang, einhergehend mit einem trockenen Mund, hoher Lichtempfindlichkeit, Schlaflosigkeit, Appetitmangel und einer großen Abscheu gegen strenge Gerüche wie Knoblauch. Und wie dann das mit dem Kreuz dazukam, wissen wir ja jetzt auch, seitdem belegt ist, daß der gläubige Abraham der Urgevatter aller Vampire ist.

Auch heute gibt es selbstverständlich noch jede Menge Vampire. Jeder kann inzwischen Vampir werden, ohne gebissen zu werden, denn es gibt an vielen einschlägigen Ecken Vampirpulver zu kaufen, und wenn man es schnubbelt, kommen alle oben genannten Symptome frei Haus dazu.

Der Beißzwang ist ein alter Atavismus, mit dem heute allerdings fast niemand mehr etwas anfangen kann, außer natürlich den Zahnärzten, die diese Marktlücke entdeckt haben und mit Knirsch-Spangen Kapital aus diesem lästigen Relikt schlagen.

Und natürlich die schlitzohrigen Profi Vampirpulver-Vampire, die es gelernt haben, anderen Nicht-Vampiren mit

Hilfe dieser Modedroge das Ohr abzukauen, bis die Nicht-Vampire schließlich resignieren und auch Vampirpulver kaufen müssen, um zurückschlagen zu können. CIRCULO VICIOSO.

Aber zurück zu Abraham. Der wachte natürlich auch irgendwann wieder auf, konnte sich an nichts erinnern und wanderte erschöpft und unwissend weiter. Natürlich war er inzwischen unsterblich geworden, und deshalb wundert es keinen, daß er irgendwann in der amerikanischen Serie EIN ENGEL AUF ERDEN als der irdische Freund von Michael Landon auftauchen sollte.

Der Produzent dieser Serie feuerte ihn allerdings wieder, weil er die großen Mengen Vampirpulver einfach nicht mehr in seinem Budget hatte. Danach teilen sich die Meinungen um seinen Verbleib.

Ich wollte mich nicht damit abspeisen lassen, daß sich die Meinungen teilen, und machte mich auf die Suche. Die erste Spur, die ich auftun konnte, führte mich nach LA LINEA, das letzte Stück Spaniens vor der britischen Kolonie Gibraltar.

Dort, wo sich am düsteren Horizont Tanker und Containerschiffe stapeln, die die Meeresenge passieren wollen, und billige Limousinen mit getönten Scheiben durch die gottverlassenen Straßen schleichen. Dort, wo die Angestellten der Thunfischfabriken in heruntergekommenen Wohnklötzen hausen und verwahrloste Teenager den englischen Videokameratouristen ihre Muskeln zeigen.

Als ich dem zahnlosen Kioskbesitzer des örtlichen KIOSKO INFERNAL ein schon zugegeben altes Protrait Abrahams zeigte, das ich in großer Eile aus der Heiligen Schrift gerissen hatte, runzelte er mit einem Kopfschütteln die Stirn.

Er betrachtete das Bild eingehend und nahm, wohl um sich ein etwas klareres Bild zu verschaffen, einen großen Schluck CIENTOTRES aus einer Sprite Flasche. Sein Gesicht erhellt sich für den Bruchteil einer Sekunde, als ob er nun das Gesicht auf dem Foto erkennen würde, er schüttelte dann aber zu meiner großen Enttäuschung den Kopf und ging wieder seinem Tagesgeschäft nach.

Mit einer rostigen Häkelnadel pulte er aus etlichen FORTUNA-Zigaretten etwas Tabak, der sich in einer alten Thunfischdose schon zu einer beachtlichen Menge akkumuliert hatte. Ich drehte mir mit einer Fünfzig-Pfund-Note und etwas Tabak aus der besagten Dose eine Zigarette und raunte mit verführerischer Stimme ¿USTED TIENE FUEGO? Da bekam ich die ersehnte Auskunft.

Er entriß mir das Geld und zog mich am Ärmel aus dem Kiosk, und zeigte in sanfter Zeitlupe auf den beeindruckenden Affenfelsen, der dort mächtig und schwarz und zeitlos aus dem Meer ragt. Ich erklomm in einer anstrengenden Stunde, von der Flut meiner Gedanken überwältigt, in der bedrückend heißen Mittagssonne das unebene Gestein. Konnte es wirklich sein, daß Abraham in dem in dieser Gegend extrem lukrativen Schmuggel- und Drogengeschäft mitmischte? Oder war er inzwischen schon so verwirrt, daß er auf dem Gipfel des Berges Nachrichten für Außerirdische in Steintafeln meißelte?

Aber ich konnte in meiner näheren Umgebung nur hämische Affen entdecken, die keckernd meinen angestrengten Gesichtsasusdruck nachäfften und Steine nach mir kickten. Schließlich erreichte ich erschöpft das spärliche Gipfelkreuz, das aus zwei alten Schiffsplanken zusammengenagelt ist: Ich setzte mich kurz, allerdings nicht, um die schöne Aussicht zu genießen, sondern um nachzudenken. Weit und breit war keine Spur von anderen menschlichen Wesen zu sehen, geschweige denn von Abraham, den ich auf meiner Suche nach dem Lauf der Geschichte zu sehen gehofft hatte.

Dann, ich guckte mich um, fiel mir allerdings ein zusammengefalteter Zettel auf, den jemand mit einem zerkauten Kaugummi am Gipfelkreuz befestigt hatte. Mit zittrigen Händen steckte ich mir erst mal eine Zigarette an und faltete dann den fleckigen Zettel auf. Ich muß wohl nicht erwähnen, daß mir das Herz bis zum Halse schlug. Dort stand in krakeliger Schrift zu lesen:

»Hey John, old geezer, why the fuck didn't you meet us up here?
Got involved with a she-monkey?
We're off
to the »ye olde rock bar« to get
some more booze and smack.
Be there or be ❒ !!!

Zitty Seb and the Rat Pack«

Der Abstieg ging dann bedeutend schneller. Es waren auch einige Wolken aufgezogen. Man könnte sogar sagen, es wehte eine leichte Brise. Am Flughafen in Jerez konnte ich einen angetrunkenen Geschäftsmann mit Flugangst dazu überreden, sein Swissair-Business-Ticket nach Zürich gegen mein Charterticket zu tauschen, indem ich ihn davon überzeugte, daß Angst im Laufe der Zeit eher rückläufig ist. Er fiel mir erleichtert um den Hals und bedankte sich überschwenglich.

Als ich in Zürich auf seine Rolex blickte, fiel mir auf, daß ich schon seit zwanzig Stunden nicht mehr geschlafen hatte. Ich mußte irgendwie in eine Zeitfalle getappt sein. Ich ging zum nächsten Kreditkarten-Telefon, mit dem innigen Wunsch, die Stimme meiner Omi zu hören und in der Hoffnung, daß sie tatsächlich die ein oder andere Antwort auf meine zahlreichen Fragen hatte. Es meldete sich ein Mann mit polnischem Akzent, der sich schnurrend mit SISS IS TONY SE TIGÄR meldete. Irgendwie war mir das alles plötzlich zu viel, mir schoß das Wasser in die Augen, und ich legte ganz schnell wieder auf.

Meine Laune hellte sich auch nicht sonderlich auf, als mir

ein Klassenausflug aus Wien in die Quere kam, der mir eine schrecklich entstellte Version meines Lieblingsliedes HOW MUCH IS THAT DOGGY IN THE WINDOW? entgegenbrüllte.

Auf der Flughafentoilette, wo ich mein Gesicht mit Schweizer Leitungswasser von der verlaufenen Wimperntusche befreite, wurde ich dann unfreiwillig Zeuge der folgenden Konversation, die scheinbar von der anderen Seite des Spiegels kam.

Mann 1: »Mann, du siehst ja total fertig aus.«
Mann 2: »Mhmm, The hole.«
Mann 1: »The HOLE?«
Mann 2: (mit tiefer Stimme) »THE HOLE.«
Mann 1: »Wie lange?«
Mann 2: »Lange.«

Mir wurde auf der anderen Seite des Spiegels plötzlich schwindlig, und ich fing an, die Oberfläche des Glases, das mich ungnädig reflektierte, mit Papier aus dem Einmal-Handtuch-Spender zu säubern, als ob ich die Worte wegwischen könnte, die zu mir herüberdrangen.

Ich fixierte die Papierfetzen-Punkte, die am Spiegel kleben geblieben waren, und versuchte sie mit meinen Sommersprossen zu synchronisieren. Dann schlug ich meine Hacken zusammen und murmelte dreimal verzweifelt THERE'S NO PLACE LIKE HOME, und stürmte aus dem Raum.

Ich versuchte es mit einer künstlichen Ohnmacht, in der Hoffnung, zu Hause aufzuwachen, aber ich fand mich kurze Zeit später in einem der Flughafenrestaurants wieder. Ein Mann ohne Gesicht mit Schnurrbart entriß mir den Voucher, der mir ein Mittagessen samt Getränken im Wert von 36 Schweizer Franken garantierte, den ich mir in der LOUNGE FOR SPECIAL PEOPLE bei einer Nonne aus Somalia erbettelt hatte.

Dann ging alles rasend schnell. Die Zeit wirbelte um mich herum und schluckte mich wie ein dunkler Sog. Ich erkannte, daß der einzige Ort, der wirklich beständig ist, dort ist, wo man sich in Fortbewegung befindet, weil alle anderen Orte sich irgendwann schon mal verändert haben.

Und ich erinnerte mich plötzlich an den Zylinder des Gudea von Lagasch, einen Text, der ohne Unterbrechung gelesen werden kann, wenn man den Zylinder um seine eigene Achse dreht, und auf dem so befolgenswerte Dinge stehen wie: WENN DU BIER GETRUNKEN HAST, PROZESSIERE NICHT. Dann umarmte mich der Schlaf des Erbarmens.

Ich erwachte in Cadiz im Hotel FRANCIA Y PARIS in einem Zimmer mit Fenster, aber ohne das, was ein Fenster ausmacht. Benommen rief ich die Rezeption an und fragte nach Tageslicht, nach dem Schlüssel der Minibar und nach einer Berechtigung für den Vorhang. Statt dessen bekam ich die Fernbedienung für den Fernseher, und mir war klar, das ist ein Zeichen auf meiner Suche nach einem Zeichen.

Ich begann, mit den vier deutschen Kanälen und der Fernbedienung durch zufälliges Umschalten Sätze zu bilden. Vorsichtshalber hielt ich mit einer Hand das heilige Kreuz an meiner Halskette ganz fest, um satanischen Einflüssen entgegenzuwirken.

Nachdem eine Reihe von Wörterketten wie EISBÄRENKINDER SCHLAFEN – IM DEUTSCHEN BUNDESTAG – SUDDENLY ALL YOUR FRIENDS ARE HERE – PROFIFRAUEN AB VIERZIG BRINGEN DICH IN FAHRT – MALLORCA HAT SCHON AUCH GANZ SCHÖNE ECKEN dabei herauskamen, war mir jämmerlich und leer zumute.

Trotzdem erhöhte ich mit geschlossenen Augen die Umschaltfrequenz. Dummerweise zeigten zwei der Sender inzwischen Musikbeiträge, was die ganze Sache nicht unbedingt einfacher machte. Es wechselten sich Worte wie BRA – TATZ – PENOID – CHIO mit noch gräßlicheren wie ZWEI – PHAS – ROCH – SCHEN – KOMA ab. Eigentlich fühlte ich mich noch schlechter als vorher, als ich plötzlich deutlich das Wort GIL-GA-MESCH vernahm. Ich ließ die

Fernbedienung fallen und flüsterte das GILGAMESCH-Wort einige Male leise vor mich hin und erschauerte ergriffen. GILGAMESCH.

Aufgeregt wählte ich die Nummer meiner Omi, die im Besitz der zehnbändigen Propyläen-Weltgeschichte ist und ja auch sonst immer eine schlaue Antwort hat. Mit ruhiger Stimme und sanftem Akzent meldete sich Tony, und ich hielt die Luft an und hörte zu:

»Im Mittelpunkt dieser Dichtung steht der über die Unabwendbarkeit des Todes verzweifelte Mensch. Indem das Gilgamesch-Epos jeden herkömmlichen Trost zerschlägt, zwingt es den Menschen nach etwas ganz Neuem Ausschau zu halten.«

Ich checkte sofort aus und war einsam und dachte, daß man ständig auf der Suche ist und immer nach Worten schaut, die es wahrscheinlich gar nicht gibt. Dann nahm ich den blauen Bus nach NUEVA PLAYA, um doch noch mal nach etwas Neuem Ausschau zu halten.

Die vollkommen austauschbare Landschaft tobte trostlos an mir vorbei, und plötzlich war da wieder das Gefühl, das immer wieder in mir taumelt, wenn ich mich in Fortbewegung befinde: tausend fußlose Stimmen, die durch mich rattern und von denen ich mir irgendeine komplexe Struktur erhoffe, damit ich endlich einmal ankommen kann. Und mir wurde klar, daß auch Abraham einer dieser wandernden, landsuchenden Väter gewesen ist.

Benjamin von Stuckrad-Barre

SAISONARBEITER

Das Geld war aus, und ich mußte mir Arbeit suchen. Es genügte nicht mehr, scheinselbständig Drehbücher anzufangen, Ausfallhonorare für halbgar recherchierte Nichtstories in Rechnung zu stellen oder Verlagsvorschüsse einzustreichen für Projekte, die ich niemals auch nur zu beginnen gedachte; auch konnte ich auf ÜBERHAUPT keine Ersparnisse zurückgreifen. Alle entbehrlichen CDs hatte ich schon zum Secondhandladen getragen, meinen Bruder mochte ich nicht fragen, und ein Auto, das ich hätte verkaufen können, besaß ich ebensowenig wie eine geerbte Münzsammlung.

Bei mir und den meisten meiner Freunde hängt das, was wir unsere »Arbeit«, unseren Beruf nennen, nicht kausal mit dem Bestreiten des Lebesunterhalts zusammen. Geld gibt es immer irgendwoher, nicht sehr viel, aber Durchkommen ist gewährleistet. Ein Fortbewegungsmittel ist Geld, mehr nicht, überbrückend kann man auch immer schwarz fahren. Nun wollte ich mich aber wirklich fort bewegen, hinfort, eine Reise unternehmen. Und dafür brauchte ich mehr als Naturalien, ich brauchte Scheine, und zwar möglichst große, und davon möglichst viele.

Es gab so viele bereisenswerte Länder, von denen ich bei den großen Meistern der Dichtkunst gelesen hatte – nicht einen einzigen weiteren »Irgendwo in die Sonne«-Urlaub wollte ich mir gestatten, ich wollte ab sofort mein Reiseverhalten ändern, es in den Dienst der Wissenschaft stellen, »entspannen«, »abschalten« – das sollten doch bitte die anderen tun. Ich wollte fürderhin lieber anschalten: Eine

Art klassische Bildungsreise sollte es werden. Fast hätte ich mir am Kiosk *Merian* & *Geo* gekauft, aber wie immer hatte die *Gala* das bessere Cover.

Nach der Reise wollte ich gerne so weiterleben wie bisher (bis zur nächsten Reise), es war also auf keinen Fall daran zu denken, das Leben grundsätzlich zu ändern, eine Lehre zu beginnen, gar etwas mit sogenannter Perspektive. Aus der Tagesschau wußte ich, daß es auf dem Arbeitsmarkt düster aussah. Zum Glück wohnte ich wenigstens in Westdeutschland, da war es nur mittelschlimm, als Ostdeutscher wäre ich wahrscheinlich nicht mal auf die IDEE gekommen, eine Reise zu unternehmen. Meine Kalkulation klang naiv, aber nicht unschlüssig: Für den Flug würde ich ungefähr 1000 Mark (mit Glück vielleicht etwas weniger) brauchen, zum Leben etwa noch mal 1000, lieber etwas mehr, käme dann sehr auf das Land an. Mein Reisepaß war noch gültig, und so hatte ich eine große Auswahl.

Auf keinen Fall wollte ich zelten. Zelten kam überhaupt nicht in Frage. In einem Zelt riecht es wie im Ausgabeschacht eines Kondomautomaten. Am Morgen tropft einem das Kondenswasser aufs von Mücken zerstochene Gesicht, und dann geht, nein, man *schlurft* mit hellblauweißen Badeschlappen zur Sammeldusche (kein Trinkwasser!) und zum Campingsupermarkt, um dort Dosengerichte zur Aufbereitung überm ständig leeren Butangaskocher zu kaufen und sich mit anderen Campern über den Strand, ferner den günstigsten, aber gefährlichsten Motorradverleih des Landes zu unterhalten, nicht ohne eine Menge Worte tatsächlich zu VERLIEREN über die Ereignisse der letzten und die Pläne für die folgende Nacht.

Zurück am Zelt, wo inzwischen marodierende Komiker die Heringe rausgezogen und die Wäscheleinen zerschnitten haben, auf denen man die mit Tubenwaschmittel unzureichend gereinigte Leibwäsche zum Trocknen der Sonne entgegenhängte. Zeltplätze sind ein freiwilliger Rückfall in frühe

Formen menschlichen Zusammenlebens, für den es kaum einleuchtende Argumente gibt.

Der Fall war klar: Ich mußte verreisen UND zugleich meine Menschenwürde bewahren. Also brauchte ich eine ganze Menge Geld. Ich sah es besser gleich ein: Körperlich müßte gearbeitet werden, ich hatte mir meine Reise zu VERDIENEN, sie mit meiner Hände und Muskeln Arbeit möglich zu machen. Andere machten das auch so.

Eine gute Möglichkeit, relativ schnell zu Bargeld kommen, ohne gleich ein vollgültiges Mitglied des Steuerstaates zu werden und ohne vorschnell sein Leben mit einer grotesk länglichen Ausildung zu verpfuschen, war die Jobvermittlung des Studentenwerks. Das hatten Freunde berichtet, die diese These bereits empirisch bewiesen hatten. Sie waren morgens dorthin, hatten mittags einen Job oder auch nicht, konnten dann arbeiten gehen oder wieder schlafen; wenn sie arbeiten gingen, hatten sie abends Geld, und wenn sie keine Abeit bekamen, hatten sie es immerhin versucht, und keiner konnte ihnen dumm kommen, nicht mal sie selbst. Mit zunehmendem Alter kommt man sich ja bedauerlicherweise am häufigsten selbst dumm. Plötzlich bildet man ein Gewissen und Verantwortung aus, egal wie verkommen es zugeht.

Seit meine Eltern verstorben waren, sah ich ziemlich erwachsen aus. In Studentendiscotheken wurde mir immer öfter der Eintritt verwehrt, bei Popkonzerten wurde ich von Vordränglern zunehmend gesiezt, und mit Ermäßigungsanträgen mußte ich es an der Kinokasse erst gar nicht mehr versuchen. Also mußte ich mich etwas verkleiden, um nicht in Immatrikulationsbeweislastschwulitäten zu geraten. Ich zog eine zerrissene Jeans an, die ich zuletzt kurz nach dem Abitur während eines Portugal-Urlaubs zwei Wochen lang praktisch ununterbrochen getragen hatte. Damals war das en vogue. Auch hatte ich mit Edding heute unverständlich erscheinende Worte aufgetragen, die aber segensreich vom Meerwasser gebleicht, also kaum noch lesbar waren. Immerhin, die Hose paßte mir noch, das war doch ein gutes Zeichen. Nicht, daß sie mir stand, aber sie paßte.

Körperliche Arbeit bedingt festes Schuhwerk, und so sprach auch erstmals seit 9 Jahren nichts dagegen, die lächerlich robusten Doc-Martens-Schuhe aus dem Keller zu holen. Mein Bruder lieh mir ein Flanellhemd, und darunter zog ich ein T-Shirt mit dem Aufdruck »Diesel – Only The Brave«, denn es ist ziemlich wichtig und, jaja, *authentisch*, bei körperlicher Arbeit irgendwann »Puh!« zu sagen und etwas auszuziehen, sich dann mit dem Oberarm die Stirn abzuwischen und schließlich weiter zu machen. Ich rasierte mich nicht und wusch mir nicht die Haare. Wer jetzt noch zweifelte, daß ich immatrikuliert sei, machte mich neugierig auf seine Argumente.

Ich stand um 7 Uhr auf, kaufte eine Zeitung, zwei Brötchen und eine Capri-Sonne. Manchmal müsse man den ganzen Vormittag warten, war mir berichtet worden, und wenn die anderen alle schon gegangen seien, dann käme oft doch noch was. Trotzdem müsse man pünktlich um 8 Uhr dasein, es ginge sehr gerecht der Reihe nach. Um 20 vor 8 stand ich vor dem Arbeitsamt, um 9 Minuten vor 8 hatte ich den richtigen Flur gefunden, und tatsächlich standen dort schon eine Menge arbeitswilliger Studenten. Außerdem ein Batallion Restjugoslawen und ein unablässig lachendes, schirmbemütztes Negertrio, sicherlich keine Studenten, aber sie hatten unter den Gürteln Arbeitshandschuhe klemmen, und zwar welche mit deutlichen Benutzspuren, es war also klar, daß es hier nicht so genau genommen wurde, ich hätte die Jeans nicht unbedingt gebraucht.

Um kurz nach 8 kam eine Frau und sagte: »Morgen zusammen«, und wir sagten im Chor so etwas wie: »Momhmhehum.« So klang das ungefähr. Als hätten wir Arbeitshandschuhe im Mund. Aber es war ja auch noch so früh, eine wahrhaft gute Zeit für alberne Kaffeeglorifiziererei. Der

Kaffee aus dem Automaten strullte aus einer hygienisch bedenklichen Düse in vergilbte Plastiknäpfe und schmeckte nach Altöl mit Snickers.

Die Frau reichte einen mit kleinen gefalteten Zetteln gefüllten Bastkorb herum. Noch besser hätten mir Glückskekse gefallen, aber das wäre wohl zu aufwendig gewesen. Auf den Zetteln standen Zahlen, und nach dieser Reihenfolge wurden die Jobs vergeben. Ich hatte die 4 gezogen, was ganz gut war bei ca. 25 Leuten. Die ersten beiden Nummern, also Typen, durften gleich mit der Frau zum Computer kommen. Sie fragte nach Lohnsteuerkarte und Sozialversicherungsheftchen, und die beiden zuckten so rituell mit den Schultern, wie ich es auch geplant hatte, und sagten irgendwas von Nachreichen, morgen dann, und die Frau sagte, daß sie eigentlich usw., aber gut, in Gottes Namen. Ganz reizend eigentlich. Hier, ganz unten, die stählerne Faust des Sozialversicherungsgesetzes zu schwingen, wäre unangebracht, und das wußte sie besser als die da oben in Bonn, bzw. die da rechts in Berlin. Die hatten ja keine Ahnung vom Alltag eines Lohnarbeiters. Meinten, mit uns könnten sie es machen. Ich hatte, ehrlich gesagt, auch keine Ahnung vom Alltag eines Lohnarbeiters, aber mit der Zeitung, den Brötchen und der Capri-Sonne hatte ich ganz gut vorgelegt. Die Capri-Sonne schmeckte so, als würde ich mir plötzlich sentimentalisch die Platte »AB 18« von der Band Die Ärzte anhören – historisch einordnend gnädig »okay« denken, allenfalls, sonst überwiegend Kopfschütteln. Am besten an Nostalgie finde ich das im günstigsten Fall sich anschließende Gefühl: Zum Glück ist DAS vorbei.

Die beiden mit den Zahlenzetteln 1 und 2 durften zu einer Baustelle für 18 Mark pro Stunde, und wenn sie wollten, konnten sie dort gleich drei Tage am Stück arbeiten. Natürlich nahmen sie an. Dann verging eine Weile, bis der Typ mit der 3 einen Putzjob ablehnte, und deshalb die 4 ausgerufen wurde, das war ja ich, und ich dachte: Putzen ist eigentlich nicht so schlecht wie Baustelle, und schon hatte ich den Job. Zwar waren nur 4 Stunden annonciert, dafür aber 20 Mark Stundenlohn, außerdem lag die Adresse in einem feinen Viertel, und der Termin war auch erst am Nachmitag angesetzt, also konnte ich mich noch ein bißchen in den Park setzen und meine Reise planen. Bekäme ich jeden Tag einen solchen Job wie heute, im Durchschnitt, würde ich bei 4mal 20 Mark = 80 Mark pro Tag und 5 Arbeitstagen pro Woche lange 5 Wochen brauchen, bis ich 2000 Mark zusammen hatte. Das war natürlich eine Menge. Eine Menge Zeit, aber keine Menge Geld. Vielleicht, dachte ich, würde ich auch Glück haben und mal 9 Stunden arbeiten dürfen, oder ich würde jemanden übers Ohr hauen können. Obwohl die Aussichten insgesamt eher trüb waren, war ich doch froh, daß ich einen Anfang gemacht und Leistungsbereitschaft signalisiert hatte, die ich bei der nächsten Depression als imposantes Gegenargument ins Feld führen könnte.

Deutlich zu früh erschien ich zu meinem Putztermin. Ich war sicher, den Auftraggeber damit zu erfreuen, vielleicht würde er mich dann gleich festanstellen. In diesem Viertel wohnten nur Ärzte und ähnlich verdienende Menschen. Es gab einige Spielpläze, die sehr sauber und bestens ausgerüstet waren, allerdings spielten dort keine Kinder. Für Kinder wäre dieser Stadtteil ein Paradies: Wenn ein Paar fertigstudiert hat und beginnt, ernst zu machen mit Zielen und Etappenpokalen – also eigene Praxis, eigener Garten, Kinder, richtiges Auto, richtige Wohnverhältnisse, diese Art Anker mit Betonung auf RICHTIG –, dann wäre es vollkommen einleuchtend, hier hinzuziehen. Ja, würden sie beim Verlassen ihres kaputten, lauten, aber doch angenehm knisternden Bislang-Stadtteils sagen, ja, es ist da ruhiger; sicherlich, man geht nicht mehr spontan ins Kino, aber für die Kinder ist es doch viel besser. Absolut einleuchtend. Trotzdem war kein einziges Kind zu sehen. Überhaupt war NIEMAND zu sehen. Man muß aber dazusagen, daß auch überall Mauern den Blick versperrten, Mauern und Zweimeterhecken.

Es ging bei diesem Putzjob um den Schmutz von einem Dr. Breitenbach, und der war nicht zu Hause. Ich war eine ganze Stunde zu früh da, ich konnte mich nicht beschweren. Geisteskrank hatte ich mich beeilt, und jetzt ereilte mich der sich an schnelles Fahrradfahren stets anschließende Schweißausbruch, den in Gesellschaft zu erleiden so peinsam ist. Allein geht es.

Meine Zeitung hatte ich in der Jobvermittlung liegenlassen, und so vertrieb ich mir die Zeit auf der Schaukel eines Spielplatzes. Danach wippte ich einsam, indem ich mich auf die Wippenmitte setzte und mein Gewicht rhythmisch verlagerte. Nicht gerade etwas, das man stundenlang tun kann, ohne irre zu werden, einzuschlafen oder aus dem Takt zu kommen und sich böse zu verletzen. Ich brach es ab und setze mich in ein Kletternetz. Ein alter Mann zeitlupte vorbei, und ich fragte ihn nach der Uhrzeit, obwohl ich ja eine Uhr trug, aber es mußte irgendwas passieren. Der alte Mann ging einfach weiter, er hatte wohl sein Hörgerät auf dem Nachtschrank liegenlassen.

Da kam ein ziemlich großes Auto dunkelblau herangeschliddert, dem ein hagerer weißgekleideter Mann entstieg, vielleicht mein Auftraggeber, der Herr Dr. Breitenbach. Schmatzend ließ er die Tür zufallen, toll war, daß es hier überhaupt keine Parkplatzprobleme gab. Jeder hatte natürlich eine Doppelgarage, aber auch genug Platz, am Rand des drei Meter breiten Fußwegs zu parken, dem Großbürgersteig.

Ich hatte noch zwanzig Minuten Zeit und lag im Kletternetz, zum Glück hatte ich mein Fahrrad mit auf den Spielplatz genommen und nicht vor dem Haus abgestellt, es hätte den Doktor sicherlich verärgert. Wenn ich ihn jetzt angesprochen hätte, wäre das so wie bei einem Attentat gewesen: Mr. John Lennon? Paffpaff. Also wartete ich noch 5 Minuten und klingelte dann bei Herrn Dr. Breitenbach, und er freute sich sehr über mein Kommen. Er bat mich auf die Terasse und sagte, ein Kaffee, ein gemeinsamer, sei jawohl noch drin, dazu pochte er gutgelaunt auf seine dicke Armbanduhr, die es in billig auch bei Eduscho gibt. Es gefiel ihm, übereifriges Personal zu beschäftigen. So weiß wie seine Kleidung war auch sein Gebiß, und erst recht seine gesamte Wohnung. Andere Farben gab es nicht. Hier drinnen war es heller als draußen, obwohl die Sonne ihr wirklich Bestes tat heute. Weißer Marmor, weiße Tapete, Kacheln, weißes Porzellan. Wir tranken Kaffee mit weißer Milch, er lachte mich an und fragte so Amerikanerkonversationsquatsch ab: Welches Fach, wievieltes Semester, wie lange schon in der Stadt, Elternberuf, Freundin, Sportarten, Lieblingsmusik usw. Ich entschied mich für eine mittlere Laufbahn: 6. Semester Germanistik, jaja, mittelhochdeutsch, kann man nichts machen. Ansonsten alles ganz ok. Die Stadt hätte ihre Vor- und Nachteile, wie eigentlich jede Stadt. Ich dehnte die Antworten nach allen Seiten aus, weil ich hoffte, die Arbeitszeitstopuhr liefe bereits. Das wäre mehr als gerecht, denn wenn ich erst mit dem Putzen begänne, würde innerhalb von 4 Minuten alles vorüber sein. Es gab hier nichts zu putzen, so sauber, so unglaublich sauber war es beim Doktor zuhause, man konnte *vom Boden essen*, würde Marie-Luise Marjahn sagen. Nach einer Stunde sagte der Mann, ich könne ja am Wochenende dann zum Putzen kommen, jetzt sei soweit alles in Ordnung, ein »erstes Beschnuppern« sei das gewesen, und hier – das sei für mich. Das waren 50 Mark für mich. Ja – äh. Hm.

Am nächsten Morgen im hobbykellerartig tapezierten 70er-Jahre-Wartezimmer der Jobvermittlung fragte ich mich aus gegebenem Anlaß: Wie geht man um mit Zwangstext in temporären Notgemeinschaften wie Zugabteil, Haltestelle, Supermarktkassenschlange, Behördenflur oder eben Wartezimmer? Gespräche einfach ignorieren, nicht mitreden, ist doch ganz einfach. Behaupten manche. Ist aber Unsinn. Man muß mitreden, um den Fluß des ohnehin Gehörten in eine erträgliche Richtung zu lenken. Und Oropax wirkt nunmal leicht arrogant. Bei der Jobvermittlung gibt es einige wenige Gesprächsmuster:

– den Erfahrungsaustausch, der Neuhinzukommern Einblick verschafft und Integration erleichtert und es Altgedienten ermöglicht, erstens etwas zu protzen und zweitens vielleicht selbst noch etwas Neues zu erfahren

– das intensive, laute, durch sieben Oktaven und 18 Lautstärkenuancen mäandernde Ausländergespräch. Alle Sprachen der Welt haben die Wände dieses Wartezimmers schon gehört, außer vielleicht Englisch und Französisch. Nicht mal gebrochenes Englisch, Ausländergespräche sind hier immer Stippvisiten in der Muttersprache: Immer finden sich zwei, die vor demselben Krieg geflohen sind, um es mit amnesty international zu sagen

– Semesterferientalk. Der handelt von Texten der Band Blumfeld, der Wohnungssuche, Interrail, Bafög und anderen Geißeln

– Zeittötstandards. Sie handeln von
– Zeitschriften, die man mal rüberreichen soll
– Brötchen, von denen man mal abbeissen lassen soll
– Zigaretten, die man ja gerade mal gemeinsam draußen rauchen könnte
– Arbeitsmärkten, die ganz schön abgegrast sind

Mittags war mir das zu anstrengend geworden, und ohne Angebot war ich nach Hause gegangen. Auf dem Anrufbeantworter befanden sich ein paar nette Sommerangebote: baden gehen im allerweitesten Sinne. Och nee, lieber früh schlafengehen. Der nächste Tag würde – hoffentlich! – ein harter, gut bezahlter werden.

Am nächsten Morgen war es schon früh äußerst warm, und alles eigentlich sprach gegen Knochenarbeit. Ich war trotzdem dafür. Außer mir waren überhaupt nur drei Typen gekommen, die anderen hatten wohl verschlafen, oder es sich angesichts des Topwetters anders überlegt – Pech gehabt, darauf konnte der Sozialstaat nun wirklich keine Rücksicht nehmen, fand ich, systemgläubig, da euphorisiert von der Angebotslage. Zu viert, ohne eine Nummer ziehen zu müssen, wurden wir gleich zu einer Entrümpelung geschickt. Warum auch nicht. Mir fiel auf, daß an keinem meiner bisherigen Vermittlungstage auch nur ein einziges Mädchen im Wartezimmer gesessen hatte. Die anderen sagten, das sei normal. Schade in gewisser Hinsicht, aber auf alle Fälle normal. Als Mädchen bekäme man telefonisch Bescheid, bei den meisten Tätigkeiten seien eh Jungs erwünscht, ungelernte zupackende Jungs. Wie wir. Mädchen seien lediglich im Servicebereich von Gastronomiebetrieben erwünscht, hinten in der Küche zum Spülen und Schleppen seien auch wieder Jungs gefragter. Und wenn ein Mädel eine Chance bekam vor der Küchentür, dann auch gleich für eine lange Zeit. Dasselbe gelte für Babysitterjobs: Wenn, dann für Mädchen und für immer, fast. Uns brauchte man nicht so lange. Uns, lachten die anderen Jungs, ließen die Mädchen sogar die Putzjobs übrig. Aber mal ehrlich – wenn jemand sagte, kein Problem, es dürfe auch ein Junge zum Putzen kommen, sehr gerne und eigentlich sowieso viel lieber, dann sei der Fall ja wohl klar, nicht wahr? Jaha, lachte ich, der Fall sei aber sowas von klar. Ok, Anfängerfehler. Ich würde nicht mehr hingehen zum Dr. Dingens.

Die Entrümpelung war anstrengend. Mißtrauisch stand der Hausbesitzer im Flur und bewachte uns pausenlos. Offenbar war jemand verstorben, und es gab keine Verwandten und nicht genug Wertgegenstände, um eine Haushaltsauflösung zu veranstalten, da wären keine 50 Mark bei rumgekommen, hatte der Besitzer sachlich erläutert. Gut, wir kannten die verstorbene Person nicht, es war kein Problem, einfach nur die Sachen raus auf die Straße in einen großen Container. Die Leiche selbst hatte zum Glück schon jemand anders abgeholt. Nach 20 Minuten war ich ziemlich aus der Puste; natürlich gab es keinen Fahrstuhl, und die Wohnung befand sich im vierten, dem Dachgeschoß. Es war kurz vor 9 Uhr morgens und ich schon am Ende. Das Problem war wirklich der Hausbesitzer. Sonst hätte man sich auch mal hinsetzen können oder nur mit einem Blumentopf nach unten gehen. Aber so mußten wir natürlich Tempo und höchsten Eifer vorlegen. Schwerbepackt ging es hinunter, dann drei Stufen auf einmal nehmend wieder rauf und dienstfertig fragen: Das hier auch?, was dumm war, schließlich mußte ja ALLES runter, das hatte er ja nun gesagt. Aber man mußte ja irgendwas sagen. Wenn wir uns im Treppenhaus begegneten oder oben im Flur, lachten wir am Anfang noch, machten einen kurzen Witz oder warfen wenigstens die Augen gen Himmel, als solidarische Interngeste der verschworenen Arbeiterklasse, aber bald schon verzichteten wir darauf. Es war vertrackt: Keiner von uns war mutig genug, das Tempo der anderen zu unterbieten, und deshalb wurden wir immer noch schneller. Der Typ kannte die Tricks der Sklavenführung. Hoffentlich, das war unsere einzige Chance, hoffentlich würden ihn schon ganz bald dringende Erledigungen an einen anderen Ort führen, sonst wären wir mit diesem Tempo nach anderthalb Stunden fertig und das wäre es dann gewesen, lächerliche 27 Mark und doch vollkommen erledigt. Glücklicherweise war der Mann nach einer Weile hinreichend von unseren Qualitäten überzeugt und sagte plötzlich, nun aber mal halblang, hier, falls jemand Durst hat. Er riß den Kühlschrank auf, der noch summte, und darin befand sich ein ansehnliches Sortiment Kaltgetränke. Das war wohl das Zuckerbrot, es kam gerade noch rechtzeitig, nachdem er uns die Peitsche für meinen Geschmack eine Weile zu lang gezeigt hatte. Er führte uns auf den Dachboden, wo uns eine Menge Schutt erwartete. Er nahm einen Hammer in die Hand und drosch auf eine Sperrholzplatte ein. Darunter kam Glaswolle aus dem Isolierhohlraum gekrochen. Er sagte, nach der Wohnung müßten wir, nein, dürften wir auch noch »das Dach machen«. Alles weg, auch die Dachziegel. Offenbar wollte er luxussanieren oder so. Einerseits roch das nach längerer Beschäftigung, sicherem Geld also, ok, andererseits nach einer ziemlichen Schweinearbeit. Einer von uns, Jens hieß er, entpuppte sich als Profi. Er verlangte nach Hitze- und Schwierigkeitszuschlag, doch nicht nur das, auch – um unsere geballte Entrümpelungskompetenz zu untermauern – nach Schutzmasken, das sei »ja wohl üblich« beim Umgang mit Glaswolle. Aha. Ich war sicher, wir würden sofort ohne jegliche Bezahlung entlassen. Doch der Mann sagte: »Ja selbstredend, da haben sie recht«, und trotz der körperlich unangenehmen Perspektive für diesen Tag motivierte mich diese Wendung außerordentlich: Ich bewegte mich nicht an der Seite von hinter den Ohren feuchten Ausbeutungsbefürwortern. Es mußte hart gearbeitet werden, klar, aber bitte nach gewissen Grundregeln. Unser Arbeitgeber verschwand, und wir arbeiteten etwas langsamer weiter, warum wir nicht gleich ganz Pause machten, verstand ich, als der Mann nach 15 Minuten noch mal kam und scheinheilig den Fortgang der Tätigkeiten beäugend murmelte: »Nee, hier habe ich meine Tasche auch nicht liegenlassen, alles klar, weiter so.« Dann machten wir Pause. Und dann weiter. Das Batterieradio des Verstorbenen hatten wir nicht entrümpelt, und zu den gleichförmigen Klängen germanischen Hitparadenmurkses ging uns die Arbeit recht leicht von der Hand. Wir brauchten drei Tage, bis alles entrümpelt war, der Chef war insgesamt so zufrieden (vor allem mit dem Dach, das fand er »wirklich sauber gelöst, alle Achtung«), daß wir noch drei weitere Wohnungen entrümpeln durften. Irgendwie waren alle in dem Haus auf einmal gestorben. Aber wir wollten dem Besitzer nichts unterstellen. Im Sommer sterben alte Menschen ja wie die Fliegen, heißt es, und wahrlich, Sommer war es. Irgendwann war es eben so weit. Dem Geruch und Interieur nach zu urteilen, hatten sämtliche Verstorbene den 1. Weltkrieg bewußt miterlebt.

Die Tagesabläufe standen der Musik aus dem Batterieradio in nichts nach. Es lief eben, man wußte genau wie, Überraschungen bildeten die Ausnahme. Aber ich kam zu Geld, und deshalb tat ich all das ja. Morgens früh stand ich auf, es erschien mir nicht mehr lästig, es klingelte eben der Wecker, und ich ging los, traf die anderen, 2 Stunden wacharbeiten, Kaffee, Brötchen, bißchen reden, schnell wiederkehrende rhetorische Figuren, wie es eben ist in so einem Männerverbund, bald schon hat jeder seine Rolle, der Kluge, der Stille, der Lustige, der Depp, der Arschkriecher – alles da. Ich war in dieser Konstellation zumindest nicht dauerhaft der Depp, von daher war es in Ordnung. Am späten Nachmittag kam der Chef, er verzichtete inzwischen auf Kontrollbesuche, er gab uns das Geld in bar, und am letzten Tag brachte er sogar Bier mit. Dadurch wurde es dann fast sentimental auf dem leeren Dachboden. Wir ließen die Flaschen aneinanderklirren und lobten uns gegenseitig. Alles fein. Das war das.

Am nächsten Tag würde ich wieder zur Vermittlung gehen. Früh natürlich. Früh, allein, auf die beste Plazierung hoffend. Wir waren ein gut eingespieltes Team gewesen, aber beim nächsten mal würde es ein neues Team geben, so war das eben. In zwei Wochen würden wir uns auf der Straße nicht mehr erkennen, oder wir würden so tun, das zumindest. Um halb 7 saß ich geduscht in meiner Küche und zählte mein Geld. Mit dem ansehnlichen Trinkgeld, das der Typ uns zugesteckt hatte, war ich bei 450 Mark angelangt. Soviel Geld hatte lange Zeit nicht mehr auf diesem Tisch gelegen. Soviel Geld hatte dieser Tisch selbst nicht mal gekostet. Der letzte Hundertmarkschein, der da drauflag, war gerollt und am einen Ende blutig. Das war zum Glück auch vorbei. Ich war nicht gerade in der Form meines Lebens, so Carlo-Tränhardt-weit würde ich nicht gehen, aber ich war in guter Verfassung, nüchtern, kräftig, kam mir sauber und nützlich vor. Es gibt kaum ein saubereres Gefühl: erledigt von körperlicher Arbeit und dann poliert von innen, durch ein kühles Bier. So einfältig waren meine Gedanken. Ich glaubte wieder an die Arbeit. Es war lächerlich.

Ich hatte keine Lust, meine Freunde zu treffen. Sie genossen den Sommer, die Koordinaten hießen Baggersee, Bierkasten, Sonnenbrille, Picknick, Kiffen und Mädchen-Kennenlernen, mit der dreifachen Geschwindigkeit, wenn man es mit dem zähen Restjahr verglich. Diese Perspektive war gefährlich, schnell hätten sie mich zu allerhand überredet, und dann hätte ich die längste Zeit 450 Mark in bar besessen. Nicht, daß ich sie direkt mied, aber mein Tag hatte ja eine neue Struktur: Abends (naja, irgendwas um 18 Uhr, aber nach so einem Tag ist das definitiv der Abend, der *Feierabend*) saß ich in meiner Küche und aß etwas, in der Regel Fertigbratkartoffeln mit sauren Gurken und Ketchup. Das hatte meine Mutter mir früher immer nach dem Rasenmähen gemacht, und daran dachte ich gerne zurück. Es war natürlich nicht so lecker wie damals, aber das ging mir ja mit den meisten Sachen so. Mit Küssen etwa. O Gott.

Die nächsten Tage mehrten mein Vermögen. Jeden Tag bekam ich irgendeinen Job, mal nur für 3 Stunden (Olivendosen stapeln), mal für mehrere Tage (Adressetiketten auf die Tageszeitung kleben, der Apparat war kaputt und nicht so schnell zu reparieren), mal sehr nett (Rasenmähen bei einer Oma, die nur reden wollte und Kuchen verfüttern), mal hart an der Grenze (Klingelschilder von Hochhäusern für eine Marktfoschungsfirma zählen). Aber an welcher Grenze überhaupt. Die Tage gingen wehrlos dahin, und abends gab es Geld. Einmal gelang es mir, 300 Mark zu erschleichen, und zwar mit einem ganz einfachen Manöver: Ich hatte nur einen halben Tag auf einer Plantage Äpfel gepflückt, abends einen falschen Namen angegeben und behauptet, bereits seit Wochenbeginn dabeizusein. Eine

Geschichte aus der Bibel hatte mich dazu inspiriert, aber die war anders gemeint, und außerdem war es da ein Weinberg, glaube ich.

Nach dem Essen ging ich vor den Fernsehapparat. Meistens noch mit dem Essen. Mit Essen und Fertigbratkartoffeln vor dem Vorabendprogramm. Ich fühlte mich wie ein ein wenig ehrgeizig recherchierter Charakter einer Satire über deutsche Arbeiter, eine Gemeinschaftsproduktion von ARD und ORF von, ungefähr, 1972. Die oft belachte Stumpfheit des deutschen Fernsehprogramms erschien mir nunmehr schlüssig. Man mußte nur das Ganze sehen, also alles sehen. Und so gar nichts mehr sehen, erkennen. Einfach irgendwo einsteigen, man kommt ja sofort rein, es braucht einem niemand mehr etwas zu erklären, die Fortsetzung besteht in der Wiederholung. Ich wurde schneller müde als die Fernsehprogrammierer, dann ging ich ins Bett, das Bier half, und schon saß ich wieder bei der Vermittlung.

Mein Geld hatte ich längst zusammen. Fast hätte ich für 499 Mark eine Woche *all inclusive* gebucht, in die Türkei, nach Spanien, irgendsoein Semifolklorefreibad eben, aber dann war ich, ehrlich gesagt, auch zu geizig für das hypoallergene Sonnengel. Und was sollte ich eine Woche in der Hitze. Warm war es hier auch. Das Meer, gut, sicher, aber das Meer ist ja auch immer eine Enttäuschung. Außer an der Nordsee, aber da kostet Marmelade 9 Mark und meistens regnet es. Ich war ein Geizhals geworden. Mit mir wäre ich nicht mehr in den Urlaub gefahren. Nicht mal mehr an den Baggersee. Meinen Freunden hatte ich erzählt, ich müsse mich um meine kranke Tante, die sonst niemanden habe, kümmern, den ganzen Sommer, leider. Ich stünde vorerst nicht zur Verfügung. Klar sei das schade.

Ich hatte einen perversen Ehrgeiz entwickelt, die sogenannten laufenden Kosten extrem zu minimieren, um das Ende der Arbeit absehbarer zu machen, und außerdem wurde man von selbst sparsamer, wenn das Geld derart anschaulich verdient wurde. Ich gab kaum einmal mehr als 15 Mark pro Tag aus. Trotzdem hatte ich zu essen, sogar eine Zeitung. Auch immer Bier. Was fehlte eigentlich? Der Spaß, der Spaß – keine Ahnung, ob es wirklich ein Spaß ist, in Biergärten zu sitzen. Vollzutanken, das Auto, später sich. Natürlich, währenddessen denkt man es schon kurz, da denkt man kurz, hey, das ist es wohl, was Spaß genannt wird, oder man denkt gar nicht, macht nur so weiter und freut sich. Aber danach ist man ja auch nicht glücklicher. Im Buchladen war ich länger nicht mehr gewesen, auch im CD-Laden nicht. Es lagen ja noch soviel ungehörte Platten, ungelesene Bücher rum. Und da blieben sie auch liegen. Ich hörte nur noch Radio.

Manchmal dachte ich zwar schon an die anderen am Baggersee. Es war ein so schöner Sommer, schön, wie lange nicht, und ich ging dauernd arbeiten. Andererseits, Baggersee, das war ja wie Zelten, eigentlich. Man machte genau das gleiche wie beim Zelten. Was sollte ich also da.

Plötzlich wurden die Jobs weniger. Die Nachfrage wuchs einfach, die echten Studenten waren nämlich wieder da aus Kreta, und wo sie sonst so gezeltet hatten. Lanzarote, Indien, Schottland. Mehrere Tage bekam ich gar nichts. Dann einen Job als Flyerverteiler eines Jeansdiscounters. Ich brachte die Kisten mit den Din-A-5-Bögen zu mir nach Hause und schmiß jeden Tag zwei kleine Kisten ins Altpapier. Ein paar einzelne verteilte ich in den Briefkästen rund um den Jeansladen. So einfach war das.

Im Warteraum hatte ich wieder begonnen zu lesen. Zunächst alte Focus- und ADAC-Motorwelt-Ausgaben, die da so rumlagen, dann brachte ich mir schnell Bücher mit, jeder wird verstehen, warum. Ich lehnte einen Job auf einer Sexmesse ab: Als lebensgroße Gleitcremetube verkleidet Gratisproben verteilen – lieber wäre ich in einen ausgedehnten Campingurlaub gefahren. Egal, wieviel pro Stunde.

Ich las einen Irland-Reiseführer; ich würde es mir leisten können. Zuhause – es hatte erneut keinen Job gegeben, die Glückssträhne in diesem Bereich war beendet – zählte ich mein Geld. Ich hatte es nicht in einem Strumpf oder einem Mallorca-ich-komme-Glasrohr aufbewahrt, sondern ganz schlicht in einer Lederschatulle im Schreibtisch, wo Geld eben hingehört.

Soviel Geld. Es waren 3.690,- Mark. D-Mark. Soundsoviel Euro. So faßbar reich war ich noch nie gewesen. Es lag da so, und ebenso lagen da die Möglichkeiten ausgebreitet vor mir, die Anschaffungen, die Reiseziele, die – ja, was denn eigentlich? 3.690,- Mark, ganz genau.

Ich hatte hart gearbeitet und gut gewirtschaftet. Mein Rücken tat etwas weh, die Schwielen an den Händen waren längst zu Hornhaut geworden. Nachweislich etwas geleistet. Meine Generation war verweichlicht. Ich aber konnte jetzt mithalten mit den härtesten Baustellenjugoslawen, und ich kannte einige neue Tricks. Die Scheine bildeten ein hübsches Häufchen, sie waren ja jeweils recht klein, da am Ende jedes Tages bar ausgezahlt worden war. Wer weiß, aus welchen Kassen.

Wie ein Kartenmischer im Casino schob ich die Noten zusammen und stapelte sie ordentlich zu einem gehörigen Batzen. Noch nie zuvor hatte ich ein Gummiband um ein Scheinbündel gezwirnt, jetzt tat ich es. So toll war es nicht. Es kam mir geklaut vor, dieses Geld, was es nun wirklich nicht war, aber es war so unrealistisch viel. Ich wünschte mir eine Zigarette herbei, um sie beim Geldzählen auszustupsen, noch einmal Rauch einsaugen, ausstupsen, Geld zusammenraffen – und raus. Raus mit dem Geld, in die Stadt.

Der Schalterbeamte freute sich, daß ich endlich mein Konto ausglich.

Ich war wieder im Plus, erlaubte mir einen abgestandenen Wortwitz und ging in den gleichnamigen Punk-Supermarkt, nämlich *Plus*, kaufte Bier und fuhr zu den anderen an den Baggersee. Natürlich waren sie alle dort – was denn mit meiner Tante sei, fragten sie.

Die sei jetzt, ja, man könne sagen, *endlich* gestorben, erzählte ich. Ach, sagten sie, und waren unsicher, wieviel Trauermitarbeit sie da nun erwartete. Aber ich konnte sie beruhigen: So sei es besser für alle. Damit war der Fall klar; kurz vor Sommerende hatte er doch noch begonnen für mich. Das Wasser war recht warm, am Ende des Sommers ist der Baggersee ja immer am wärmsten.

VERGEHEN

Für hundert Mark krieg ich doch
noch nicht mal ’n T-Shirt.

Claudia Schiffer

Eva Munz

ESPACE

Ich bin 27 Jahre alt, Kroate. Vor zwei Jahren hatte ich mein Studium der Architektur an der Staatsbauschule Zagreb aufgegeben, um meinem Geliebten Nicol nach New Delhi zu folgen, wo er Kroatien als Botschafter vertreten sollte. Um seine Homosexualität geheimzuhalten, eskortierte ich seine Exzellenz den Botschafter dort offiziell als sein Assistent und Fahrer.

Dann, nach genau zwei Jahren und vier Monaten, war der letzte Tag meiner Anstellung. Ich war gefeuert worden, die Gründe waren mir nicht ganz klar. Mir schien das alles sehr *sombre*, wie der spanische Kulturattaché Alvarez in Delhi gesagt hätte, der damals übrigens nicht den geringsten Hehl aus seiner sexuellen Orientierung machte. Er hatte ständig *bachelors* zu Gast und kam einfach tagelang nicht in die Botschaft, während hinter den Fenstern seiner albernen James-Bond-Villa rote Lavalampen leuchteten, obwohl die genauso passé waren wie Ricky Martin.

Señor Alvarez war es scheißegal, was das spanische Aussenministerium dazu sagte, weil sie es eh nie erfahren würden und die Spanier sowieso alle anderen Diplomaten für Sissies hielten. Jedenfalls hatte ich mich jetzt zu einer spanischen Lösung entschieden: Ich würde die Zügel wieder fest in die Hand nehmen, und ich würde mich an Botschafter Nicol, an meinem Geliebten, rächen.

Also, ich stand in Delhi, dem verabredeten Ort: einer Bushaltestelle unter dem Golf Links Flyover, im Schatten eines Betonpfeilers. Die große elektronische Anzeigetafel drüben an der Kreuzung zeigte eine neunstellige Zahl an, die rot ins

Dunkel hineinleuchtete. Die letzten Ziffern stiegen ständig an und zeigten in Echtzeit die Geburten im indischen Subkontinent. Ein vollkommen überladener Bus rollte heran, und ich hielt mir das damastene Taschentuch mit den gestickten Initialen des kroatischen Botschafters vor die Nase. Das Taschentuch roch nach Halston, seinem Lieblingsparfum.

Ich wartete schon seit einer halben Stunde an der verabredeten Stelle auf Dimitrijev, inmitten von diesem Menschenwahnsinn. Dimitrijev war hier in Delhi Sicherheitsbeauftragter der russischen Botschaft. Ich hatte den ersten Teil der Zahlung an ihn in US Dollar aus Botschafter Nicols armseligem Privatsafe genommen. Er hatte sich eine noch armseligere Geheimnummmer ausgesucht – mein Geburtsdatum. Ich trug das Geld in einer lindgrünen Sporttasche unter dem Arm. Ich wollte unbedingt rechtzeitig an der verabredeten Stelle eintreffen. Eine Mücke hatte mich in die Wange gestochen, ganz oben auf dem Wangenknochen, schon fast am Auge, und der Stich schwoll pochend an.

Dann endlich kam er, der weiße Renault Espace mit den abgedunkelten Scheiben und dem hellblauen Kennzeichen des russischen Corps Diplomatique. Die russische Botschaft hatte irgendwann die ausrangierten Autos von der französischen Botschaft übernommen. Wahrscheinlich hatten die Franzosen dafür wieder mal ein paar olle Brennstäbe in den Kartoffelfeldern vor Minsk vergraben dürfen.

Den Espace hatte Dimitrijev mit einem kleinen Kühlschrank aufgemotzt – der ehemaligen Minibar einer Junior Suite im Ambassador Hotel, die er einfach komplett herausgetragen hatte. Jetzt lagen im Kühlschrank immer mehrere Flaschen eiskalter Wodka. Im Kofferraum blökten zwei Boxen, deren Plastikgehäuse direkt auf den dazugehörigen Basswoofern saß, billige Re-Importe aus China.

Dimitrijew besaß nur zwei durch die Hitze längst ausgeleierte Cassetten, eine von Mariah Carey und einen Party-

Sampler der späten achziger Jahre. Alles immer schön laut, machte ja nichts, mußte so sein, denn Dimitrijevs linkes Ohr war in Afghanistan abgerissen worden.

Immer wenn im Shanti Path – dem Diplomatenviertel Delhis – der Strom ausfiel, also die Klimaanlagen in den Botschaften stillstanden und die Notstromaggregate kühlen Wind nur noch in die Gesichter der Botschafter selbst pusteten, dann fuhr Dimitrijev mit seinen Jungs in dem wunderbar kühlen weißen Espace durch die Straßen New Delhis, und sie spielten Knight Rider. Vollbreit einmal ins gediegene Wohnviertel Golf Links zu McDonald's, ein paar Maharadja Burger to go, große Pommes und dazu immer eisigkalten Wodka aus dem kleinen Kühlschrank.

Der weiße Espace glitt sanft zwischen den verbeulten, meist schwarzen Marutis und Tatas hindurch, die abgedunkelte Frontscheibe reflektierte einen Moment noch die leuchtendrote Geburtenziffer. Für einen Augenblick schien mir alles unfaßbar schön. In meiner Erinnerung spielt sich der kurze Moment danach immer in Zeitlupe ab: Aus dem fahrenden Wagen – die Schiebetür war bereits geöffnet, zogen mich Dimitrijevs lange, sehnige, kalkweiße Arme in den rollenden Espace hinein.

Der Fahrer trat sofort wieder aufs Gas. Ich knallte zuerst auf den Boden des Wagens, und hievte mich auf die mit Brandlöchern übersäte Rückbank. Mein Steißbein war durch den Aufprall verstaucht worden. *Born to be alive,* leierte die Cassette.

Ich nahm Dimitrijev die Zigarette, die er zwischen seine Lippen geklemmt hatte, aus dem Mund, inhalierte tief, ohne ihn auch nur eine Sekunde aus den Augen zu lassen, und warf ihm dann, genauso wie ich es mir vorgenommen hatte, die lindgrüne Kunstledertasche vor die Füße, ohne ein Wort.

Dimitrijev sah mir in die Augen. Er schwitzte, wie immer, und im Schein der vorbeifahrenden Autos wurden die Akne-Narben in seinem Gesicht mal tiefer und mal flacher. Plötzlich riß er seinen breiten Mund auf zu einem Lachen, stumm. Der dazugehörige Ton kommt in meiner Erinnerung immer zeitverzögert, erst, nachdem er den Kopf in den Nacken geworfen hatte. Dann klatschte er mir seine Hände an beide Wangen und küßte mich auf die Stirn. Mein Junge, mein Freund, seufzte er wie ein altes Waschweib. Weil ich keine Ahnung hatte, was ich davon halten sollte, zog ich einfach noch einmal an seiner Zigarette, obwohl sie ganz flachgebissen und eklig naß war am Filter, und sah ihm genau in die grauen Augen.

Er, wiederum, sah mir auch in die Augen, würdigte die Tasche keines Blickes, und als ihm dieses Spiel langweilig wurde – es gab ja auch nichts zu beweisen –, zeigte er auf den kleinen Hotelkühlschrank, der mit einem Expander an der Rücklehne des Beifahrersitzes befestigt war, holte eine Flasche Grasovska heraus und hielt sie mir hin.

Ich nahm meinen ganzen Mut zusammen und zählte noch einmal kurz die Eckdaten unserer Vereinbarung auf: Dimitrijev sollte Nicol eine Lektion erteilen, die er nicht vergessen würde. Wiederholte den Zeitraum der Ausführung, die Summe der zweiten Zahlung, Beweisfotos oder Berichte der Presse und unsere Kommunikationswege.

Dimitrijev sah mit seinen glasigen hellgrauen Augen durch mich hindurch, während seine Aknekrater größer und kleiner wurden. Der Espace verlangsamte und Dimitrijev zog die Augenbrauen hoch und zeigte mit seinem Kopf schnell nach draußen. So weit ist es schon gekommen, sagte er, daß ich für euch Schwuchteln arbeiten muß. Er riß den Mund auf, und bevor ich den dazugehörigen Ton hörte, gab er mir einen Tritt. Ich fiel aus dem noch fahrenden Wagen und zerriß mir dabei meine maßgeschneiderte dunkelblaue Hose.

Da ich das erstemal nicht reagierte, salutierte Vijay gleich zweimal. Die Uniform schlackerte hilflos um seinen viel zu dünnen Körper. Die Ärmel waren zu lang, die Hosenbeine konnte er wenigstens hochkrempeln, aber an den Armen war es hoffnungslos. Er sah grotesk aus, lachte aber sein Tausend-Zähne-Lächeln, und auf seinem Kopf – wie die Fahne einer Revolution – leuchtete sein Turban in grellem Pink. Mir hatte die Uniform besser gestanden, soviel war klar, aber dafür saß ich heute im Fond.

Leise konnte man die Stimme des Kroatischen Botschafters durch die Fenster seines Arbeitszimmers hören. Er telefonierte. Er säuselte mit seinem samtenen Tenor irgendeiner Gattin aus dem diplomatischen Dunstkreis, oder noch besser, einer Journalistin irgendeiner B-Ligisten-Gazette – die waren immer die besten Zuhörerinnen –, seinen ganzen kroatischen Schwermut von der Seele.

Gleich, so dachte ich damals, würde Nicol herauskommen und den Satz sagen, der meine Abreise für immer unmöglich machte. Gleich würde er den Hörer auflegen und in seinem Paisley-Morgenmantel auf die Straße treten und diesen Satz sagen. Vijay startete den Wagen und fuhr langsam los.

Gleich, dachte ich, würde der kroatische Botschafter alle seine Prinzipien über Bord werfen und an dem Guard vorbei mit wehendem Paisleymantel hinter dem Wagen herlaufen und diesen einen Satz schreien, der alles rückgängig machte, und der Geruch von Halston würde die kleine staubige Straße hinunterwehen.

Vijay fuhr den Wagen des Botschafters langsam und behutsam. Der kleine Wimpel, auf dem ich selbst die schöne karierte kroatische Fahne mit Dispersionsfarbe aufgemalt hatte, wehte im Fahrtwind. Ich sah mich nicht mehr um.

Wir fuhren an der Base der Indian Air Force vorbei, und Vijay salutierte wieder gutgelaunt und eifrig, und sah mich dann beifallheischend im Rückspiegel an. Er merkte gar nichts, er plapperte nur so vor sich hin. Ein Teil meines Herzens, sagte er, würde in Mutter Indien verbleiben. Mütter würden ihre Kinder nicht und ihre Söhne nie gehen lassen, nie. Auch wenn die dächten, sie seien gegangen. Ich fragte Vijay, warum er nicht Philosoph geworden sei, und bereute es gleich, denn jetzt würde er mir sicher irgendwas von seiner Familie erzählen, die alle schon Fahrer oder so was aus ihrer Kaste gewesen waren, und daß er sich seinen Beruf deshalb nicht frei habe wählen können, aber sehr glücklich sei und so weiter und so fort.

Statt dessen wiegte er nur sanft den Kopf hin und her und schwieg sein ausgeglichenes Schweigen, und ich mußte dummerweise an meine Mutter denken, wie sie immer die Lippen aufeinandergepreßt und gesagt hatte, egal, wie oft du deinen Vater enttäuscht hast, mich kannst du nie enttäuschen. Und da rollte mir dann auch eine Träne aus dem Auge, und der Stich auf der Wange fing an, schrecklich zu jucken.

Ich streckte mich nach vorne und verdrehte den Rückspiegel, damit dieser blöde Vijay mich nicht mehr sehen konnte, und schaltete die Aircondition an, denn es war stickig im Wagen. Und dabei trat Vijay voll auf die Bremse.

Vor uns war wildes Gehupe, und dann war der Renault Espace der Russen zu sehen. Der Espace versuchte gerade, ein klappriges Hindustan-Ambassador-Taxi zu überholen, doch der indische Fahrer, einen alten braunen Lappen um den Kopf gewickelt, blieb hartnäckig auf der rechten Seite und fuhr gemächlich weiter und blieb dann auch noch brav und ganz unindisch an der nächsten roten Ampel stehen, obwohl vor ihm die ganze Kreuzung frei war.

Die Russen drehten sofort durch. Dimitrijev stieg aus dem Auto, ich erkannte ihn gleich an seiner Blouson-Lederweste, die er auch in der größten Hitze trug . Ich rutschte etwas tiefer in dem Sitz, aber nur so tief, daß ich immer noch sehen konnte, was sich da abspielte, obwohl ich es mir ungefähr schon vorstellen konnte und nicht sehen wollte, weil mir gerade alles zuviel wurde.

Der indische Fahrer des Taxis kurbelte die Scheiben hoch,

und Dimitrijev ging mit seinen unverhältnismäßig dünnen langen Beinen, die er beim Gehen immer leicht grätschte, so als hätte er gerade in die Hosen gemacht, auf das Taxi zu. Dimitrijevs Blick war nie auf sein Ziel gerichtet, sondern immer, leicht arrogant, etwas daneben und immer auch etwas darüber. Dadurch schien alles was er machte immer so unberechenbar. Einmal hatte er ein Kind hinfallen sehen und sich blitzschnell darauf zubewegt, und im letzten Augenblick war er einfach abgebogen und hatte dem Vater eine geknallt, weil der nicht richtig aufgepaßt hatte. So war das mit Dimitrijev. Der arme Taxifahrer konnte wahrscheinlich das Testosteron riechen, das aus diesem zwei Meter großen Weißrussen strömte, wenn er schlechte Laune hatte, und die hatte Dimitrijev ziemlich oft, und jetzt ganz besonders.

Er marschierte also auf das Hindustan-Ambassador-Taxi zu, den Blick darauf gerichtet, nur eben etwas höher, und dann machte er einen Satz und schlug mit der flachen Hand gegen die Scheibe, und der indische Fahrer hielt, als glaubte er selbst nicht an die Qualität des *Made-in-India*-Glases, mit beiden Händen von innen dagegen. Dann zog Dimitrijev tatsächlich sein angerostetes russisches Kriegsveteranenmesser aus dem Lederhalfter an seinem Gürtel, und ich dachte, jetzt übertreibt er allerdings ein bißchen, das ist ja überhaupt nicht mehr nachzuvollziehen, das ist ja stumpfes Mittelalter.

Dimitrijev rammte das Messer in den Autotürrahmen und schaffte es tatsächlich, das Fenster ein Stück zu öffnen. Sein fahler Arm wurstete sich in den Spalt zwischen Tür und Fenster, und er ging dem schmächtigen Fahrer direkt an die Gurgel, und dann tat der kleine indische Taxifahrer, dessen Kehlkopf wahrscheinlich gerade in die Luftröhre gedrückt wurde, das schlaueste und einzige, was ihm das Leben retten konnte: Er trat aufs Gaspedal, der Wagen machte einen Satz vorwärts, und Dimitrijev, dessen Arm eingeklemmt war, wurde mitgerissen. Er brüllte wie ein russischer Hirsch.

Der Hindustan hielt, Dimitrijev kam kurz auf die Beine, dann trat der Taxifahrer wieder aufs Gaspedal.

Dimitrijev fiel wieder hin, wurde zwanzig, vielleicht dreißig Meter weit hinterhergeschliffen, und dann drehte der schmächtige Taxifahrer das Fenster ein Stück hinunter, und Dimitrijev fiel wie ein Sack in den Dreck. Der russische Fahrer kam aus dem Renault Espace gerannt, Dimitrijev bäumte sich auf, sein rechter Arm hing schlaff herunter. Komischerweise sah er dabei nicht seinen Fahrer an, sondern richtete seinen Blick direkt auf uns, auf das kroatische Fahrzeug.

Sein Fahrer hievte ihn zurück in den Renault. Er brüllte noch mal, und es kam aus dem tiefsten Grund seiner Männlichkeit. Dann wendete der Espace und fuhr entgegen der Fahrtrichtung zurück in Richtung Delhi, zurück in Richtung Apollo Hospital, wo Dr. Ghauri ihm die Schulter wieder einrenken und ihm erst einmal eine lange Nadel mit Morphium in den Arm jagen würde, damit Dimitrijew sein Gesicht nicht noch mehr verlöre mit diesem Gebrüll.

Ich fühlte den Stich auf meiner Wange pochen. Vijay stieg aus und lief zu der Stelle, an der eben noch das Hindustan-Ambassador-Taxi gestanden hatte und hob etwas vom Boden auf. Es war Dimitrijevs Diplomaten-ID mit einem Foto von Dimitrijev aus besseren Tagen, als sein Haar auf dem Oberkopf noch dicht war. Die Karte hatte ein paar Blutspritzer abbekommen, und sie war schon vor zwei Jahren abgelaufen. Vijay gab sie mir, und ich steckte sie ein. Wir fuhren schweigend zum Flughafen. Als ich in die Maschine nach Bangkok stieg, hatte ich die Diplomatenkarte aus Plastik vergessen.

Zwei Tage später traf ich mich in Bangkok im Soi Cowboy mit Saeng, einem befreundeten Lithografen. Ich hatte ihn auf Nicols und meiner einzigen gemeinsamen Reise in Phuket kennengelernt, in einem ziemlich engen Club. Saeng hatte mich die ganze Zeit aus seinen schrägen Augen angestarrt. Sein Mund war völlig überschminkt gewesen. Als Nicol beschloß zu gehen, weil es ihm zu laut war, drückte Saeng mir seine Nummer in die Hand und seine Zunge ins Ohr. Der arme Nicol hatte das natürlich alles nicht mitbekommen.

Saeng hieß jetzt Miss Pong, hatte kleine aufwärtsgerichtete Brüste, nahm viele Hormone und trug am liebsten Lackhandtaschen in Eiscremefarben um ihr Handgelenk. Ich zeigte ihr Dimitrijews Diplomatenkarte. Sie sah sie sich lange an, steckte sie ein und sagte dann, sie wolle dreißig Prozent von jedem Geschäft, was wir von nun an mit dem Ding machen würden. Meine Laune stieg, ich bestellte Thai-Whisky mit Soda und Miss Pong bezahlte.

Einmal die Woche fuhr ich zum Flughafen, ließ kurz die russische Diplomatenkarte am Gummiband schnalzen und marschierte *directement* zu der Maschine aus Vientiane, Laos. Vorbei an den Kontrolleuren, die gelangweilt auf ihren Röntgenmonitor starrten oder den ein oder anderen Computer mit einem weichen Tuch abwischten und dann nach kleinen Semtex-Krümeln suchten. Meistens sah ich meinen Kurieren, es waren Analphabeten aus dem laotischen Hochland, nicht einmal ins Gesicht, nicht nötig. Wichtig war nur der graue Hartschalenkoffer mit dem Aufkleber des deutschen Reiseveranstalters *Diethelm Travels*, den ich vom Gepäckband hievte und dann *sashay, sashay* durch den Diplomatenausgang schaffte.

Genau acht Wochen später kam die e-mail von Dimitrijev. Alles bestens, du Schwuchtel, schrieb er, und ich wußte nicht, ob das ein gutes Zeichen war. Mich interessierte das alles eigentlich auch gar nicht mehr. Doch mit Dimitrijev sollte man keine halben Geschäfte machen. Also wies ich den restlichen Betrag in US-Dollar an die Mitsubishi Bank of Tokio in New Delhi, auf das Konto dieser russischen Ärztin, Dimitrijevs Fling.

Ich zog mit Pong in eine größere Wohnung in Silom, nahe genug am Nachtleben der Stadt. Ich konnte es nicht ertragen, wenn sie ausging. Ich kaufte einen großen Fernseher. BBC World News berichtete aus dem Kosovo, während wir Sex hatten. Ich sah Bilder von britischen Helfern, die vor einer riesigen Menge Albanern Bratwürste hochhielten. Die Albaner griffen gierig danach.

Pong brauchte noch neunhundert Dollar für die bevorstehende Operation. Ich versuchte sie dazu zu überreden, das Ganze einfach nicht zu machen. Ich wollte nicht, daß sich irgend etwas änderte. In Silom gab es zu viele Transsexuelle, zu viele frustierte Ladyboys, die keinen Höhepunkt mehr kriegten.

Das Leben mit Pong war einfach und unkompliziert. Wir gingen nur wenig aus. Alles spielte sich für mich zwischen Bett und Flughafen ab. Ich war zum ersten Mal so glücklich in meinem Leben, daß ich beschloß meinen Vater anzurufen, mit dem ich seit drei Jahren nicht gesprochen hatte. Ich wußte kaum mehr, wie er aussah.

Ich suchte die Zagreber Nummer in meinem alten Adressbuch. Ich atmete tief ein, dann wählte ich. Stille am anderen Ende, Rauschen, dann ein Tuten. Ich legte auf und wählte noch einmal. Wieder dasselbe Tuten. Dann fiel mir ein, daß alle Telefonnummern geändert worden waren nach dem ersten Jugoslawien-Krieg, als könnte man Nummern reformieren.

Ich sprach also nicht mit meinem Vater. Ich dachte an unser Haus und an die Ausflüge zum Grab meiner Mutter, zu denen mich mein Vater und meine Schwester immer gezwungen hatten. Später dann, als ich älter wurde, war ich alleine ans Grab meiner Mutter gegangen und hatte ihr Crysanthemen in die kleine Grabvase gestellt. Die hatte sie sehr gerne gemocht, und sie hatte auch ein Parfum, das nach Crysanthemen roch. Ein unangenehmer Geruch, Crysanthemen, und eigentlich auch eine unfaßbar häßliche Blume.

Wenn Rosen an die elegant gelegten Wellen der Frisuren der zwanziger Jahre erinnerten, dann waren Crysanthemen wie die herausgewachsene blondierte Dauerwellfrisur, die seit zwei Jahrzehnten in Osteuropa grassierte. War mein Nicol eher eine Crysantheme oder eine Rose? Weiß ich nicht.

Manchmal überlegte ich, ob meine Mutter ihren frühen Tod mit all den Crysanthemen, die sie immer im Haus gehabt hatte, nicht selbst herbeigezaubert hatte.

Ich fuhr mit dem Motorradtaxi in die Khao San Road. Dort hielten sich die meisten westlichen Rucksacktouristen auf, und dort gab es internationale Zeitungen. Ich wollte europäische Gesichter sehen. Vielleicht würde dann meine Erinnerung an meinen Vater wieder klarer werden.

Ich setzte mich in ein Café, und blätterte zuerst in Newsweek, und in der Herald Tribune stand es dann: Der kroatische Botschafter in New Delhi war in seiner Residenz mehrmals angeschossen worden. Die Möglichkeit eines Terroranschlags durch serbische oder bosnische Extremisten wurde nicht ausgeschlossen. Ministerpräsidentin Sonja Gandhi war bestürzt, der Zustand des Botschafters sei bedenklich.

Blut schoß mir in den Kopf. Nicol. Dimitrijew. Ich schüttelte die verklebten Zeitungsseiten von meinen Händen und hielt der Kellnerin ein paar Scheine hin, und dann rannte ich, den ganzen Weg von Banglamphoo durch den Smog, unter den Flyovers durch, bis in die vertraute Umgebung der Sexbars und der Massagesalons, bis nach Silom.

Als ich in die Wohnung kam, waren beide Räume leer. Ich rief verzweifelt nach Pong. Dann telefonierte ich dreimal mit dem Operator und hinterließ dringendste Hilferufe auf Pongs kleinem Hello-Kitty-Pager, den ich ihr vom letzten Heroin-Transfer gekauft hatte. Nach vielleicht fünfzehn Minuten oder einer Stunde hatte sie noch immer nicht zurückgerufen. Ich versuchte mich zu beruhigen und trank eine viertel

Flasche Songthip und nahm eine Xanax. Dann kam wieder ein Schweißausbruch.

Unter dem dünnen Strahl der Dusche merkte ich, daß ich meine Socken angelassen hatte. Ich streifte die Socken ab, und sie schwammen langsam auf den Ausguß zu und verstopften ihn. Ich setzte mich in die lauwarme Pfütze, die sich am Boden gebildet hatte. Ich kratzte den Mückenstich an meiner Wange wieder auf und beobachtete, wie das hellrote Blut spiralförmige Fäden in der Pfütze zog.

Endlich klingelte das Telefon, und ich glitschte aus der Dusche. Mir war schlecht. Als ich abnahm, war nur ein gleichmäßiges Tuten zu hören. Ich pagte Pong noch einmal. Dann legte ich mich nackt auf das Bett, nahm noch eine Xanax und schaltete den Ventilator über mir an.

Es klopfte an der Tür. Ich war eingeschlafen. Vor dem Fenster war schon die rote Leuchtreklame der Karaoke-Bar angeschaltet. Ich stand auf und rief nach Pong. Wahrscheinlich hatte sie wieder den Schlüssel vergessen. Meine Augen brannten, mein Herz begann sofort wieder zu rasen.

Ich öffnete die Tür, und Dimitrijev stand dort. Er knallte mir sofort die hellgrüne Kunstledertasche an die Brust. Er grinste breit, und dann schrie er fröhlich und vollkommen aufgedreht: Schwuchtel! Seine Arme flogen zur Seite, und dann klatschte er mir seine Hände an die Ohren und küßte mich auf die Stirn. Der Geruch seiner Lederweste vermischte sich mit seinem Schweißgeruch.

Ich ging rückwärts in die Wohnung zurück und sah, daß ich immer noch nackt war. Dimitrijev schien das gar nicht weiter aufzufallen, aber er sah ja auch wieder über mich hinweg. Er drückte mich in die Couch, und ich stellte die lindgrüne Tasche wie ein Schutzschild vor mich auf den Tisch. Dimitrijev sah sich um.

Ich fragte ihn, ob er die Zahlung erhalten habe. Er lachte, ja, alles erhalten, super. Ich nahm meinen Mut zusammen und fragte, wie schlecht es denn dem Botschafter ginge. Dimitrijev grinste und machte eine wegwerfende Handbewegung. Nichts passiert. Zwei Streifschüsse, Scheitel gezogen, Niere angekratzt, durchs Küchenfenster. Pflasterangelegenheit. Erleichtert? fragte er. Ich versuchte zu lächeln.

Dimitrijev sah weiter über mich weg und tat einfach gar nichts. Ich betete zu Gott, daß Pong jetzt nicht nach Hause kam. Mein Blick mußte zur Tür gewandert sein, denn Dimitrijew sagte schnell, keine Angst, der kommt jetzt nicht. Pong ist mit etwas beschäftigt.

Und dann sagte er, der Botschafter habe ihm, Dimitrijev, aufgetragen, ein Auge auf mich zu werfen. Ihm gefällt das alles gar nicht, das hier, sagte Dimitrijev und machte eine vage Handbewegung durch die Wohnung. Nicol wird ein großes Tier bei der UNO, sagte er, und er will seinen Lebenslauf nicht von dir versaut wissen, mein Junge. Verständlich.

Ich nickte überdeutlich und setzte mich aufrechter hin und machte den blöden Versuch, die Kunstledertasche so hinzustellen, daß Dimitrijev meinen Larry nicht sehen konnte – ich war ja immer noch nackt –, und dabei sah ich, daß sich unter der Tasche auf dem Tisch ein dunkler Fleck gebildet hatte.

Dimitrijev ging zur Tür. Schön habt ihr zwei es hier, sagte er. Und dann fragte er, willst du gar nicht wissen, was ich dir mitgebracht habe? Die Tasche stank. Es roch nach Rindfleisch, aber auch nach Crysanthemen.

Nachdem Dimitrijev gegangen war, saß ich sicher noch eine Stunde nackt im Dunkeln, bis ich mich endlich anzog und die Wohnung verließ.

Eckhart Nickel

DIE WAHRHEIT ÜBER LELLO

»But I do not suppose they will visit us again, our life here is so retired... no pleasures except reading... I do not suppose we shall ever have visitors again... well,well, I will get you some medicine to make you feel better.«

Evelyn Waugh, A Handful of Dust

1

Die Wahrheit über Lello herauszufinden bedeutete die Arbeit eines Abends. Daß er, Lello, überhaupt in mein Blickfeld geriet, verdankte sich dem Wetter. Eigentlich wollte ich an diesem Nachmittag von Malta nach Gozo übersetzen, um dort in einem legendären Fischrestaurant zu Abend zu essen. Aber es war Sturm, und mein Mietwagen stand in einer langen Schlange. Die Fähre hatte Verspätung. Bei einem kurzen Gang nach vorne zum Anleger konnte ich die Gischt der hohen Brandung aufspritzen sehen, die sich an der Kaimauer brach. Der Himmel hatte aufgeklart, und drüben sah man deutlich die Steilküste der Nachbarinsel.

Mitten im Kanal schaukelte das Schiff, mit dem ich übersetzen sollte. Wie eine Dschunke gebaut, schwankte es beträchtlich. Es schien nicht von der Stelle zu kommen, und der kreuzförmige Antennenaufbau ruderte hilflos in der Luft. Auf dem Rückweg zum Wagen sah ich in den Gesichtern der anderen Fahrer eine seltsame Mischung aus unbestimmter Angst und Gottergebenheit. Eine Art fahle Empörung, mit der sie der Einschiffung entgegensahen. Der Gesichtsausdruck war mir vertraut. Ich hatte ihn in einem

Dokumentarfilm über die Insel beobachtet, der Nahaufnahmen von spielsüchtigen Maltesen im Casino zeigte. Stets dann, wenn jemand eine große Menge Jetons auf Rot gesetzt hatte und die Kugel gelassen auf Schwarz landete, erfroren die empörten Gesichter zu einer gottesfürchtigen Maske. Es brauchte niemandes Überredungskunst, mich von dem Vorhaben der Überfahrt abzubringen.

Also scherte ich aus der Reihe aus und fuhr zurück nach St. Pauls Bay, um dort im zweitbesten Fischrestaurant, am Rande der Bucht, einen Tisch für den Abend zu bestellen. Die Sonne begann bereits zu sinken, als ich bei einem Bier stumpf über das türkisfarbene Wasser nach draußen sah. Es lief Flughafenmusik, die nur durch ein aus dem Takt geratenes Klimpern gestört wurde.

An der Bar des Restaurants saß weiter niemand, außer einem dicken Mann mit kurzen Haaren, dessen Goldkettchen am Handgelenk bei jedem Schluck an sein Glas schlug. Das dunkle Getränk im Whiskeyglas leerte er in kleinen, aber entschiedenen Zügen. Obwohl Dezember war, trug er ein enganliegendes dunkelblaues Polohemd, aus dem seine dicken dichtbehaarten Arme quollen.

Er saß breitbeinig da, seine groben braunen Schnürschuhe vom Barhocker abgewinkelt, und nickte grinsend zu dem Bossanova-Rhythmus der Musik. Es sah aus, als ob er einer anderen Band draußen in der Bucht zulächeln würde, um sie zu animieren. Aber eigentlich ging sein Blick ins Leere.

2

Es war kein Zufall, daß ich im trüben Spätherbst ausgerechnet die südeuropäische Bastion kurz vor Afrika für einen vorweihnachtlichen Aufenthalt gewählt hatte. Ein Traum hatte mich nicht mehr losgelassen:

Ich war auf einer Insel, deren bunte, europäisch aussehende Häuser auf hellem, feinem Sandgrund errichtet waren. Mein afrikanischer Fahrer, der eine römische Tunika und einen Fez trug, lenkte mich in einem offenen Opel Kapitän durch die Sandstraßen. Trotz der tiefen Rinnen, die der Wagen in den Sand furchte, kamen wir rasch vorwärts. Es ging einen Hügel abwärts, und ich gelangte zu einem Strand, an dem Einheimische ihre Fischernetze ausschüttelten. Das Ufer der Wüstenlandschaft war nahezu so flach wie der Meeresspiegel, und die lichtdurchflutete Ebene erinnerte an Bilder der Arktis. Zwischen die vereinzelten Hütten, die umherstanden, drang spektral das strahlendhelle Leuchten des Nachmittags.

Plötzlich fiel mir mein Abflug ein. Also hielt ich den Fahrer an, zum Flugplatz aufzubrechen. Über der Hauptinsel, so war beim Rückweg zu sehen, entstand ein furchtbares Unwetter. An der Verwehung der Kondensstreifen oben im Himmel konnte man erkennen, daß das Gewitter weit hoch in die Atmosphäre reichte. Voller Angst sah ich dem Abflug entgegen, als mir einfiel, daß ich etwas am Strand vergessen hatte.

Also fuhren wir noch einmal zurück, obwohl dadurch die Wahrscheinlichkeit, in den Sturm zu geraten, erheblich größer wurde. Ich erlebte also die ganze Fahrt zum Strand noch einmal, aber alles geschah ungleich langsamer. Die Fischer standen nun an der anderen Seite des Strandes, zum Sonnenuntergang hin.

Endlich wieder am Flugplatz angelangt, wurde mir klar, daß ich zunächst mit einem Helikopter von der Nebeninsel zur Hauptinsel fliegen mußte. Denn dort drüben, auf dem großen Flughafen, stand die Maschine abflugbereit. Neben dem Hubschrauberlandeplatz, so war zu sehen, schlugen schon die ersten Wellen des Sturms an Land, der sich in unsere Richtung bewegte. Die Hauptinsel verschwand hinter den schwarzen Wolken, während die See daneben im Sonnenuntergang lag. Wir starteten dennoch.

Und in einer atemberaubenden Linkskurve wurden wir vom Wind gegen eine beigegelbe Sandsteinmauer gedrückt, die bis weit oben in den Himmel ragte und deren Höhe nicht abzusehen war. Immer näher kam die gleißendhelle Wand, die wir dennoch nie berühren sollten. Mit diesem Gefühl des schnellen Steigfluges erwachte ich.

Auf der Suche nach dem Ort, der sich hinter der Inselgruppe aus meinem Traum verbarg, stieß ich nach einiger Zeit auch auf Malta. Für die Insel aus hellem Stein zwischen Europa und Afrika, deren Nachbarinsel Gozo mit einem Hubschrauber zu erreichen war, sprach einiges. Also buchte ich den Flug. Ich hatte ohnedies keinen Plan für die nächste Zeit, und die Reise versprach eine mögliche Abwechslung, die mir helfen konnte, den allgemeinen Zustand der Verwirrung, in dem ich mich befand, zu durchdringen. Viel zu lange schon hatte ich vergeblich versucht, seiner Herr zu werden.

An einem verschneiten Freitagvormittag setzte ich mich in das Flugzeug nach Valletta, blätterte rasch die englischsprachige maltesische Tageszeitung durch, als wäre dort eine Geschichte über meinen Traum zu lesen, und schlief ein. Als ich aufwachte, befanden wir uns bereits im Landeanflug. Es regnete leicht, und das Mittelmeer lag grau unter dünnen, tieffliegenden Wolkenfetzen.

Auf der Treppe hinab zum Rollfeld merkte ich, wie kalt und feucht es war. Noch beim Start hatte der Kapitän von Sonne und gelegentlichen Gewittern gesprochen. Das milchige Düsterlicht sah wenig nach Sonnenschein aus, und achtzehn Grad, wie angesagt, waren es auch nicht.

Ich nahm einen Mietwagen und fuhr nach Valletta ins British Hotel, wo ich ein Zimmer bestellt hatte. Nach einer kurzen Mittagsruhe und einem Blick in den Reiseführer machte ich mich auf in Richtung Gozo.

3

So war ich in diese Bar geraten, zu diesem Mann, der nun nicht mehr aufs Meer hinaussah, sondern mich anschaute.

Er fragte mich, wo ich herkam, und sagte mir, sein Name sei Lello. Konversationen, die auf diese Weise beginnen, führe ich aus Prinzip meistens so: Ich erfinde für mich eine völlig absurde Existenz, um der Unterhaltung einen Hauch von Spannung zu verleihen. Aber irgend etwas hielt mich diesmal davon ab. Also erzählte ich ihm meine wahre Geschichte, daß ich Reporter auf Urlaub sei und gerade eben einen Tisch für das Restaurant reserviert habe. Er zog die Augenbrauen hoch, blies den Rauch seiner Zigarette durch die dünnen gespitzten Lippen und nickte.

»Ich sage mal, das war eine gute Wahl. Hier serviert man den besten Fisch auf der ganzen Insel.«

Jetzt sah ich auch die Goldkettchen, die er um den Hals trug.

»Sie mögen Fisch?«

Er schnippte nach dem jungen Barkeeper, der mürrisch Gläser trocknete und dessen ungebügeltes Hemd nachlässig offenstand. Der Barkeeper reagierte nicht. Ich sah Lello fragend an. Er grinste.

»Sie müssen wissen, das Restaurant hier gehört meinem Bruder. Darf ich Sie auf einen Drink einladen?«

Ich orderte ein weiteres Bier und lud ihn zu mir an den Tisch am Fenster. Er nahm seine fleckige braune Lederjacke, einen Stapel Umschläge und setzte sich auf den dunklen Cordsessel gegenüber. Für sich selbst bestellte er »das gleiche noch mal« und streckte mir zur Begrüßung, als ob wir uns nicht bereits bekannt gemacht hätten, seine Hand entgegen. Er stellte sich nochmals als Rello vor. Hatte er nicht vorhin »Lello« gesagt? Oder hatte er jetzt wieder »Lello« gesagt, und ich hatte ihn nur vorhin falsch verstanden? Oder hatte er beim ersten Mal schon »Rello« gesagt, und nur ich hatte »Lello« gehört? Gedankenverloren hielt ich noch immer seine Hand und starrte unverwandt auf die etwas lose am Handgelenk hängende Rolex, die klapperte, seit wir uns die Hände schüttelten.

Ich lächelte ihn an und zog meine Hand zurück. Er fuhr sich über den kurzgeschorenen Schädel und rieb sich im Gesicht herum. Von links nach rechts und wieder nach links, als ob er über ein schwieriges Problem nachdachte. Er war, so erzählte er, Fotograf, der nicht nur für die wichtigsten Inselzeitungen arbeitete, sondern auch für internationale Magazine. Ob ich sein Foto heute auf der Titelseite gesehen hätte? Ich versuchte ohne Erfolg, mich an die Zeitung im Flugzeug zu erinnern, bejahte aber vorsichtshalber und fragte ihn aufmunternd:

»Wirklich, das war von Ihnen?«

Ich blickte beiseite, zu den Umschlägen mit den Filmen, neben die er sein Mobiltelefon gelegt hatte, und fragte ihn nach seiner Visitenkarte. Vielleicht, so dachte ich, könnte er ja einmal Bilder für mich machen, sollte ich je eine Geschichte über Malta schreiben, was immer unwahrscheinlicher wurde. Aber eigentlich fragte ich mehr aus Verlegenheit, weil ich nicht wußte, was ich sonst sagen sollte. Er zog die Augenbrauen hoch. Seine Visitenkarten, meinte er, seien ihm gerade heute ausgegangen. Also wollte er mir seine Adresse aufschreiben. Ich bot ihm meinen Füllfederhalter an, aber er suchte bereits nach seinem eigenen Stift in seiner Lederjacke herum.

Um irgendetwas zu tun, rührte ich mit dem Füller in meinem abgestandenen Bier den Schaum auf. Zunächst drehten sich dünne Strudel in dem fahlgelben Getränk, dann begann sich eine zerbrechliche Schaumschicht zu bilden, die schnell in sich zusammensank, und schließlich ruhte das Bier, das jetzt noch weniger Sprudelblasen warf.

Rello sah mich wieder an und schob die mit der linken Hand hingekritzelte Adresse über den Tisch. Ich konnte nur die Endungen der Worte erkennen; Dazu hatte er seine

Mobilnummer aufgeschrieben, wie er mit einer Handbewegung zu seinem Telefon hin zu verstehen gab:

»Haben Sie das Flugzeug landen sehen vorhin? Es flog so tief, daß ich dachte, es würde abstürzen. Ich habe es mit meiner alten Hasselblad fotografiert.«

Wie hätte ich es sehen können, da ich selbst erst seit jenem Nachmittag auf der Insel war? War es etwa mein Flugzeug gewesen, und ich hatte den entscheidenden Moment verpaßt? Den Augenblick, da sich die schwarzen ineinandergeschobenen Zungen des Objektivs kurz zurückzogen, um den Film zu belichten und das Bild meiner Ankunft festzuhalten? Als ich bei der Landung aus dem Fenster gesehen und die Landschaft kritisch mit der aus meinem Traum verglichen hatte, war mir kein dicker Mann hinter einer wuchtigen Kamera aufgefallen. Und so tief war mir der Anflug auch nicht vorgekommen, daß man einzelne Menschen unten hätte erkennen können. Aber es waren ja wohl noch andere Flüge angekommen.

»Vielleicht saß ich in dem Flugzeug, das Sie fotografiert haben?«

Ich fragte mehr aus Höflichkeit als aus echtem Zweifel. Rello verzog sein Grinsen und wog seinen Kopf hin- und her.

»Es ist nicht einfach für mich, Flugzeuge zu fotografieren.« Er sprach ein italianisiertes, singendes Englisch, wie es unter anglophilen Römern manchmal üblich ist.

»Eigentlich bin ich nämlich Pilot.«

Das erklärte zumindest seinen Uhrengeschmack und seine Vorliebe für Goldkettchen. Rellos Redefluß war von da an nicht mehr aufzuhalten, und er redete und redete, erzählte sein Leben, während ich die ganze Zeit abwechselnd ihn und das Stück Papier mit der Adresse anstarrte.

Schließlich landete er in der Gegenwart:

»Ich habe ein Studio draußen in Rabat, in einem alten Palast. Ich bewohne zehn Räume darin. Im Winter wird es ziemlich kalt, aber die Aussicht ist phantastisch!«

Um ihn von einer möglichen Einladung abzulenken, fragte ich wieder nach dem Fisch.

Er empfahl mir einen Saisonfisch, der »Lampuki« hieß, und deutete auf eine alte, kleine Schatzgräbertruhe in Schwarz und Gold, die scheinbar als Fischvitrine diente und noch leer war.

»Sie werden mich später auch hier an der Bar wiederfinden. Aber nicht nur zum Vergnügen!«

Vielleicht würde am Abend etwas Außergewöhnliches passieren, möglicherweise Inselprominenz, die er ablichten wollte. Kurz ging ich im Geist einige Geschichten durch, die sich später ereignen konnten. Ein aufgedeckter Skandal, ein Verhältnis des Präsidenten – wie hieß er noch? – Dom Mintoff mit der jüngsten Putzfrau des Luqa International Airport. Oder ein geheimes Arbeitsessen der Malteserloge, die seit langem schon an einem Putsch gegen die sozialistische Regierung arbeitet. Leicht enthusiasmiert trank ich den letzten Schluck des abgestandenen Biers und nickte ihm entschuldigend zu.

»Ich muß jetzt wirklich gehen.«

Noch einmal schüttelte er mir übertrieben freundlich die Hand und zwinkerte mit dem Auge.

Ich machte mich auf den Weg zurück ins Hotel.

4

Während ich die Küstenstraße entlangfuhr, es war bereits dunkel, rekapitulierte ich das Gespräch. Ich ging es, sozusagen, Punkt für Punkt durch, was die Lebensgeschichte von Rello betraf, und fing an, über sein Alter nachzudenken.

Ab und zu überholte mich ein rasender Insulaner. Der Linksverkehr irritierte mich erstaunlicherweise nur leicht, wenn die aufblendenden Lichter hinter mir unerwartet nach rechts ausscherten.

Rello hatte erzählt, daß er Pilot gewesen sei. Pilot der American Airways, da ihn das Literaturstudium in New York angeödet habe. Er sei dann die Linienfliegerei, in der er es immerhin von einer einfachen Boeing 737 bis hin zum Jumbo-Piloten gebracht habe, irgendwann leid gewesen und hätte das Angebot eines First-Class-Passagiers angenommen. Dieser, so Rello, suchte damals, als er ihn auf dem Flug von Los Angeles nach Hawaii kennenlernte, einen Kapitän für seine private Geschäftsmaschine. Der Mann, ein Halb-Argentinier mit Geschäftsdependancen in San Francisco, Puerto Rico und Caracas, habe ihn als Piloten seines zum fliegenden Luxus-Büro umgebauten Lear-Jets angestellt und zum Karibik-Spezialisten gemacht.

An dieser Stelle der Erzählung begann es in meinem Gehirn zu arbeiten. Ich schaute in den Rückspiegel und sah unvermittelt statt meiner Nase in Rellos Nasenlöcher, die riesig waren und aus denen lange schwarze Haare ragten. Der Mann, so dachte ich mir beim Anblick seines fleischigen Gesichts, war möglicherweise ein großer Kokainschnupfer. Auch waren mir, als Rello von der Karibik zu erzählen begann, seine nervösen Blicke zur Seite aufgefallen und sein zeitweiliges Händereiben an den Hosenbeinen. Besonders häufig hatte er sich an seinem rechten Schienbein gekratzt.

Der Abend in dem Fischrestaurant nahm für mich eine ganz unerwartete Perspektive an: Rello war anscheinend ein Mann mit unglaublichen Verbindungen, und in seiner Wohnung in Rabat hing sicherlich ein riesiger Spiegel an der Wohnzimmerwand. Basta.

Inzwischen raste ich in maltesischem Tempo die Küstenstraße entlang, und als die Vergnügungsmeile St. Julians rechts an mir vorbeirauschte, sang ich, zu meiner eigenen Überraschung. Im Radio lief »Music sounds better with you«, und ich fügte mitsingend ein »Rello« hinzu. Oben über der Bucht stand hellerleuchtet das Casino.

Kokain, so mutmaßte ich, war Rello damals zum Verhängnis geworden. Er hatte erzählt, daß er als Privatpilot mit einer Italienerin in New York verheiratet gewesen sei. Bei einem seiner Kurzaufenthalte in Costa Rica habe er eine Brasilianerin kennengelernt, die ihn nach Rio zum Karneval einlud. Was folgte, war der unglaublichste Teil der Geschichte:

Während er seiner Frau, die gerade ihre Familie auf dem väterlichen Weingut bei Florenz besuchte, erzählt hatte, er sei mit dem Jet in Mexiko unterwegs, amüsierte er sich im Trubel an der Copacabana. Nur, wer wußte es nicht, daß während des Karnevals immer wieder europäische Fernsehsender vor Ort berichteten?

Sein Bild, so Rello, sei damals per Live-Schaltung von RAI Uno in die Küche der alten toskanischen Winzerfamilie gesendet worden. Die Fleisch gewordenene Fehlentscheidung ihrer Tochter: ein Malteser, Halbafrikaner also, ein Arbeiter der Lüfte ohne Familie, ein Niemand. Noch dazu ein nackter Niemand, mit einer noch nackteren Brasilianerin im Arm. Die Scheidung war schnell eingereicht, der Beweis vor Gericht noch einmal vorgeführt worden. Der Prozeß erregte große Aufmerksamkeit: Ehebruch in der Nachrichtensendung, immerhin. Aber sein Glück ließ ihn auch damals nicht im Stich. Kurz darauf heiratete er die englische Scheidungsanwältin, die ihn vor Gericht vertreten hatte. Eine attraktive Starjuristin, selbstverständlich. Mit ihr, so Rello, bewohne er nun die Zehn-Zimmer-Suite in Rabat.

Das war genau der Moment in seinem Redeschwall, da es mir zuviel geworden war und ich den Heimweg angetreten hatte.

Ich kam gerade mit dem Wagen vor dem British Hotel an, als ich beim Durchrechnen von Rellos Lebenslauf erschrak: Sein geschätztes Alter betrug zirka Ende Dreißig. Eingedenk der Stationen, die ein Pilot bis zum Führen einer Boeing 747 durchlaufen muß, war er wohl mit zwölf nach New York zum Studieren aufgebrochen. Mit 15 hatte er dann seinen ersten Linienflug absolviert. Rello, ich verachtete ihn. Er war ganz einfach ein perfider Lügner. So naiv konnte er nicht sein, zu denken, ich würde ihm die Unwahrheiten alle glauben, in deren Netz er sich verstrickt hatte. Oder aber er hielt mich für so dumm, daß ich auf ihn hereinfallen und nichts bemerken würde. Im Grunde wollte ich ihn nie wiedersehen. Aber ich war hungrig, und außerdem, so malte ich mir aus, konnte es unterhaltsam sein, ihn beim Abendessen Stück für Stück zu überführen. Und schließlich, am Ende irrte ich mich einfach, und Rello sagte die Wahrheit. Außerdem war da ja noch der legendäre Spiegel.

5

Um Zeit für einen Entschluß zu gewinnen, ging ich durch die rechtwinklig angeordneten Straßen von Valletta. In den dunklen Seitengassen war niemand unterwegs, und die Läden waren alle geschlossen. Oben zwischen den Häuserfluchten rauschte es hin und wieder auf wie in einem Park kurz vor einem Gewitter. Nur auf der von Straßenlaternen flankierten Hauptstraße spazierten vereinzelt alte Leute. Zeitungsfetzen wehten umher. Über einer Buchhandlung leuchtete der Schriftzug »Sapienzas«, das »e« und das »n« flackerten giftig zischelnd, einem Kurzschluß nahe, und machten bald ein »Sapizas« daraus. Am Ende der Straße stieß ich auf ein geöffnetes Café an einem Platz. Warum nicht eine der maltesischen Spezialitäten probieren, von denen ich im Reiseführer gelesen hatte, wie hießen sie gleich, Pastizzi? Der kleine Kellner stellte mir gleich zwei Varianten zur Wahl: Cheese und Pea.

Die zwei Teigtaschen, die vor mir lagen, sahen aus wie indische Samosa oder Pakora. Ich hatte allen Hunger verloren. Auf den Papierservietten unter dem Gebäck breitete sich ein Fettrand aus. Nach zwei uninspirierten Bissen, die sogar nach irgend etwas schmeckten, ließ ich den Teller stehen und schob ihn weg. Das Erbsenpüree in einer der Pastizzi war stark gesalzen und der Käse lauwarm. Ein Fischgeruch wehte von der Tür herein, und ich zahlte. Draußen war es windig, und ich ging zum Hotel zurück, in mein Zimmer.

Als ich auf dem Bett im Dunkeln lag, schaute ich an die weißgetünchte Decke. Sie schimmerte orange von den Leuchten, mit denen sie die gelben Steingebäude anstrahlten. Ich wägte die Alternativen des Abends gegeneinander ab: Casino – Rello, Rello – Casino? Beim Spielen hatte ich stets nur bescheidenes Glück. Das Geld einzusetzen, um einen Saisonfisch zu kosten, war die entschieden verlockendere Variante. Rasino – Cello, Cello oder Rossini...

Das geöffnete Fenster, das immer wieder gegen die Wand klapperte, ließ mich hochschrecken. Ich mußte einen Moment eingeschlafen sein. Es war bereits halb acht und für acht Uhr war der Tisch bestellt. Also duschte ich schnell, zog ein frisches Hemd und eine Krawatte an und fuhr los.

6

Auf der Küstenstraße war viel Verkehr, und ich mußte die Augen zusammenkneifen, um nicht von den entgegenkommenden Wagen geblendet zu werden. Der Weg nach St. Pauls Bay schien viel länger als bei der Hinfahrt. Ständig dachte ich, das Dorf würde nach der nächsten Kurve auftauchen. Hinter den schnell ziehenden Wolken am Nachthimmel kam hin und wieder der abnehmende Mond zum Vorschein. Schließlich tauchten schon die Schilder zur Fähre Richtung Gozo auf. Pech. Die Abfahrt nach rechts mußte also schon eine Weile zurückliegen. Also wendete ich und fuhr zurück. Bald tauchte auf der linken Seite der leuchtende Name des

Restaurants auf, »Gallieri«. Ich bog ab und parkte den Wagen direkt vor dem Eingang, da sonst kein Platz mehr frei war. Es war offenbar schon sehr voll.

Seltsam erschöpft stieg ich die Stufen aus Marmor hinauf. Bereits durch die gläsernen Schiebetüren konnte ich Rello sehen, wie er mit zwei, drei Leuten an der Bar stand, rauchte und lachte. Als sich dann die Pforte beim Betreten des gummierten Fußabtreters öffnete, wurde der bis dahin leise vernehmbare Gesprächslärm schlagartig laut.

Ich stand im Zigarettenrauch, eine alte Platte von Emerson, Lake and Palmer, »Fanfare for the common man«, spielte, und der Vorraum mit der Bar und der Vitrine schien Schauplatz einer belebten Party zu sein. Rello hatte mich sofort entdeckt und bahnte sich zwischen seinen Freunden den Weg.

»Und da ist er, mein wunderbarer neuer Freund aus Deutschland!«

Es folgte ein überschwengliches Begrüßungsritual, wobei er mir mit vorgestrecktem Kopf leicht von unten in die Augen sah. Seine Brauen standen dicht zusammengezogen, er lachte laut auf, und in seinem aufgerissenen Mund blinkte kurz eine goldene Krone. Ich dachte wieder an den Spiegel. Ich nahm all meinen Mut zusammen und flüsterte ihm ins Ohr:

»Rello, da ist eine Sache, die ich noch fragen wollte. Wo kann man denn hier heute abend ein wenig Spaß haben?«

Ich zog demonstrativ die Nase hoch. Er zwinkerte mit dem Auge und sprach mir ganz leise und wichtig zu:

»Für später kenne ich noch ein Hotel, da gibt es die besten Frauen auf ganz Malta.«

Ich schüttelte den Kopf und deutete mit dem Finger auf meine Nase.

»Nein, ich meine keine Frauen. Ich denke da eher an, na ja, Nose marmalade?«

Nochmals schniefte ich, diesmal entschieden lauter als

zuvor. Die zwei Gestalten an der Bar schauten auf. Rello scharrte verlegen mit seinem rechten Fuß, nahm beschwichtigend die Hände hoch und biß sich auf die Lippe:

»Ich fürchte, damit kann ich nicht dienen. Obwohl, vielleicht später.«

Sein Vorschlag klang wie eine Entschuldigung:

»Gehen wir doch zur Bar.«

Am Tresen stand eine kleine rundliche Frau im Wollpulli mit einer roten Pagenkopffrisur. Neben ihr auf dem Hocker saß ein auffallend braungebrannter Mann mittleren Alters, dessen schwarzes Haar fettig zurückgekämmt war. Die breiten Gesichter der beiden waren gerötet, ich war mir nicht sicher, ob es am Alkohol lag oder am schummerigen Licht. Jetzt sah ich auch, daß es überhaupt nicht voll war. Keiner da außer den Dreien. Rello stellte mich vor:

»Meine Frau Samantha, Fausto, das hier ist mein neuer Freund aus Deutschland. Laßt uns anstoßen.«

Samantha fiel ihm ins Wort:

»Aber du hast versprochen, keinen Alkohol zu trinken, vergiß das nicht!«

Ich war nach der peinlichen Szene beim Eintreten sehr erleichtert darüber, daß er scheinbar meinen Namen vergessen hatte. Es dauerte etwas länger als einen Moment, bis mir klar wurde, was gerade geschehen war. Seine Frau, das mollige Wesen mit dem Orangensaft in der Hand, es mußte seine Frau, die Anwältin, sein. Und Fausto, ja, der halbseidene Fausto war natürlich der Besitzer des Fischlokals und Rellos Bruder. Jetzt sah ich auch die Ähnlichkeit, die gleichen runden Augen, die gleichen abstehenden Ohren und dieses leicht irre Grinsen. Fausto war einfach nur eine dünne Version von Rello. Um den Schock zu überspielen, malte ich über meinem Bauch mit der Hand Kreise in die Luft:

»Ich habe ziemlichen Hunger, ich gehe schon mal zu meinem Tisch.«

Rello neigte seinen Kopf und kniff ein Auge zu, als würden wir ein Geheimnis teilen:

»Eine gute Entscheidung, aber wir sehen uns noch! Bis später.«

7

Fausto schnippte nach der Kellnerin, die mit weißer Schürze hinter dem erleuchteten Nachtischbuffet stand und gerade mit einem Tortenheber die Kuchen zusammenschieben wollte. Ich folgte ihr mit gesenktem Kopf durch eine weitere Glastür in den Speisesaal. Meine Schritte auf dem grünlich schwarzen Steinfußboden hallten.

Als ich aufsah, bemerkte ich, daß der Speisesaal bis auf eine vielköpfige Familie links am Fenster leer war. Rechts, direkt neben der Küchendurchreiche, saß ein magerer Mann im grünen Samtsakko an einem Keyboard und improvisierte über Frank Sinatras »New York, New York«. Er hatte sorgfältig gefröntes Haar, einen traurigen Schnäuzer, und in der linken Hand hielt er ein Bierglas, mit dem er mir zuprostete. Mein Tisch stand in der Ecke des Saals, und ich stieß mit dem Schienbein an, als ich mich setzte.

Die Kellnerin legte mir die Karte hin, setzte die Brille ab und nestelte an ihrem streng geflochtenen Zopf, während sie neben mir stehen blieb, als ob es selbstverständlich wäre, am Tisch zu warten. Ohne einen Blick in die Karte zu werfen bestellte ich ein Pfeffersteak und eine Flasche Burgunder, um meine Sicherheit zurückzugewinnen. Kommentarlos ging sie mit der Karte davon und nahm das leere Glas des Klavierspielers mit.

Ich ließ meinen Blick über die sorgsam mit weißem Leinentuch, Gläsern und Silberbesteck gedeckten Tische gleiten, bis ich bei der Familie am anderen Ende angelangt war. Rello stand dort und verbeugte sich zu einem Diener. Er hatte eine Kamera in der Hand und zeigte eine Mappe. Dann hob er beide Hände, eine Geste der Beschwichtigung, und kam mit den Worten »später dann, bis später« zu mir herüber.

Ohne zu fragen, setzte er sich und legte den Arm um meine Schulter. Er deutete auf die Polaroid-Kamera und flüsterte mir zu:

»Normalerweise kostet ein Bild bei mir zehn Pfund, aber an diesem besonderen Abend und für meinen Freund ist es natürlich umsonst. Das wird mein erstes Bild heute abend!«

Bevor ich begriffen hatte, stand er auf, visierte mich mit dem Kasten an und drückte ab.

Ein Blitz. Ich blinzelte. Nichts war mehr zu sehen. Rellos Stimme, von ganz weit:

»Ich signiere es, für meinen Freund, bis später.«

Seine Gummisohlen quietschten immer leiser, immer leiser, dann hörte man die Tür zufallen. Rello, der große Rello, er war einfach nur Polaroid-Fotograf in einem schlecht besuchten Fischrestaurant. Kein Spiegel, nichts. Der Raum schien zu schwanken. Mir war schwarz vor Augen und leicht übel. Überhaupt hatte ich, seit ich auf Malta war, das Gefühl, auf einem großen Schiff zu sein, das beständig in einer leeren Dünung rollte.

Als hinter den bunten Linien und hellen Flecken der Speisesaal wieder zum Vorschein kam, stand die Flasche Burgunder auf dem Tisch, der Pianist spielte jetzt Sinatras »Strangers in the night«, und auf dem Teller lag ein Photo von mir, eine entsetzliche Aufnahme. Meine Augen waren rot und der Hintergrund nahezu schwarz. Und mit grüner Krakelschrift standen auf dem weißen Streifen unter dem Bild die drei Worte »Photo by Lello«. Ich goß mir ein Glas Wein ein. Eines war sicher, und ich sagte es von da an unentwegt vor mich hin: »Es wird kommen, das Steak, ich weiß es, ich habe es bestellt, also wird es kommen, das Steak, ich bin mir sicher, es wird kommen, das Steak…«

Elke Naters

MAU MAU

Mika war zu mir auf mein Zimmer gekommen, wo ich schon im Bett lag. Das heißt, ich lag auf dem Bett, ich war noch angezogen und hatte mich mit einem Buch auf das Bett gelegt und gelesen, als sie an der Tür klopfte. Mika klopfte an der Tür, aber sie kam nicht herein. Sie rief durch die geschlossene Tür, daß sie Karten spielen wollten, unten im Restaurant, und ob ich auch kommen würde in einer halben Stunde. Ich hatte mich in meinem Bett aufgesetzt, in der Erwartung, sie würde zur Tür hereinkommen. Ich saß auf dem Bett und habe auf die Tür gestarrt, aber sie kam nicht herein. Wir treffen uns in einer halben Stunde, hat sie mir zugerufen, und ich rief sofort *jaja, ich komme*, obwohl ich das gar nicht wollte. Ich hatte nicht einmal darüber nachgedacht, ob ich mit ihnen Karten spielen wollte. Wie ertappt saß ich aufrecht auf meinem Bett, die Füße auf dem Boden, und sah auf die Tür.

Wir kennen uns durchaus so gut, daß Mika jederzeit in mein Zimmer hineinkommen und sich neben mir auf das Bett setzen kann. Sie ist bereits bei anderen Gelegenheiten in mein Zimmer gegangen, als wäre es das ihre. In einer distanzlosen und respektlosen Art hat sie mich damit überfallen, daß sie in mein Zimmer kam, so wie sie mich jetzt damit überfallen hat, daß sie nicht hereinkam. Wenn sie in mein Zimmer kam, dann nie, um mich zu besuchen oder mit mir zu sprechen.

Sie kam immer nur, weil sie etwas von mir haben wollte. Irgendwelche Dinge, die in meinem Zimmer lagen und die sie herausholte. Diese Distanzlosigkeit geschah mit der gleichen Respektlosigkeit wie die übertriebene Distanz, mit der sie jetzt vor meiner Tür stand und nicht hereinkam, sondern durch die geschlossene Tür hindurch mit mir sprach.

Wenn sie einfach so in mein Zimmer kam, ohne zu zögern oder anzufragen, ob es mir recht war, oder wenn sie mich in einem ungünstigen Moment überraschte, ohne jede Rücksicht auf meine Privatsphäre zu nehmen, dann machte sie mit jeder Bewegung deutlich, daß es bei diesem Besuch nicht um mich ging, sondern um den Gegenstand, den sie benötigte.

Sie sah mich kaum an, wenn sie in mein Zimmer kam, sie richtete auch keinen Gruß an mich oder sonst ein persönliches Wort, sondern fragte nur nach diesem Gegenstand, während sie bereits zielstrebig in das Badezimmer lief oder zu dem kleinen Tisch, auf dem ich meine Sachen ablegte. Sie überging mich dabei, als wäre das nicht mein Zimmer, als wäre ich gar nicht da oder das Zimmermädchen oder sonst eine Person, die sich zufällig in diesem Zimmer aufhielt.

Nachdem sie das, was sie gesucht, gefunden hatte, ein Buch oder eine Zeitung oder einen Gegenstand, den ich von ihr geliehen und nicht zurückgebracht hatte – dabei hatte ich nie Zeit, die geliehenen Gegenstände zurückzugeben, weil sie immer schon in meinem Zimmer stand, bevor ich sie zurückgeben konnte – drehte sie sich zu mir und fragte, *brauchst du das noch?* Und immer antwortete ich mit nein, obwohl das nicht stimmte, denn wenn ich es nicht mehr gebraucht hätte, hätte ich es ihr wieder zurückgebracht. Dazu kam es nie, weil sie schon immer vorher in meinem Zimmer stand und mit dieser Bestimmtheit ihre Gegenstände zurücknahm, die keinen Zweifel daran ließ, daß ich sie nicht mehr zu benötigen hatte.

Die Dinge, die sie von mir lieh, brachte sie mit der gleichen Selbstverständlichkeit an sich wie die ihren und gab sie nicht mehr zurück. Da ich nicht mit derselben Unverschämtheit in ihr Zimmer kam, um meine Sachen zurückzuholen, mußte ich sie danach fragen und zwar wiederholt, weil sie die Frage immer lästig abtat und nie mit der Sache rüberkam, bis ich zu einem aufdringlichen Bittsteller für meine eigenen Dinge wurde, die sie von mir geliehen hatte.

Lieh sie sich Dinge von mir aus, fragte sie nie, ob sie das leihen konnte oder ob ich es noch benötigte, oder wenn es ein Buch war, ob ich gerade darin las. Sie nahm es mit derselben Selbstverständlichkeit an sich, wie sie ihre an mich verliehenen Gegenstände zurücknahm und sagte nur, *ich nehm das mit*, oder ähnliches. Das war keine Frage, das war nicht einmal wie eine Frage gestellt, sondern eine Behauptung, die keinen Widerspruch zuließ.

Anfangs noch hielt ich diese Distanzlosigkeit für Nähe und Freundschaft. Ich freute mich, ihr Dinge zu leihen und daß sie mit dieser Selbstverständlichkeit über meine Sachen verfügte, weil ich glaubte, daß sie wollte, daß ich es andersrum genauso machte. Ich hatte es anfangs für ein Freundschaftsangebot gehalten, diesen Irrtum aber bald entdeckt. Kam ich ihr in ähnlicher Weise nahe, dann wies sie mich sofort auf das kälteste auf meine Übertretung hin. Ein Zunahekommen meinerseits wurde den ganzen Tag mit einer Kälte bestraft, die keinen Zweifel daran ließ, wo ich hingehörte.

Dabei war und ist Mika nie unhöflich. Sie bleibt immer höflich und bewahrt die Form. In einer geradezu übertriebenen Höflichkeit, wie einem Fremden oder älteren Menschen gegenüber. Das Zugeständnis, das sie macht, indem sie zu meinem Zimmer hinaufsteigt, um mich zu einem Kartenspiel einzuladen, setzt sie auf einen Schlag außer Kraft, indem sie durch die geschlossene Tür mit mir spricht, ohne mich anzusehen oder mein Zimmer zu betreten. Sie hätte auch klopfen können und warten, bis ich an die Tür komme, sie öffne und wir von Gesicht zu Gesicht miteinander sprechen. Aber genau das wollte sie nicht. Noch bevor ich die Möglichkeit hatte, an die Tür zu kommen, hatte sie ihr Angebot schon ausgesprochen und mit der Schnelligkeit gleichzeitig klargemacht, daß sie mich dabei nicht sehen wollte.

Das ist schon eine Leistung, dachte ich, mir ein Zugeständnis zu machen und dabei gleichzeitig derartig verletzend und unverschämt zu sein. Noch im selben Moment, als ich *jaja, ich komme* antwortete, war mir klar, daß ich das auf keinen Fall wollte. Zu diesem Kartenspiel hinuntergehen, um mich für den Rest des Abends erniedrigen zu lassen. Es war sogar so, daß ich dachte, um nichts in der Welt nehme ich an diesem Kartenspiel teil, während mein Mund die Zustimmung aussprach. Ich war überfallen worden, hatte mit dieser Situation nicht gerechnet, war in keinster Weise auf diesen Angriff vorbereitet und mein *jaja* sollte das Gegenteil vortäuschen. Es sollte zeigen, daß ich jederzeit mit allem rechne und auf alles vorbereitet bin. So wie jemand, der im Schlaf überrascht wird, sofort eine Wachheit vortäuscht. Aber alles, was ich bewiesen habe, ist, daß ich in keinster Weise vorbereitet war und deshalb eine Zusage gemacht hatte, wo ich ein lautes *Nein!* hätte schreien sollen.

Mika war so schnell wieder weg, wie sie gekommen war. Ich hatte kurz daran gedacht, zur Tür zu laufen und ihr ein *Nein!* hinterherzuschreien, ich hatte das *Nein* sogar sofort dem *jaja, ich komme* hinterhergeschoben, auf meinem Bett sitzend, aber ich wußte, daß sie es nicht mehr gehört hatte, und wenn, dann nicht hören wollte. Sie würde hinuntergehen und den anderen sagen, daß ich käme, und sie würden mit ihrem Kartenspiel auf mich warten, weil ich zugesagt hatte zu kommen. Ich konnte mir also den Ärger aller zuziehen, weil ich zugesagt hatte und sie deshalb vergeblich auf mich warten mußten, während sie längst hätten spielen können, oder aber ich konnte hinuntergehen zu ihnen, an ihren Tisch, um zu sagen, ich habe es mir anders überlegt, ich werde lesen und nicht Karten spielen, ihr müßt also nicht auf mich warten.

Das ist genauso verfänglich, weil das die anmaßende

Annahme meinerseits voraussetzt, daß sie mit dem Spiel auf mich warten würden, das heißt, daß die Kartenrunde erst mit mir vollständig sei. Ich habe keine Wahl. Mit bleibt nichts anderes übrig, als hinunterzugehen und Karten zu spielen.

Mika hatte gesagt, wir treffen uns in einer halben Stunde. Ich warte vierzig Minuten, dann gehe ich hinunter. Mit einer Verspätung von zehn Minuten, die meine Gleichgültigkeit dieser Verabredung gegenüber zeigen soll und verhindern, daß ich als erste an einem Tisch saß, um auf die anderen zu warten, auf ein Kartenspiel, zu dem sie mich eingeladen hatten und das ich nie spielen wollte.

Ich dachte mir, Mika würde es zu verhindern wissen, daß sie pünktlich in einer halben Stunde am Tisch saßen, um auf mich zu warten. Sie würden auch nicht einzeln hinuntergehen und sich nach und nach an den Tisch setzen, sondern geschlossen als Gruppe, so wie sie immer geschlossen als Gruppe auftraten. Sie würden sich gegenseitig von ihren Zimmern abholen, um dann geschlossen hinunterzugehen. Natürlich hätten sie mich auch abholen können. Sie hätten auf dem gemeinsamen Weg hinunter zum Kartenspiel an meiner Tür klopfen können und warten, daß ich die Tür öffne, um mich zu fragen, ob ich mit ihnen zum Kartenspielen hinuntergehen wollte. Ich wäre sofort gegangen. Oder Mika und Frank wären zu mir gekommen, um mich abzuholen, um dann Susanne und Hendrik abzuholen, deren Zimmer am weitesten entfernt lag und der Treppe nach unten am nächsten. Das wäre das selbstverständlichste gewesen, denn mein Zimmer liegt zwischen denen der anderen, und wenn Mika und Frank Hendrik und Susanne abholen, müssen sie an meinem Zimmer vorbeilaufen.

Ich liege ganz still auf meinem Bett und warte darauf, Mika und Frank zu hören, wie sie an meinem Zimmer vorbeilaufen, um Hendrik und Susanne abzuholen, um in dem Moment, in dem sie an meiner Tür vorbeigehen, hinauszugehen und mit ihnen Susanne und Hendrik abzuholen und mit allen gemeinsam hinunterzugehen.

Ich liege ganz still, bereit, jeden Moment aufzuspringen, die Tür zu öffnen und hinauszugehen, aber es ist nichts zu hören. Nur das Ticken der Uhr, neben meinem Kopf, auf dem kleinen Nachttisch. Nach vierzig Minuten stehe ich auf. Ich denke mir, wenn keiner unten ist, gehe ich wieder hoch. Dann kann ich mit gutem Gewissen sagen, daß ich unten war und zehn Minuten gewartet habe und anschließend wieder hinaufgegangen bin, um mich ins Bett zu legen. Das hätten sie in keinem Fall gegen mich verwenden können. Im Gegenteil, dann hätten sie in meiner Schuld gestanden.

Ich gehe ins Bad und wasche mein Gesicht, bürste meine Haare und putze mir die Zähne. Nach fünfundvierzig Minuten gehe ich hinunter. Da sitzen sie und spielen Karten. Sie haben nicht auf mich gewartet. Sie haben nicht einmal Platz für mich. Jetzt muß ich mich in ein Kartenspiel hineindrängen, zu dem ich keine Lust habe. Ich könnte umdrehen und hinausgehen, sie bemerken mich nicht einmal, aber ich bin mir sicher, daß mich einer von ihnen bereits gesehen hat, und wenn ich jetzt umkehre, erweckt das den falschen Eindruck, ich wäre gekränkt, weil sie ohne mich Karten spielen, und den Eindruck möchte ich auf keinen Fall entstehen lassen.

Ich sage hallo, es tut mir leid, ich bin eingeschlafen, ihr könnt aber auch ohne mich weiterspielen, ich bin ohnehin müde und nur heruntergekommen, weil ich zugesagt habe, deshalb macht es mir gar nichts aus, wieder auf mein Zimmer zu gehen und weiterzuschlafen, im Gegenteil.

Ich bekomme keine Antwort und habe mich bereits weggedreht, als sie rufen, nein, nein, ich soll bleiben, das Spiel ist gleich zu Ende, ich soll mich setzen und mitspielen. Niemand schaut mich an, nur Susanne kurz, weil Mika vor ihr eine Acht gelegt hat und sie deshalb aussetzen muß. Sie sieht mich freundlich an und spielt weiter.

Nimm dir doch einen Stuhl und setz dich, sagt Hendrik zu mir. Fast alle Stühle sind besetzt, und es dauert eine Weile, bis ich einen freien finde, den ich zu ihrem Tisch trage. Die Stühle sind sperrig und schwer, aus Kokosnußholz, das zehnmal so schwer ist wie deutsche Fichte, und ich habe große Schwierigkeiten den Stuhl durch die schmalen Gänge zwischen den Tischen zu schleppen, weil er zu schwer ist, als daß ich ihn über die Leute hinwegheben könnte. Die Leute, die an den anderen Tischen sitzen und essen oder trinken und sich unterhalten, müssen auf ihren schweren Stühlen zur Seite rücken oder an den Tisch heran, um mich vorbeizulassen. Dabei machen ihre Stühle ein lautes, unangenehmes Geräusch, wenn die Stuhlbeine über den Steinboden schleifen, weil man die Stühle nur mit größter Mühe bewegen kann, wenn man darauf sitzt.

Ich stoße ich mir einen Zeh an und dann eine leere Bierflasche um, die auf dem Boden steht, weil der Kellner eine Räucherspirale daran befestigt hat, die mit ihrem Rauch die Moskitos abhalten soll. Die Flasche fällt um und zerbricht auf dem Steinboden.

Der Kellner kommt und fegt die Scherben weg. Er versperrt mir dabei den Weg, ich kann nicht weiterlaufen, sondern muß stehenbleiben und ihm zusehen, wie er vor mir kniet und die Scherben zusammenfegt. Dabei entschuldige ich mich immer wieder. Der Kellner lacht nur, kippt die Scherben in einen Eimer und nimmt den Stuhl und trägt ihn an den Tisch, wo die Freunde sitzen und mit dem Kartenspiel auf mich warten.

Ich laufe hinter ihm her, bedanke mich und bestelle ein Bier bei ihm. Ich merke, wie mir der Schweiß hinunterläuft. Es ist heiß, und der Ventilator an der Decke ist nicht eingeschaltet. Als der Kellner mir mein Carlsberg bringt, bitte ich ihn, den Ventilator einzuschalten. *Yes. Very hot,* sagt er und grinst. Hendrik hat bereits die Karten gegeben, auch vor mir liegt ein Häuflein. Susanne lächelt mich an. *Es ist heiß ge-*

worden, sagt sie, und bevor ich ihr etwas antworten kann, sagt Mika *Susanne fängt an,* und Susanne legt die erste Karte.

Erst jetzt fällt mir auf, daß Frank fehlt. Er liegt auch nicht auf Mikas Schoß, sein Stuhl ist leer. Ich sitze mit meinem Stuhl an die Tischecke gedrängt, während Franks Stuhl leer an der Tischseite steht. *Wo ist Frank?* frage ich Mika, als Antwort auf ihr *du bist dran.* Mika nimmt vier Karten, weil ich auf Susannes Sieben eine weitere Sieben gelegt habe und Mika, wie es scheint, keine Sieben hat, die sie drauflegen kann, damit Hendrik sechs Karten ziehen muß, falls er keine Sieben hat.

Hendrik ist immer fröhlich und gut gelaunt. Während die anderen in den vergangenen Tagen die eine oder andere Laune vor sich hergetragen haben, habe ich Hendrik nie anders als vergnügt gesehen. Obwohl er sich den Zeh gebrochen hat und die Schulter derart verrenkt, daß er mehrere Nächte nicht schlafen konnte, hat ihm das nie die Laune verdorben, und wenn, dann hat er das nie gezeigt.

Während sich Susanne, die mit Hendrik das Zimmer teilt, jeden Morgen beschwert, sie hätte schlecht geschlafen und ohne ausreichenden Schlaf könne sie sich nicht erholen, und Mika darauf sagt, sie könne sich ohne eine warme Dusche nicht erholen, und die beiden sich darüber ereifern, wie notwendig ausreichender und tiefer Schlaf und auch eine warme Dusche für die Erholung seien, verliert Hendrik nie ein Wort, und wenn, dann nur im Scherz, über seine schmerzvollen und schlaflosen Nächte.

Davon habe ich erst von Susanne erfahren, als sie sich beklagte, daß sie nicht schlafen könne, weil Hendrik die ganze Nacht vor Schmerzen wachliegt. Jeden Morgen sitzen Mika und Susanne beim Frühstück und beklagen die schlaflosen Nächte und das kalte Wasser und die mangelnde Erholung. Sie versichern mir zwar täglich, wie wunderschön der Ort ist und wie außerordentlich schön gelegen und wie nett es sei, daß wir alle hier zusammengekommen sind, aber alles, was sie sonst tun und sprechen, bedeutet das genau Entgegengesetzte.

Hendrik deutet auf Franks leeren Stuhl. *Setz dich doch hierhin,* sagt er. Ich stehe auf, um mich auf Franks Stuhl zu setzen. Dabei merke ich, daß mein Zeh, den ich mir bei dem Geschleppe angestoßen habe, schmerzt und blutet. Ich deute auf meinen Fuß und sage, *den muß ich erst verarzten,* da steht Mika auf und sagt *warte, ich hol dir was* und geht. Das Blut tropft auf den Boden. *Ob das ein neuer Trick ist, um sich ins Bett zu legen?* sagt Susanne zu Hendrik. *Weißt du nicht, daß Mika einmal Krankenschwester war,* sagt Hendrik, *die kann keine Wunde unversorgt lassen.*

Alle lachen, weil Mika das genaue Gegenteil einer Krankenschwester ist, wenn es so etwas gibt. Was stimmt, ist, daß Mika immer großzügig und hilfsbereit ist. Spricht man nur die Andeutung eines Wunsches oder eines Verlangen aus, springt Mika auf, um ihm nachzukommen, soweit es ihr ohne viele Mühe möglich ist, so wie sie jetzt sofort aufgestanden ist, um ein Pflaster für mich zu holen.

Wenn ich beiläufig erwähne, daß ich mir gerne die Haare waschen würde, aber mein Shampoo ausgegangen ist, steht Mika kurz darauf in meinem Zimmer, um mir ihr Shampoo zu leihen, das vom Besten ist, versteht sich. Alles, was Mika, aber auch die anderen besitzen, ist immer nur vom Besten. Mika wäscht sich nicht einfach mit irgendeinem Shampoo die Haare. So ist das auch mit den Cremes und dem Nagellack und dem Lippenstift und allem, bis auf das Klopapier, sogar ihr Nagellackentferner ist nicht irgendein Nagellackentferner. Ich schäme mich jedesmal, wenn Mika mit ihrer Selbstverständlichkeit in mein Bad hineinläuft, um sich ihr Shampoo oder ihren Nagellack oder ihren Nagellackentferner zurückzuholen, und dort meine Kosmetik herumliegen sieht, und ich bin mir sicher, Mika sieht sich alles ganz genau an und läuft auch genau aus dem Grund in mein Bad hinein, und bittet mich nicht, ihr die Dinge zu geben und selbst aus dem Bad herauszuholen, was mir sehr viel angenehmer wäre, um sich in meinem Bad umzuschauen und zu sehen, welche Kosmetik dort herumsteht.

Sowie sie sich jedesmal neugierig umschaut, wenn sie in mein Zimmer kommt. Sie schaut mit gleichgültiger Neugier auf meine Unordnung, und ich bin mir sicher, daß ihr dabei nichts entgeht. Inzwischen räume ich mein Zimmer jeden Tag so auf, daß es Mikas Überfälle übersteht. Die wenigen guten Kleidungstücke hänge ich so auf, daß man sie sehen kann, während ich die anderen sowie meine schäbige Unterwäsche in den Koffer packe. Ich lasse nur die gute Unterwäsche herumliegen. Auch die billige Kosmetik habe ich aus dem Bad herausgeräumt und nur das Nötigste liegen lassen. Meine Zahnpasta, die Zahnbürste, Seife und eine Creme. Das geht sogar soweit, daß ich mir neue Anschaffungen im Hinblick darauf auswähle, daß Mika sie bei mir herumliegen sehen könnte. Hätte ich mir sonst irgendein Shampoo gekauft, kaufe ich jetzt eines, das Mikas Blicken bestehen kann.

Mikas und Franks Zimmer war die wenigen Male, die ich es betreten habe, immer aufgeräumt. Die Zimmer waren nicht nur aufgeräumt, sondern sahen auch im höchsten Maße gemütlich und wohnlich aus. Obwohl mein Zimmer von der Ausstattung identisch ist, kommen mir ihre Zimmer immer hübscher und heller vor. Auch wenn mein Zimmer aufgeräumt und sauber ist, sieht es immer nach einem billigen Hotelzimmer aus, in dem ich meine Sachen verstaut habe, während es bei den anderen einen besonderen Charme erlangt. Sie wissen ihre Sachen derart zu verstauen, daß das Zimmer dadurch wohnlich und gemütlich wird und die Einfachheit der Ausstattung das ihre dazutut, während mein Zimmer immer ein schäbiges Hotelzimmer bleibt. Alles, was ich unternehme, um aus meinem Zimmer ein genauso wohnliches und gemütliches zu machen, bleibt ohne Erfolg. Selbst die Blumen, die mir Mika und Susanne immer von ihren Ausflügen mitbringen, ändern nichts daran. Mein Zimmer bleibt ein schäbiges Hotelzimmer mit einem Blumenstrauß darin.

Dabei ist mein Zimmer das Schönste, weil es im Gegensatz zu den anderen auf das Meer hinausgeht und einen kleinen Austritt hat, mit einem schmiedeeisernen Gitter davor, wo die anderen Zimmer nur ein Fenster haben, das auf den Garten hinausgeht.

Dies stellte sich jedoch als sehr viel angenehmer heraus, weil man dort morgens die Vögel hört und abends machen die Grillen ihre Sommergeräusche, und das Grün des Gartens ist für die Augen sehr viel angenehmer als das gleißende Meer mit seinem eintönigen Rauschen.

Die anderen haben mich anfangs für meinen Meeresblick beneidet, aber schnell gemerkt, welchen Vorteil ihre Zimmer nach hinten hinaus bieten und daß sie eigentlich die besseren Zimmer hatten. Mein Zimmer geht nach Süden hinaus, während ihre Zimmer nach Norden liegen. Ich muß den ganzen Tag die schweren Läden geschlossen halten, sitze folglich im Dunkeln und habe wenig von meinem Meeresblick, während die anderen ihre Fenster den ganzen Tag offenstehen lassen und die Vögel hören und die Grillen zirpen und sie ein leichter kühler Wind umweht, der nach Sommergräsern riecht.

Mein Zimmer heizt sich trotz der geschlossenen Läden unerträglich auf, so daß es mir an heißen Tagen unmöglich ist, mich tagsüber darin aufzuhalten, während die anderen in ihren kühlen grünen Zimmern mittags träge auf ihren Betten liegen. Ich sitze dann im Schatten unter Bäumen und nehme mir vor, im nächsten Jahr, und überhaupt ab jetzt, nur noch ein Zimmer zum Garten hinaus zu reservieren.

Die Zimmer der anderen sind nicht nur immer aufgeräumt, es liegt auch nichts herum, für das sie sich schämen müßten. Alles, was sie haben, ist immer nur vom Feinsten. Sogar die Socken und die Handtücher sind vom Feinsten.

Auch bei Susanne und Hendrik ist das so. Dabei sind alle vier sehr großzügig mit ihren Dingen, bieten mir ihre diverse Kosmetik an und leihen mir ihre besten Kleidungsstücke aus. Darum muß ich nie bitten, das bieten sie mir bei jeder Gelegenheit auf das großzügigste an. Sie teilen alles untereinander und machen auch bei mir keinen Unterschied, obwohl ich nichts Annäherndes zu bieten habe.

Dafür beneideten mich die Mädchen um die kleinen Dinge, die ich hier im Ort gekauft hatte. Einen karierten Stoffhut, oder eine silberne Halskette, sogar um Haarspangen und eine kleine Bürste. Sie wollten alles, was ich hatte, unbedingt sofort auch haben und baten mich mehrmals, mit ihnen in die Stadt zu fahren, um ihnen zu zeigen, wo ich die Dinge gekauft hatte, damit sie sich das gleiche kaufen konnten.

Diese Einkäufe waren die einzigen gemeinsamen Unternehmungen, zu denen mich die Mädchen aufforderten. Meistens fuhren sie zum Einkaufen in die Stadt, ohne mich zu fragen, ob ich mitkommen wollte. Sie kamen mit vollen Tüten zurück, von Sachen, die sie zusammen gekauft hatten, immer das gleiche, manchmal in verschiedenen Farben. Selten kaufte die eine etwas, was die andere nicht kaufte.

Um diese Dinge begann ich sie zu beneiden, auch wenn ich vorher nie daran gedacht hatte, derartige Dinge zu besitzen. An manchen war ich sogar schon etliche Male vorbeigelaufen, ohne das geringste Bedürfnis, sie zu kaufen. Aber sobald ich sie an den Mädchen sah, schien es mir unmöglich, ohne diese Dinge auszukommen. Ich verhielt mich immer gleichgültig, wenn sie stolz ihre Einkäufe auspackten und vorführten. Genauso beiläufig fragte ich, wo sie dies und jenes gekauft hätten, mit dem Vorsatz, bei der nächsten Gelegenheit unbemerkt das gleiche zu kaufen, um es in meinem Zimmer zu verstecken und zu tragen, nachdem sie abgefahren waren.

Es war weniger das Bedürfnis nach diesen Dingen, als der Neid auf ihre Gemeinsamkeit. Deshalb verbarg ich meinen

Wunsch vor ihnen und freute mich um so mehr über ihr Interesse an meinen Dingen und ging gerne mit ihnen in die Geschäfte, damit sie dort jede das gleiche kaufen konnten, worauf wir irgendwann zu dritt mit kleinen karierten Sonnenhüten herumliefen. Meinen Sonnenhut vergaß ich wenige Tage später am Strand, wo ihn in der Nacht die Flut wegspülte.

Es war unmöglich, ihn wiederzubekommen, weil die Mädchen die einzigen und letzten karierten Sonnenhüte auf der ganzen Insel gekauft hatten. Sie bedauerten mich und versprachen mir einen von ihren Sonnenhüten zu überlassen, nachdem sie gefahren waren, schließlich waren sie der Grund dafür, daß ich keinen neuen Hut mehr bekommen konnte, weil sie die beiden letzten gekauft hatten, und wäre ich nicht gewesen und hätte diese Hüte entdeckt und ihnen gezeigt, hätte ich mir ohne weiteres einfach einen neuen kaufen können.

Das Versprechen hatten sie dann vergessen, als sie abfuhren, und ich wollte sie nicht daran erinnern müssen, deshalb fuhren sie mit zwei karierten Sonnenhüten zurück in den Norden, während ich ohne Sonnenhut im Süden blieb. Später fand ich einen Hut, der in der Form dem vorherigen ähnlich war, nur war der grün und nicht kariert.

Während Mika auf ihrem Zimmer ist, um das Pflaster für mich zu holen, spielen wir ohne sie weiter. Es ist wie immer, wenn Mika nicht dabei ist und ich mit Susanne und Hendrik alleine bin, oder nur mit einem von ihnen, eine sofort viel entspanntere Situation. Hendrik, der nie seine Schmerzen nach außen trägt, ist immer besonders anteilnehmend an dem Befinden der anderen. Er macht sich Sorgen um meinen Zeh, aber ich beruhige ihn, *ist schlimmer, als es aussieht*, nur Susanne lacht, und schließlich versteht auch Hendrik, der immer der langsamste ist, und lacht, und wir spielen das Spiel im Schnelldurchlauf, wer länger als eine Sekunde zögert, muß den ganzen Stapel nehmen.

Ich lege eine Pik Acht, und Hendrik legt eine andere Pik-Karte auf meine Acht, und Susanne und ich schreien, weil er das nicht hätte machen dürfen, sondern einmal aussetzen muß. Deshalb muß er jetzt den ganzen Stapel nehmen. Hendrik zuckt nur mit den Achseln und sagt, *das ist doch nur menschlich,* worauf Susanne zu johlen beginnt und sich auf die Schenkel klopft, und Hendrik hebt seine Arme, und Susanne klatscht ihre Hände gegen seine Hände.

Es ist ein Ritual, jeden Tag eine bestimmte Begebenheit, einen besonders lustigen oder besonders dummen Satz, den jemand gesagt hat, aufzugreifen und den ganzen Tag über, bei jeder sich bietenden Gelegenheit, zu wiederholen und zu variieren, was jedesmal belacht und beklatscht wird, obwohl das nur die ersten Male lustig ist und sich schnell erschöpft, was zur Folge hat, daß noch lauter geklatscht und gelacht wird.

Diesen Satz *das ist doch nur menschlich* hatten sie heute morgen beim Frühstück am Nachbartisch aufgeschnappt, was für sie aus irgendeinem Grund Anlaß für große Heiterkeit war. Ich hatte das Gespräch auch gehört, ich hatte sogar am Rande daran teilgenommen. Die beiden am Nachbartisch waren ein junges Paar aus Düsseldorf, mit dem ich mich vor Ankunft der Freunde lose angefreundet hatte.

Die vier zogen gleich am ersten Abend über sie her, so wie sie immer über alles und jeden herzogen. Sie machten sich mit Verachtung lustig über Ralfs lange Haare und Carolas leichten badischen Singsang. In diesem Gespräch am Frühstückstisch erzählte Carola ihrem Freund von einer Frau, die sich immer größte Unverschämtheiten leistete, die sie, wenn man sie darauf hinwies, mit dem Satz *das ist doch nur menschlich* entschuldigte.

Dieser Satz war also ein Zitat, wiedergegeben mit dem Wissen, daß man diesen Satz so nicht sagen kann, und deshalb hatte Carola ihn auf übertriebene Weise ausgesprochen, was zeigen sollte, daß sie sich dessen bewußt war. Die anderen, die das Gespräch nicht so genau verfolgt hatten wie ich, hatten nur diesen einen Satz in seiner absichtlichen Überbetonung gehört, ohne die Ironie begriffen zu haben. In ihrer Dummheit und Ignoranz hatten sie einen lauwarmen Aufguß eines Witzes der Menschen gemacht, die sie genau dadurch herabsetzen wollten.

Sie wiederholten also den ganzen Tag unwissend ihre eigene Dummheit, die durch die ewige Wiederholung, die der Spaßigkeit dieses Satzes nicht im geringsten angemessen war, noch mehr hervorgehoben wurde. Zudem hatte der Satz im Zusammenhang mit Carolas Geschichte weit mehr Witz als in der bloßen Wiederholung, die den einzigen Sinn hatte, sich über die Dummheit anderer lustig zu machen. Dadurch wurde dieser Satz zu einer unerträglichen Groteske ihrer eigenen Ignoranz und Überheblichkeit.

Tatsächlich war Frank derjenige gewesen, der den Satz aus dem Gespräch aufgegriffen und an Hendrik weitergegeben hatte. Frank und Hendrik machten sich einen Spaß daraus, diesen Satz alle fünf Minuten zu wiederholen, was die Mädchen anfangs ignorierten, dann aber doch neugierig machte, worauf Frank sie aufklärte und erzählte, wie er am Frühstückstisch von diesen *dummen Menschen* diesen *unglaublich dummen Satz* gehört habe.

Damit waren auch Mika und Susanne eingeweiht und ließen ebenfalls keine Gelegenheit aus, *das ist doch nur menschlich* zu sagen, und sich auf die Schenkel zu klopfen und in die Hände zu klatschen, wenn einer von den anderen den Satz sagte. Ich lächelte dabei anfangs noch freundlich, aber mir verging zunehmend die Laune, und schließlich konnte ich nicht mehr an mich halten, und ich begann, meinen Unwillen zu zeigen und zu stöhnen und sie zu bitten, damit aufzuhören. Sie ignorierten natürlich meine Bitte und stellten mich als Spaßverderberin hin, die einen guten Spaß nicht zu verstehen weiß.

Ich stöhne wieder und sage, *bitte aufhören*, worauf mich

Susanne ganz schuldbewußt ansieht und sagt, *das ist doch nur menschlich*, worauf das Gegröle und Geklatsche wieder von vorne losgeht, und diesmal mache ich mit und hebe meine Arme, und Susanne klatscht ihre Hände gegen meine Hände.

In diesem Moment kommt Mika zurück. Sie hat sich umgezogen und neu frisiert, das erkennt man daran, daß sie eine andere Haarspange trägt. Sie stellt eine große Tasche mitten auf den Tisch, wo die Karten liegen, und beendet somit unser Spiel. Die Tasche ist ihre Reiseapotheke und prall gefüllt mit Medikamenten. Ich bin mir sicher, es gibt keine Krankheit, für die Mika kein Medikament dabei hätte.

Mein Zeh hat inzwischen aufgehört zu bluten, und auch der Schmerz ist erträglich geworden, ich hatte ihn bei unserer lustigen Runde ganz vergessen, und jetzt erinnert mich nur mehr ein dumpfes Klopfen an meine Verletzung. Es ist nicht mehr nötig, ihn zu verarzten, und obwohl es sehr hilfsbereit und freundlich von Mika war, ihren Verbandskoffer herunterzuholen, wünsche ich mir, sie wäre nicht zurückgekommen, und meine Laune, die gerade dabei war zu steigen, begann sofort zu sinken, als Mika ihre Tasche auf den Tisch knallte und damit alles andere beendete.

Egal, was Mika machte, und mit welcher Absicht sie es tut, alles hat nur den einen Sinn, alle Aufmerksamkeit auf sich zu ziehen. Mika unternimmt nichts, das nicht von allen bemerkt wird. Sie macht immer aus allem einen Auftritt. Mika wäre gerne Schauspielerin geworden, wahrscheinlich liegt es daran. Jetzt versucht sie sich mit Schreiben. Geschichten, von denen alle immer mit großem Respekt sprechen, die aber noch nie veröffentlicht wurden.

Mika sagt, gerade Schauspieler wären prädestiniert dazu zu schreiben, weil es ihre Aufgabe ist, sich in das Leben anderer einzufühlen, und Schreiben sei nichts anderes, als sich in anderer Leben hineinzudenken. Ich habe nie eine ihrer Geschichten gelesen, das heißt, sie hat mir nie eine ihrer Geschichten zu lesen gegeben, aber ich habe sie auch nie darum gebeten und wollte sie auch nicht danach fragen.

Ich nehme die Tasche vom Tisch und stelle sie neben Mikas Stuhl. *Danke,* sage ich, *ist schon viel besser,* und Hendrik sammelt die Karten ein und gibt sie neu aus. Wir sagen Mika, daß wir ein Blitzmaumau spielen, das sehr viel lustiger ist, weil man nur eine Sekunde überlegen darf, sonst muß man den ganzen Stapel nehmen. Mika sagt, sie will das nicht spielen, sie will gar nicht mehr Karten spielen, und sei nur wieder heruntergekommen, um mir das Pflaster zu bringen. Frank würde schon schlafen und sie hätte Kopfschmerzen und wolle sich auch hinlegen. Wir wünschen ihr eine gute Nacht, und Hendrik nimmt ihre Karten und legt sie unter den Stapel, und ich habe den Eindruck, daß die anderen auch ganz froh sind, daß Mika ins Bett geht, anstatt uns ihren Launen auszusetzen. Mika geht, ohne ihre Reiseapotheke wieder mitzunehmen, mit ihrem forschen Gang, die Füße leicht nach außen gestellt und den Hintern herausgestreckt.

Ich frage, wozu sie sich umgezogen hat, wenn sie gleich wieder ins Bett geht, und Hendrik sagt *man kann nie wissen, was noch kommt.* Das ist ein vieldeutiger Satz, und ich denke ein wenig zu lange darüber nach, was er bedeuten könnte, ob Hendrik ihn einfach so dahin gesagt hat oder ob eine Vorhersage darin liegt, von der die anderen wissen und ich noch erfahren werde. Mir läuft bei dem Gedanken ein Schauer über den Rücken.

Susanne schreit *ha!,* weil ich zu lange nachgedacht und darüber vergessen habe, eine Karte zu legen. Ich muß den Stapel nehmen, der noch klein ist, weil wir gerade erst mit dem Spiel begonnen haben. Susanne ist als erste fertig, sie hat gewonnen, und wir haben keine Lust mehr weiterzuspielen.

Sonst ist es immer Mika, die das Spiel vorantreibt. Wenn alle schon lange keine Lust mehr haben, Karten zu spielen, läßt sie es nicht zu, aufzuhören, bevor sie sich plötzlich, manchmal mitten im Spiel, verabschiedet, um ins Bett zu gehen. Den anderen macht es nichts aus, daß sie durchhalten und Karten spielen, Mika zuliebe, obwohl sie müde sind und nicht ins Bett gehen, weil Mika noch Karten spielen will, und sie dann plötzlich aufsteht und geht, als wären es die anderen, die sie viel zu lange genötigt haben, bei ihnen zu sitzen und Karten zu spielen.

Ich nehme an, Mika denkt, daß sie damit immer auch für die anderen den Abend beendet und daß es für die anderen keinen Grund gibt, noch lange herumzusitzen, nachdem sie, Mika, gegangen ist. Es ist immer Mika, die plötzlich, im Gespräch, aufsteht und sich verabschiedet. Oder sie steht plötzlich auf und geht hinaus, ohne ein Wort zu sagen, und die anderen sitzen ratlos herum und fragen sich, ob Mika wiederkommt oder nicht. Mika gelingt es immer mit ihrem Abgang, den Abend zu beschneiden.

Wenn Mika den Abend beendet, dann erst beginnt er für mich. Wenn Mika geht, folgt ihr Frank meist bald, und ich bleibe mit Susanne und Hendrik zurück. Genauso wie alles andere, was Mika tut, hat dieses immer frühe Zubettgehen die Absicht, ihre Stellung zu stärken und die der anderen zu schwächen. Sie könnte sich auch auf eine bescheidene und unauffällige Art zurückziehen, mit einer Entschuldigung ihrerseits, daß sie den Abend zu früh beendet. Aber wenn Mika geht, bleibt immer ein Gefühl zurück, ihren Ansprüchen an einen amüsanten und unterhaltsamen Abend nicht genügt zu haben. Nicht sie ist die Langweilerin, die keinen Abend aushält und immer zu früh ins Bett geht, sondern die anderen, weil sie solange herumsitzen und nichts Besseres zu tun haben, als herumzusitzen.

Mika schafft es immer, jede für sie auch noch so nachteilige Situation herumzudrehen, daß sie für sie zum Vorteil und zum Nachteil der anderen wird. Auch Susanne und Hendrik wissen das und machen kleine Scherze darüber, wenn Mika aufsteht oder nachdem sie ins Bett gegangen ist, aber immer liebevoll und nie wirklich bösartig.

Anfangs habe ich diese Gelegenheit genutzt und meine Freude daran gehabt, gemeinsam mit Susanne und Hendrik über Mika zu lachen und damit eine Verbundenheit mit ihnen auf Kosten von Mika herzustellen, sie dafür zu benutzen, wofür sie mich immer benutzt, aber die Scherze verstummten sehr schnell und sie sprachen über etwas anderes. Sie ließen mich auflaufen, und ich schämte mich für mein Anbiedern auf niedrigste Art und Weise, und wieder war ich die Dumme und nicht Mika.

Ich denke, daß Mika gar nicht so berechnend und durchtrieben sein kann, wenn ihre Freunde mit einer derartigen Loyalität zu ihr halten und sie das gleiche ihnen gegenüber tut. Susanne scheint Mika als Freundin zu schätzen und das schon seit vielen Jahren, was bedeutet, daß Mika ihr eine gute Freundin ist und ihre Freundschaft sich in all den Jahren bewiesen hat. Ebenso Hendrik, der noch länger mit Mika befreundet ist und der sie offensichtlich liebt und verehrt. Soweit ich aus den Andeutungen und Scherzen verstanden habe, hatten sowohl Mika als auch Susanne ein kurzes Liebesverhältnis mit Hendrik, das aber mehr aus Freundschaft und gemeinsamer Einsamkeit zustande kam als aus echter Liebe und deshalb auch nur von kurzer Dauer war und dann wieder in Freundschaft überging.

Ich glaube, Mika und Susanne wußten lange Zeit nichts davon, daß auch die jeweils andere ein Liebesverhältnis mit Hendrik hatte, weil das in beiden Fällen ein eher desaströses gewesen war, das beide schnell wieder vergessen wollten, zu Gunsten der Freundschaft zu Hendrik und auch der Freundschaft zwischen den beiden Frauen und deshalb nicht darüber gesprochen hatten. Zudem hatte in beiden Fällen eine Einsamkeit und damit verbundene Verzweiflung hinter dem Verhältnis gestanden, was ihnen peinlich war und eine Schwäche, die sie nicht vor der anderen zugeben wollten. Das nehme ich an, aber ich kann mich auch in allem täuschen und es hat nie eine solche Liebesverbindung zwischen Mika, Hendrik und Susanne gegeben.

Alle Aktivitäten gehen fast immer von Mika aus. Sie bestimmt, was gespielt wird und ob der Abend ein fröhlicher werden soll oder nicht. Jeder Versuch, ein neues Kartenspiel, ein anderes Spiel als Mau Mau einzuführen, scheitert an Mika. Sie bestimmt auch, ob der Abend in gemeinsamer Geselligkeit verbracht wird oder nicht. Die anderen verhalten sich immer abwartend, was von Mika für den Abend geplant wird und fügen sich dann willig. Wenn Mika gemeinsam abendessen möchte und anschließend Karten spielen, dann wird das getan, und wenn nicht, bleiben alle auf ihren Zimmern und lesen. Mika und Frank lesen in ihrem Zimmer, Susanne und Hendrik lesen in ihrem Zimmer, und ich lese in meinem Zimmer. Das heißt, daß ich solche Abende allein verbringe. Nie kommt es vor, daß Hendrik und Susanne essen gehen, während Mika und Frank auf ihren Zimmern bleiben. Genausowenig kommt es vor, daß Susanne den Wunsch äußert, den Abend auf ihrem Zimmer zu verbringen, während Mika essen gehen will. Immer wird jeder Abend, wie jeder Tag, gemeinsam verbracht.

Wenn Mika schlechte Laune hat, ist die gesamte Stimmung gedrückt, und alle bleiben auf den Zimmern. Ist Mika gutgelaunt, wird gefeiert. Ein einziges Inszenieren von Fröhlichkeit und guter Laune, die bei jeder Gelegenheit festgehalten und dokumentiert wird, mit allen zur Verfügung stehenden Apparaten. Hunderte von Fotos werden nach Hause getragen, auf denen Mika und Susanne und Frank und Hendrik, und manchmal auch ich, lachen und sich offensichtlich amüsieren. Von jedem Foto werden vier Abzüge gemacht, aus hundert Fotos werden vierhundert, die alle gutgelaunte junge Menschen zeigen, die die beste Zeit ihres Lebens haben. Diese Fotos haben den einzigen Zweck, den Zuhausegebliebenen zu zeigen, was für einen großartigen Spaß sie hatten und was sie, die Zuhausegebliebenen, damit verpaßt haben.

Die Abende werden regelrecht für die Fotos inszeniert. Da werden die Kameras eingepackt, und dann wird für die Fotos zusammengerückt und gelacht und geprostet, wie den ganzen Abend nicht gelacht und geprostet wurde. Am Ende war der Abend ein lustiger, weil man den ganzen Abend für die Fotos gelacht hat. Tagsüber ist das nicht anders. Die Kameras werden an den Strand gebracht und sofort kommen alle in Bewegung. Da werden Räder geschlagen, Reiterkämpfe im Wasser abgehalten und wird auf Bäume geklettert. Von den schlimmsten und langweiligsten Ferien gibt es die fröhlichsten Fotos.

Der Ventilator über uns dreht sich jetzt träge, wodurch ein leichter Luftzug entsteht, der kaum Kühlung verschafft. Mein Bier ist leer, und ich möchte gerne ein neues bestellen, aber der Kellner ist nicht zu sehen. Am Tisch ist ein Schweigen entstanden. Hendrik mischt die Karten und legt sie in kleine Häufchen, Susanne sieht ihm dabei zu. Auch die beiden haben ihre Getränke ausgetrunken. Ich möchte nicht, daß sie aufstehen und sich verabschieden, um ins Bett zu gehen. Ich sage in die Runde *drei Bier*, die anderen nicken, und ich stehe auf, um den Kellner zu suchen. Ich finde ihn am anderen Ende des Restaurants. In einer ruhigen Ecke, verborgen hinter einer Säule, sitzt er auf einem Stuhl und schläft, obwohl einige Tische noch besetzt sind.

Ich habe ihn nie anders als arbeiten gesehen und bin erstaunt darüber, daß er jetzt schläft. Ich habe noch nie gesehen, daß er jemals eine Pause macht. Von morgens um halb acht bis nachts um zwölf, oder später, wenn die letzten Gäste das Restaurant verlassen haben, läuft er zwischen den Tischen und der Küche hin und her, ohne eine einzige Pause, jeden Tag in der Woche. In allen den Jahren, die ich hierherkomme, in all den Wochen, die ich hier bin, gab es keinen einzigen Tag, an dem er nicht hier bedient hätte. Das ist mir nie aufgefallen. Erst jetzt, wie er da sitzt und schläft, fällt mir das auf. Auch daß ich nie gesehen habe, daß er eine Pause macht oder etwas ißt. Manchmal kam er an den Tisch mit vollem Mund, kaute noch an einem Essen. Nicht einmal zum Essen machte er eine Pause. Zwischen Küche und Restaurant nimmt er jedesmal einen Bissen, wenn er an seinem Teller vorbeiläuft. Er kann keine Pause machen, weil es außer ihm niemanden gibt, der die Leute bedient, und es sitzt immer jemand im Restaurant. Darüber hatte ich all die Jahre nie nachgedacht. Nicht einmal, wenn er an meinem Tisch stand, wo er die Bestellung aufnahm, während er an seinem Mittagessen kaute. So selbstverständlich war es, daß er da war, um mich zu bedienen, weil mich sonst niemand bedient hätte, wenn er nicht dagewesen wäre.

Er sitzt ganz gerade auf dem Stuhl, mit beiden Armen auf der Lehne, nur der Kopf ist ein wenig zur Seite gerutscht. Von weitem konnte man denken, er sitzt nur auf diesem Stuhl, um jederzeit aufzuspringen, um eine Bestellung aufzunehmen. Selbst im Schlaf gibt er seine Bereitschaft vor. Ich bleibe vor ihm stehen und mache leise Geräusche, für den Fall, daß er nur seine Augen geschlossen hat und mit geschlossenen Augen auf meine Bestellung wartet, aber er scheint mich nicht zu hören, er rührt sich nicht, so wenig, daß ich kurz zweifle, ob er noch am Leben ist, so ungewöhnlich ist diese Haltung der kompletten Erstarrung für ihn, der immer in Bewegung ist.

Ich möchte seinen kostbaren Schlaf nicht stören, den einzigen seit Jahren, und gehe wieder zurück an den Tisch. Susanne und Hendrik schauen mir müde entgegen. *Der Kellner schläft,* sage ich und setze mich. Sie verstehen nicht, ich sage, *er macht keine Pause, niemals. Es gibt keinen anderen Kellner hier, außer ihm.* Da sind sie genauso erstaunt wie ich, als sie darüber nachdenken.

Am Nachbartisch sitzen zwei und warten ungeduldig darauf zu zahlen, wir beobachten sie, ein junges Paar. Sie schaut gelangweilt an ihm vorbei, während er immer unruhiger wird, weil er den Kellner nicht sehen kann. Er ruft und wedelt herum und gerät in Aufregung, weil sie gehen möchte und er das Zahlen erledigen soll.

Ich sage, daß der Kellner das Mädchen schon sehr lange liebt, und jedesmal, wenn sie mit einem Mann in seinem Restaurant auftaucht, verschwindet er und stellt sich tot, damit der Mann sich vor dem Mädchen blamiert, daß er es nicht fertigbringt zu zahlen und sich vor Wut und Scham in die Hosen macht, worauf sie ihn verachtet und sitzen läßt in seinen nassen Hosen. Das Mädchen kennt das Spiel.

Nach einer Weile steht sie auf und nimmt ihre winzige Handtasche, die kaum größer ist als ein Portemonnaie und an einem silbernen Kettchen hängt, und geht. Er ruft ihr etwas hinterher, aber sie reagiert nicht. Sie verschwindet in der Küche, und er fällt an seinem Tisch zusammen. Gleich wird der Kellner kommen und ihn höflich fragen, ob er noch etwas trinken möchte und ihm dann eine unverschämte Rechnung bringen, in einer Schrift geschrieben, die er nicht lesen kann. Er wird bezahlen und alleine nach Hause gehen, und der Kellner pfeift ein vergnügtes Lied, weil er sein Mädchen wieder einmal gerettet hat.

Sie kommt zurück, das Täschchen hängt an dem Kettchen über ihrer Schulter. Sie gibt ihm zu verstehen, daß sie gehen können. Daß alles erledigt ist, daß sie die Rechnung bezahlt hat, weil er dazu nicht in der Lage war. Das alles sagt sie mit einem kleinen Kopfnicken und dreht sich um und geht voraus, in die Nacht hinein.

Der Mann bleibt eine Weile sitzen, mit leerem Gesicht, aus dem alles gewischt ist, dann legt er die Arme auf den Tisch und den Kopf in die Arme und weint. Der Kellner steht vor unserem Tisch, wir bestellen ein Bier und schweigen, aber jetzt habe ich keine Angst mehr, daß der Abend zu schnell zu Ende geht.

Christian Kracht

DER GESANG DES ZAUBERERS

¿Le gusto esto jardin? ¡Evito que sus ijos lo destrujan!

Malcolm Lowry, Unter dem Vulkan

Ah, endlich. Es ist schon spät, wissen Sie, und ich bin hundemüde. Ich habe gewartet. Als die Türglocke endlich schellte, wollte ich eigentlich nicht mehr aufmachen. Ich habe keine Lust mehr, mich mit Ihnen zu treffen, obwohl es für heute abend ausgemacht war und Sie ja vor einer Stunde schon mal an der Tür waren und ich zweimal nicht aufgemacht habe. Nicht, weil ich nicht darüber reden will, sondern weil ich müde bin und lustlos. Ich fühle mich alt. Aber klingeln Sie ruhig. Und kommen Sie rein.

Kommen Sie, kommen Sie. Hier ist ein Drink, nehmen Sie bitte. Sie sind noch jung, und ihr Auftreten verrät mir ein bißchen Ihre Unsicherheit. Lieber Freund, wenn das Alter und die Fäulnis einen etwas lehren, dann ist es die Gastlichkeit. Und die Höflichkeit, natürlich. Also, nehmen Sie noch ein Getränk. Laufen Sie durch die Wohnung. Tun Sie so, als sähen Sie sich meine Bilder an. Es ist nichts.

Oh, Sie riechen ja nach Mandeln.

Ich würde Ihnen gerne den Cy Twombly erklären, aber Sie hören ja nicht hin. Macht nichts, müssen Sie nicht. Ihr Blick bleibt an meinem DeKooning hängen. Sie tun interessiert, Sie nehmen einen Schluck, Sie treten zurück und gehen wieder auf das Bild zu, als wollen Sie es prüfen.

Es war ja so, wissen Sie, daß die Zukunft, oder das, was ich damals dafür hielt, sich mit diesem Satz umschreiben oder zumindest ausloten ließ, den man auf den Toiletten der Züge lesen konnte. Er war knapp unterhalb der Fenster aufgeklebt, auf eine Art Abziehbild: *Voglio lasciare questo posto nello stato in cui lo vorreste trovare – Grazie,* stand dort.

Dies war in äußerst antiquiertem Italienisch abgefaßt, wie ich natürlich damals annahm, ohne daß ich auch nur einen klaren Satz oder Gedanken auf italienisch hätte überhaupt formulieren können. Es schien mir damals, wie gesagt, antiquiert, ohne daß ich es hätte beweisen können.

Damals gab es natürlich noch den Trans Europa Express, wissen Sie, den ich einmal von Mailand nach Zürich nehmen durfte, diesen silbernen, im Inneren silber vernieteten Zug, der draußen rot war, rot mit weißen Streifen. Ich saß im Speisewagen, draußen rauschte das abendliche Tessin vorbei, und ich trank irgendeinen Weißwein aus dem Wallis für achtzehn Schweizer Franken.

Heute denke ich so über Wein wie über Italienisch: Ich kenne mich damit nicht aus, und es interessiert mich auch überhaupt nicht, weder Wein noch die italienische Sprache.

Sie glauben, ich flüchte mich gleich zu Anfang in Ästhetizismen? Seien Sie still, mein Freund, hören Sie zu. Setzen Sie sich auf den Sessel dort. Den beigefarbenen, neben der Lampe. Soll ich präziser erzählen? Was genau paßt Ihnen nicht?

Sie sagen nichts. Sie sehen auf den Fußboden hinunter. Es muß Ihnen nicht leid tun, Sie haben mich nicht unterbrochen. Sie sind ja noch so jung. Kommen Sie, ich schenke Ihnen nach. Ein ganzes Glas? Rauchen Sie ruhig, hier ist ein Aschenbecher. Er ist aus Bergkristall. Ich habe ihn für sehr viel Geld auf der Rue Catinat gekauft, in Saigon, Ende der fünfziger Jahre, vor Ihrer Zeit.

Ich versuche jetzt, in Ihrem Kopf zu sein. Nein, lassen Sie es doch zu. Sie sträuben sich ja. Sie verändern die Lage auf dem Sessel. Kommen Sie. Ja, jetzt. Jetzt geht es.

Mein Salon erscheint mir auf einmal sehr fremd, als würde ich ihn durch Ihre Augen sehen. Ich sehe, warten Sie, ich sehe einen alten Mann, der eine beigefarbene Strickjacke trägt, mit aufgerauhten Ellenbogen, fast löcherig. Sehen Sie, es funktioniert. Ich habe Angst. Über dem alten Mann hängt eine Radierung von Beckmann an der Wand. Das Bild ist eigentlich sehr häßlich, sie ist verzerrt und fratzenhaft. Und jetzt, jetzt sehe ich in meine eigenen Augen, dort, unten in der Ecke des großen Spiegels, der über dem Kamin hängt. Und nun, wenn Sie wollen, erzähle ich Ihnen meine Geschichte.

Sehen Sie, ich mußte mich erst kennenlernen. Es brauchte Zeit. Ich lernte mich in Caracas kennen. Das heißt, nicht genau, zuerst beobachtete ich nur. Dort aber, dort fiel ich mir das erste Mal auf. *I was beholden to him,* wie die Amish sagen, wenn sie einmal Englisch reden müssen. *I was beholden to me,* ich war mir vorbestimmt, in Caracas also. Einmal um den halben Erdball herum.

Sie verändern schon wieder Ihre Lage auf dem Sessel. Bitte bleiben Sie still sitzen, ich mag das nicht. Ich mag die Vorstellung nicht, nachher, nachdem Sie wieder gegangen sind, müßte ich den Sessel abwischen, mit einem feuchten Tuch. Respektieren Sie das bitte. Dafür bekommen Sie jetzt auch meine Geschichte.

Also, hören Sie, es war in einem Restaurant in Caracas, und ich kam herein mit dieser Marke um den Hals, die jeder sofort sehen konnte. Auf diese anachronistische Marke war ich sehr stolz. Wir hatten damals alle noch Lasertätowierungen. Ja, das wissen Sie.

Und dann gab es einmal, weit davor noch – wenn Sie mir jetzt trotz Ihrer Jugend folgen können –, ganz zu Anfang diese Marken. Irgendwann wurde es schick, als es dann die Lasertätowierungen gab – die natürlich wesentlich unumständlicher waren –, sich mit einer der alten Marken auszuweisen, die man um den Hals tragen konnte. Es war eine erschlaffte Geste, es war affektiert und durchschaubar, aber es war immerhin noch eine Geste. Es hatte eine eigene Logik, auch wenn es keinen wirklichen Stil hatte. Es war höchstgradig berechnet, aber das Erkennen dieser Berechnung half mir. Ich konnte mir dadurch sagen: Da bin ich. Ich weiß, wer ich bin.

Sie machen sich ja keine Notizen, junger Freund. Erst jetzt fällt mir das auf. Wahrscheinlich haben Sie irgendwo am Körper ein Aufnahmegerät versteckt. Diese Vorstellung, verzeihen Sie mir, diese Vorstellung ekelt mich; die Maschine neben dem Fleisch. Die Steckdose in der Achselhöhle, zwischen den Körperhaaren versteckt, wie die Schnauze eines Schweins. Ich kann Ihre zwei Löcher sehen, aus denen der Strom hinausfließt, glauben Sie mir.

Weiter? Ja, natürlich weiter. Sie sollen es hören, deshalb sind Sie gekommen.

Gut. Ich setzte mich also in Caracas in dem Restaurant zu dem nervösen Portugiesen an den Tisch. Er hieß da Silva. Wir fingen sofort an, miteinander zu sprechen. Nein, ich redete auf ihn ein. Er hatte Angst. Ich fühlte die Angst, ich sah sie genau, die Angst, wie ein gelbes Feld um ihn herum. Wie Ihre Angst, mein Freund. Ich fuhr mir dabei – und das ist meine erste Erinnerung, meine erste gefühlte Erinnerung an mich – mit der Hand über den Schädel. Es sah so aus, als streichle ich mir die raspelkurzen Haare, als streichle ich mir den Kopf, mit einer versteckten, nie gekannten Zärtlichkeit.

So sah ich damals aus, wissen Sie. Ich trug grundsätzlich nie Socken, und ich rauchte pausenlos Attika. Ich trug meine Haare sehr kurz, ich ging zweimal in der Woche zum Haareschneiden. Jeden Dienstag und jeden Sonnabend ging ich zu einem kleinen Frisör in der Calle San Martin. Außer der Marke um den Hals, die ich mit, mit wirklich sehr schlecht gespielter Verachtung trug, besaß ich keinen Schmuck. Keine Armbanduhr, keine Manschettenknöpfe und keinen Ring.

Können Sie mir noch folgen? Wir sind in Caracas. Bitte konzentrieren Sie sich jetzt. Es ist ein deutsches Restaurant. Ich war zum Abendessen dort. Ich redete auf den armen Portugiesen ein, auf da Silva, dem ich später mit einer Glock in den Mund schießen sollte, aus nächster Nähe, *pobre diablo.*

Eine Glock, wissen Sie, das ist eine österreichische Waffe aus Hartplastik. Es spritzt, wenn man hineinschießt, der Kiefer löst sich auf.

Mein junger Freund. Sie halten sich die Hand vor den Mund. Haben Sie sich in die Unterlippe gebissen? Warten Sie, ich suche in meiner Strickjacke nach Zigaretten. Ah. Ich habe keine mehr. Halten Sie mir Ihre Packung hin, seien Sie so gut. Danke.

Sehen Sie, das Licht ist ausgegangen. Das ist einer dieser vollkommen sinnlosen Stromausfälle, die einzelne Stadtviertel im Dunkeln versenken, damit andere mit Strom versorgt werden.

Geben Sie mir ein Streichholz. Halten Sie es mir hin. So. Danke.

Hören Sie zu: Das Restaurant war mitten in Caracas. Es hieß Nürnberger Gaststube, und es war eines dieser Restaurants, die es zumindest im protestantischen Teil Deutschlands nicht mehr gibt, wenn es sie denn je dort gegeben hat. Die Wände waren mit faux-Fachwerk beklebt, und auf der Menükarte gab es Bier vom Faß und Jägerschnitzel mit Spätzle und Sauerkraut, *Tipo Hunter.*

Die Klimaanlage blies eiskalte Luft durch den Raum, und die Ecken der rot-weiß karierten Tischdeckchen wirbelten hin und her, so windig war es da drinnen. Draußen regnete es. Trotzdem war der Himmel klar, und man konnte die Sterne sehen. Es gab nur wenige Wolken, aber die waren dick, schwarz, schwärzer als der Nachthimmel, und mit Wasser gefüllt.

Ein Kellner rannte hin und her, kein Deutscher. Deswegen arbeitete er so schnell. Er hatte Pockennarben im Gesicht, und außerdem hatte er Angst, eine unbestimmte Angst, einer der alten Nazis, die hier seit vierzig Jahren ihr Schnitzel aßen, könnte sich bei Eduardo über ihn beschweren. Der Kellner stellte die Bierkrüge hin und nahm Bestellungen entgegen: Preßwurst rot-weiß, Käsespätzle, Kasseler, Sauerbraten, Schweinsfüße, alles katholische Gerichte. Die Schweinsfüße aß eigentlich nie jemand, die hatten sie nur so auf der Karte.

Die Deutschen hier in Caracas waren so weit und so lange von Deutschland weg, daß sie die ekelhaften Sachen nicht mehr bestellten und erst recht nicht mehr aßen. Das Verlangen war nur noch auf Speisen ausgerichtet, die an Deutschland erinnerten, ohne im Gaumen anstößig zu sein.

Einmal Rindsroulade für Herrn und Frau Kreuzkamp an Tisch vier. Sie hießen jetzt Cruzcampo, nicht viel Mühe gegeben, die beiden. Und dort drüben, an meinem Tisch, genau unter der ratternden Klimaanlage, bekam Senhor da Silva ein Bier vom Faß und einen Williams.

Glauben Sie mir, er hätte gerne einen schönen Vinho Verde gehabt – einen Casal Garcia, zumindest aber einen Mateus Rose –, aber jetzt blieb er beim Bier. Da Silva lebte seit einiger Zeit in Caracas. Er haßte Südamerika. Vor allem aber haßte er die Deutschen überall, und ihr fettiges Essen und erst recht ihre dicken, aufgeschwemmten Gesichter, und ihren Bierdurst, als würden sie sich alle nur von Bier ernähren, wie schleimige, fette Schnecken.

Ich trug damals Kontaktlinsen. Da Silva konnte sie sehen, wenn ich meine Augen zur Seite drehte, und ich konnte sehen, daß Da Silva es sah. Es war eine Art Aufsatz bei mir im Auge, eine unnatürliche Scheibe, ein verschwommenes Schimmern. Ich fragte ihn, warum wir uns hier träfen. Ob er denken würde, alle Deutschen amüsieren sich so, in so einem grauenvollen Restaurant mit Tierabfall auf der Speisekarte.

Da Silva trank einen Schluck und stellte das Bier vor sich hin, auf die rot-weiß karierte Tischdecke. Er sagte zu mir, wir könnten ja woanders hingehen, wenn ich wollte. Soviel zu Senhor da Silva. Das war sein Todesurteil, sein Genickschuß. Nur wurde ihm ja in den Mund geschossen, das habe ich schon erzählt, *pobrecito*.

Mein lieber Freund. Es ist schwierig, wenn Sie nicht genau zuhören. Warten Sie, ich zünde ein paar Kerzen an, ich habe welche im Haus. Seien Sie so nett, greifen Sie in die Schublade des Fayencetisches neben sich, dort liegen sie. Ja, diese. Sie sind aus Talg.

Ah, jetzt ist es wieder hell, danke. Die Entscheidung kam mit der morgendlichen Post, um kurz nach zehn, zusammen mit den Zeitungen von vorgestern. Ich blätterte bis kurz vor zwölf in der Süddeutschen vom Mittwoch, ließ mir dann ein Bad ein und rauchte vielleicht drei Attika, so lange, bis die Badewanne voll war. Ich warf die letzte Zigarette in die Toilettenschüssel, zog meinen Schlafanzug aus, griff mir um den Hals, streifte die Marke ab und legte sie vorsichtig neben das Waschbecken.

Dann stieg ich in das heiße Wasser. Unter meinen Fingernägeln war noch etwas von Da Silvas schwarzer Kruste von gestern abend, aber sie löste sich schnell auf. Der Schaum war angenehm, wie immer. Ich ließ ihn zwischen den Fingern hin und her gleiten, und ich spürte, wie sich meine Muskeln entspannten und wie der Rücken anschließend weich wurde. Es knackte ein paar mal in der Wirbelsäule.

Ich fing an zu summen, und ich dachte daran, daß alle Männer in der Badewanne singen und summen. Erst summte ich *Brasil* und dann *Quando, quando, quando.* Dann griff ich nach dem Handtuch, trocknete mir die Hände ab und zündete mir noch eine Attika an. Ich schob die rechte Hand in den Nacken, lag also in der Badewanne herum und betrachtete meine Zehen.

Ich sog den heißen Rauch ein, atmete wieder aus und beobachtete, wie die grauen Schwaden zur Decke zogen. Der Rauch, der aus meinen Lungen kam, war grau, und der Rauch, der sich von der Spitze der Zigarette schlängelte, war blau. *Qui sas, qui sas, qui sas,* summte ich.

Die Attika ließ ich mir aus Deutschland schicken. Eigentlich fand ich diese Marke abscheulich, aber inzwischen hatte ich mich an den holzigen, billigen Scheißgeschmack gewöhnt. Ich dachte kurz daran, daß ich ja eigentlich auch Belmont Doble Filtro rauchen könnte – *extra suave*, so wie es auf der großen Werbetafel auf dem Weg vom Flughafen in die Stadt stand, oder vielleicht Marlboro Lights, weil mir die Attika überhaupt nicht schmeckten, aber ich hatte mich daran gewöhnt, und die Zigarette erinnerte mich an zuhause, an Deutschland, an leckere Würstchen mit Senf und an große, gut gezapfte Warsteiner.

Ich war damals vierundvierzig Jahre alt. Ich war kein Beschaffer. Ich war der Umpacker, der Umtauscher. Kokain gegen Geld gegen das Nervengift Sarin. Ich wohnte in einem angenehmen Haus in San Bernadino, im besten Bezirk von Caracas, in Venezuela. Ich saß oft wochenlang in meinem Haus herum, lag in der Badewanne, piesackte die Reinemacherfrau und wartete. Und zwar wartete ich auf einen Telefonanruf, der mich hierhin oder dorthin bestellte.

Na jedenfalls: Wenn jemand anrief und auf deutsch fragte: »Haben Sie die Herald Tribune bestellt?«, dann hieß das Cartagena, in Kolumbien. Fragte jemand die gleiche Frage auf spanisch, dann bedeutete es, daß ich nach Merida fliegen mußte, in Mexiko.

Es gab einen sehr einfachen Code. Asahara, der Meister selbst, hatte sich ihn ausgedacht. Er galt für alle. San Salvador war dabei und Panama City, und La Ceiba, in Honduras. Andere machten die Route nach Medellin oder Cali, ich mußte nie dorthin. Erstens war ich kein Handlanger, kein armseliger Gringo, der für zweitausend Dollar eine Route macht mit einem sauber vertüteten Päcklein im Darm, weil er sonst nichts mit seiner Zeit anzufangen weiß. Und zweitens war es gefährlich, an die erste oder zweite Quelle zu fliegen. Schon Cartagena war gefährlich genug. Es war für mich genauso gefährlich, wie nach Puerto Rico oder nach Miami zu fahren. Eine Kreditkartenabrechnung, ein Taxifahrer, der sich an mich erinnerte, hätte schon gereicht, ich wäre meinen Job los, und irgendwo an einem US-Flughafen würde die DEA auf mich warten und mich zum Reden bringen, und dann wäre ich schon tot.

Ich hatte die Mittelstädte, so wurden sie von Asahara genannt. Es gab für mich nichts weiter zu tun, als einmal im Monat einen Koffer in Cartagena oder sonstwo in Empfang zu nehmen und damit – andale – einen Linienflug nach Mexiko zu nehmen. Dort wurde dann der Koffer ausgetauscht, meist von einem Zimmer zum anderen, die auf zwei verschiedenen Fluren eines großen amerikanischen Hotels lagen. Das Hotel mußte natürlich bar bezahlt werden. Und dann brachte jemand den neuen Koffer, den mit den Sarinampullen, und diesen nahm ich und brachte ihn eben nach Panama. Und dann flog ich wieder nach Hause, in der Badewanne in Caracas liegen, die Putzfrau ärgern. Und wissen Sie, was das Beste daran war? Sie hieß tatsächlich Maria.

Manchmal spielte ich mit Maria Dame, und wenn ich verlor, dann durfte Maria mir mit einer Nagelschere ein kleines Kreuz in den Arm ritzen. Andersrum natürlich auch, nur meistens gewann Maria. Das war alles. Das Geld ging über ein Konto von Tokio nach Jersey, anschließend nach Lugano und dann auf mein eigenes Konto auf Grand Cayman.

Über all dies dachte ich nach, während ich in der Badewanne lag. Ich hatte noch nie einen Koffer aufgemacht. Warum auch? Ich hatte Asahara, den Meister, noch nie betrogen, noch nie Geld abgezweigt oder direkt mit jemand geredet. Ich war für alle anderen ein deutscher Vertreter für Halbleiter, der in Venezuela lebte. Wenn mich jemand, ein Zollbeamter vielleicht, auf Halbleiter ansprach, dann konnte ich ganz gut und vollkommen verwirrend und erst recht absolut langweilig darüber erzählen. Sollte jemand unterwegs meinen Koffer aufmachen, dann hätte er dort nichts gesehen als einen Haufen Halbleiter, zwei Paar Socken, Unterwäsche, vier Schachteln Attika, drei gebügelte und ein schmutziges Oberhemd, drei Fachbücher und einen Roman von Tom Clancy über U-Boote. Habe ich Ihnen schon erzählt, daß ich nie Socken trug?

Das Kokain war immer in meinem Handkoffer. Vier Kilogramm, achtundneunzig komma fünf Prozent, vierhunderttausend Dollar Marktwert, ungestreckt. In den Handkoffer hatte noch kein Zollbeamter sehen wollen. Nach dem Tausch lagen in meinem Handkoffer die vierundzwanzig Ampullen Sarin. Sie waren wie kleine, sichere Nacktschnecken. Ich hatte sie mit Velcro befestigt. An den Enden war das Glas mit einem Dreh versiegelt, es sah aus wie gebrannt.

Ich saß also in meiner Badewanne, zog an einer Attika und dachte nach. Das Badewasser wurde langsam kalt, und als ich mit dem Zeh an dem Heißwasserhahn drehte, klingelte es an der Tür. Es war der Postbote. Ich hatte gehofft, es würde Maria sein, weil ich eine Partie Dame spielen wollte, aber die Post war mir auch immer willkommen. Auf der Einladung stand: Senhor da Silva bittet Sie um ein Treffen. Ich sollte erfahren: Er wollte aus der Gemeinschaft Aum raus. Der arme, dumme alte Mann hatte sich sein eigenes Todesurteil geschickt.

Wissen Sie, ich liebte dieses Umsteigen zwischen der eiskalten Wartehalle des Flughafens und der ebenso kalten Hotellobby. Dazwischen immer ein eisiges Taxi, das mich in einer klimatisierten Hülle von einem zum anderen fuhr. Es roch gut, immer etwas abgestanden und feucht zugleich.

Ich kaufte mir in Merida im Yucatan drei Hemden mit seltsamen Stickereien, und dann trank ich erst ein Corona auf der Plaza Hidalgo und dann noch eins und noch eins, und ich aß dazu das scharf gewürzte, salzige Popcorn, das der Kellner mir hinstellte, damit ich noch mehr trank.

Ich hatte noch nie im Leben so geschwitzt. Ich sah mich und mein dunkelgefärbtes Oberhemd, reflektiert in den Fensterscheiben des Busbahnhofs. Gott, wie ich Busse haßte. Und Schweiß. Fasziniert starrte ich auf die dunklen Flecken auf dem Hemd, nachdem ich es ausgezogen hatte. Ich hatte sie erst gar nicht bemerkt, als ich es im Restaurant noch trug, erst jetzt, beim Ausziehen und auf den Bügel Hängen, sah ich sie: am Rücken einen riesigen Fleck, der die Umrisse der Insel Hokkaido hatte, unter den Schlüsselbeinen auch einen, dort, wo der Brustkorb das Hemd berührte, als ich es noch trug, und vor allem im Kragen, der ebenfalls klitschnaß war.

In der Lobby des *Holiday Inn Cancun* – denn dort saß ich nun, ein Monat war wieder vorbei, ein Tausch wollte erledigt werden – stand eine große tönerne Urne in der Ecke. Sie wurde von einem Halogenstrahler von unten beleuchtet, so daß die kleinen Figuren auf der Urne äußerst bedrohlich erschienen, wie dunkle, kleine Götter, die im Kreis tanzten.

Hinter der Urne war ein Lautsprecher angebracht, und während ich noch auf die Figuren starrte, die sich tatsächlich zu bewegen schienen, ertönte aus diesem Lautsprecher *Quando, quando, quando,* gesungen von Julio Iglesias in der Aufnahme von 1975, danach *Qui sas, qui sas, qui sas,* und als ich schon dachte, das Ganze wäre ein Scherz der kleinen Dämonen auf der Urne, die nur Lieder erlaubten, deren Refrain eine dreiteilige, immer gleichlautende Frage enthielte, sang Julio Iglesias ein neues Lied. Es hieß *Pobre Diablo,* und aus irgendeinem lächerlichen Grund bezog ich es erst auf die kleinen Dämonen und dann auf mich.

Plötzlich spürte ich einen Stich an meinem linken Knöchel, und ich schlug mit der flachen Hand danach, und als ich die Hand ansah, war sie mit rotem Blut bedeckt. In der Halle des *Holiday Inn Cancun* standen mehrere Neger und starrten mich an. *Una mas, amigo*? fragte der Lobbykellner des *Holiday Inn Cancun.* Amigo. Amigo. Ich konnte es nicht mehr hören. Ich töte dich, Amigo, sagte ich laut und trank den schrecklichen Cuervo Gold aus.

Der Tequila brannte erst im Mund und dann hinten im Hals, dort wo das Zäpfchen hing, und deshalb trank ich noch einen Schluck auf die Amigos. In diesem Moment fiel mir Xavier Gonzales' Abschiedsrede auf Willy Brandt ein. *Adios, amigo Willy,* hatte der gesagt, am Schluß der Rede, mitten in der Frankfurter Paulskirche. Und ich saß dort und wäre fast vom Stuhl gefallen vor Lachen.

Das müssen Sie sich mal vorstellen, oder besser noch, gleich laut sagen: *Adios, amigo Willy.* So eine unglaubliche Ansammlung Arschlöcher. An diesem Satz kann man doch alles, alles ablesen. Willy Brandt und Xavier Gonzales und die ganzen verlogenen Mitglieder der Internationale, diese Schweine, diese Wortverdreher, die weder Sozialisten waren noch Demokraten noch sonstwas, sondern dreckige Schweine. Asahara hat recht gehabt, einen von ihnen hat er damals erwischt, nämlich Olof Palme, nachdem er aus dem Scheißmemmenfilm *Mein Leben als Hund* herausgetapert ist in Stockholm. Paff. Paff. Diese Größe. Ich will es nicht entschuldigen, denn ich bin nun alt, aber bedenken Sie bitte: Diese Größe. Es ist lange her.

Sehen Sie, es ist die Größe Yukio Mishimas, der Seppuku begeht. Es ist die Größe Andreas Baaders, kurz vor seiner Exekution. Es ist die Größe General McArthurs, der im Koreakrieg befielt, Nuklearbomben auf Nordkorea abzuwerfen. Und es ist auch die Größe David Koreshs, geopfert auf dem Altar der amerikanischen Demokratie. Das Bauerndorf, so hieß es im Vietnamkrieg, muß ausgelöscht werden, damit es gerettet wird, sehen Sie?

Schuld? Nun, schuld waren die kleinen Götter auf der Urne. Schuld war die reinliche Maria. Schuld waren die Deutschen in ihren lächerlichen bunten Hemden, eher in halbbunt, viel gedecktes Prune, Aubergine, Mauve und Petrol, weil richtig laute Farben wären ja amerikanisch und degoutant – diese Arschlöcher. Sie standen auf, lachten ein paar mal gekünstelt und einmal richtig laut, und dann gingen sie, *andale,* aus der Lobby des *Holiday Inn Cancun,* Mexiko, hinaus in die Nacht. Sie waren schuld, alle waren schuld.

Die Welt drehte sich, die Rasensprenger auf der Grünfläche vor dem Hotel – die nur nachts angestellt wurden, damit das Gras am Tag durch das Sonnenlicht, das milliardenfach durch Wassertropfen blitzt, nicht verbrennt –, die Rasensprenger drehten sich, oben zogen die Wolken immer schneller über dieses nächtliche Yucatan, und ich hatte das Gefühl der Geschwindigkeit wieder: Mein Gehirn raste, ich taumelte, und ich dachte an ein Riesenrad, das sich immer schneller drehte, bis die Farben und das Licht verschwammen, und ich wirbelte – oder war es mein Gehirn, das wirbelte? – könnte aber auch sein, daß es nur zuviel Bier gewesen war, so richtig unangenehm viel Bier, wie im Riesenrad, wie in der großen Kuppel, im Firmament, in der schwarzen Sonne.

Und dort in der Lobby, bei Popcorn und Cuervo Gold und Bier fiel mir plötzlich ein, was zu tun war. Ich ging an die Rezeption, bezahlte meine Rechnung, nahm mir meinen Handkoffer mit den Sarin-Ampullen aus dem Zimmer oben, Zimmer 34, dessen Tür nur mit einer Lochkarte aufzumachen war – nicht wie früher, als es noch ordentliche Schlüssel gab, die etwas wogen in der Hand oder in der Tasche –, lief vor das Hotel und setzte mich betrunken, wie ich war, in ein Taxi und fuhr zum Flughafen.

Ich hatte natürlich gelernt, meine Spuren zu verwischen, und zwar gründlichst. Es funktioniert, so dachte ich, es wird funktionieren, und eigentlich dachte ich gar nicht darüber nach. Ich kaufte mit meiner Kreditkarte einen Flug nach Houston und Vancouver, ging auf die Herrentoilette, zerriß das Ticket und spülte die kleinen Schnipsel in die Toilette. Dann ging ich wieder hinaus, trank an der Flughafenbar einen Kaffee, gab dem Kellner ein riesiges Trinkgeld, damit er sich an mich erinnern würde, und kaufte mir anschließend mit Bargeld an einem anderen Ticketschalter einen Flug nach Miami.

Dann nahm ich einen Bus nach Mexico City. Ich warf das

mit Bargeld bezahlte Flugticket aus dem Fenster des Busses, trank – in Mexiko City angekommen – auf der Plaza del Cruz ein paar Bier und nahm von dort die Nachtmaschine nach New York. Das Flugzeug stand eine ganze Weile auf der Rollbahn. In der Maschine war es unerträglich heiß. Man hatte vergessen, die Lüftung anzustellen. Ich hatte natürlich dieses Sauerstoffmangel-Frühwarnsystem, das mir ermöglichte, sofort einen körperinternen Alarm auszulösen, wenn während des Fluges der Sauerstoff heruntergedreht wurde.

Ich werde jetzt ein Bier trinken, sagte ich auf spanisch zu dem Mexikaner neben mir, und der Mann nickte und grunzte etwas zurück und fächerte sich mit einer gefalteten Spucktüte Luft zu. Dann hob das Flugzeug ab, und es flog über das dunkle, öde Mexiko, und als das Bier kam, ging die Lüftung an. Ich trank das kalte Bier, und der Schweiß hörte auf zu fließen.

Das Allerschrecklichste, das Abscheulichste, das von Grund auf Schlechteste überhaupt war dieser Video-Monitor schräg über meinem Kopf, während ich flog. Diese monströse Karte, die in Dreier-Abständen, in abwechselnd großer, mittlerer und kleiner Auflösung die momentane Position des Flugzeugs auf dem Globus darstellte. Diese endlose Perversion auf dem Monitor vor mir, die die Welt in den immer gleichen, mal braunen, mal grünen Farben darstellte, je nachdem, ob ich gerade über eine Gebirgskette oder über eine fruchtbare Ebene flog, auf der in endlosen Reihen unter uns Bauern mit braunen Gesichtern ihre Furchen über das Land gezogen hatten. Ob sie aufhören zu arbeiten dort unten, dachte ich, und nach oben starren, wenn der dunkle Schatten über ihre Felder schleicht, über ihren Rücken hinweg?

Ich wollte nicht daran denken, lieber nicht. Der Handkoffer lag auf dem Sitz neben mir, die vierundzwanzig Ampullen ordentlich in vier Sechser-Reihen gelegt, auf grünem Samt, mit Velcro befestigt. Ich wollte nur an diese sicher verlötete Bleischachtel denken, nur an die, die in der Luft hing, zehn Kilometer hoch, zusammengehalten von kleinen Nieten und Dübeln, während ich dasaß und auf den Monitor starrte und alle schliefen und ich mir zum achten Mal die *Holberg-Suite* von Grieg in die Ohren donnern ließ.

Irgendwann schaltete ich das kleine Bordlämpchen an und las im Bordmagazin der Delta (oder war es United? ich erinnerte mich nicht mehr, blätterte zurück und sah auf dem Umschlag des Heftes, daß es tatsächlich die Delta war), daß Sir Neville Marriner von der Academy of St. Martin-in-the-Fields immer, immer, immer im Flugzeug der Meister war, und er präsentierte auch gleich seine von ihm und seiner kleinen Homo-Truppe arrangierten Stücke selber, sagte sich selbst auch an: Und jetzt hören Sie Sir Neville Marriner, Sie hören, sagte Neville Marriner, also mich, wo immer auf dem Weltkarten-Monitor sie sich gerade befinden, wie ich die Academy of St. Martin-in-the-Fields Mahlers ersten und zweiten Satz des *Lieds von der Erde* interpretieren lasse.

Ich starrte weiter auf den grausamen Monitor, der die Kilometer und die Minuten fraß, den Raum und die Zeit verschlang, im Ohr den lahmen Mahler, und ich fragte mich, ob es ein Videofilm war, was ich da sah, oder ob es die tatsächliche, die wirkliche Bewegung des Flugzeugs war, gekoppelt an den wirklichen, echten Geschwindigkeits-, Höhen- und Temperaturmesser. *Temperatuur van de Buitenlucht,* stand da oben auf dem Monitor. Die Buitenlucht. Das Buitenland. Das war auf holländisch, wissen Sie, weil ich in der Delta saß. Fragen Sie mich nicht, warum. Mahler wummerte und schepperte und mühte sich ab, und klang trotzdem so unglaublich schwach.

Wer hat sich das ausgedacht, das mit dem Monitor dort oben, dachte ich. Geisteskranke Techniker in ihren Bastelkellern haben sich das ausgedacht. Techniker in ihren unordentlichen Bärten und in ihren weißen Kitteln haben sich das ausgedacht, damit die Menschen, die diese Frechheit wie gelähmt anstarren müssen, entweder schlafen oder komplett wahnsinnig werden, während das Flugzeug knapp unter der Schallgeschwindigkeit über Baltimore hinwegrauscht.

Egal, dachte ich, egal, ob sie jetzt der Ersten Klasse siebzig Prozent, der Business Class fünfzig Prozent und der Economy-Klasse nur dreißig Prozent Frischluft zuführen, nachts ist es bei allen gleich; bei allen wird die Sauerstoffzufuhr heruntergesetzt, damit die Passagiere nur schlafen und sonst nichts tun.

Keiner, dachte ich, wird nachts ein Bier verlangen oder eine Cola, keine Stewardess wird herumgescheucht werden von durstigen Passagieren, die kleine blaue Flugsöckchen brauchen oder mittten in der Nacht einen Kugelschreiber, oder vielleicht eine Extra-Decke oder eine giftige Bloody Mary, die schärfer gewürzt sein muß als die letzte, das heißt, entweder mit mehr Spicy V8 drin oder mit mehr Tabasco, oder gleich mit mehr Wodka, damit der niemand störende Schlaf schneller kommt.

Alle würden schlafen, würden durch ihr eigenes, selbst ausgeatmetes, selbst in den Kreislauf wieder eingeführtes Kohlendioxid außer Gefecht gesetzt, nur ich nicht, weil ich fast keine Luft brauchte, wenn ich ganz flach atmete, nämlich mit den Lungen nicht nach Luft suchend, sondern gegen die Luft atmend, gegen den fehlenden Sauerstoff in der Kabine und gegen das viel größere, viel unheimlichere todesähnliche Fehlen von Sauerstoff draußen vor dem Fenster, dessen Plastikjalousie ich manchmal nach oben zog, als ob es da etwas zu sehen gab durch die dünne Atmosphäre, irgend etwas außer der Dunkelheit, die in ihrer Schwärze so tief war und so absolut, daß ich ganz schnell das dünne beige Plastik vor dem Fenster wieder nach unten zog aus Angst, die zerkratzte Doppelplastikscheibe mit den drei kleinen Luftbläschen am unteren Rand dazwischen könnte platzen und ich würde hinausgesaugt werden durch das kleine Scheibchen.

Obwohl ich nicht dick war, würde der Druck des Raumes außerhalb des Flugzeuges mich schon ganz ordentlich schnell durch das kleine Fenster ziehen, würde das bißchen Fett, das sich im Laufe der Jahre links und rechts von meinen Hüftknochen abgelagert hat, aufsaugen und mit einem großen Haps meinen Körper hochrutschen, zu den Achseln hin, und dann wäre ich draußen und ich würde fallen, so schnell fallen, daß mir übel würde vor lauter Schnelligkeit.

Und die ausgespienen Bröckchen und noch nicht verdauten Stücke der Delta-First-Class-Mahlzeit würden in die nachtschwarzen Wolken hineinsausen und ein Teil der Wolken werden, und irgendwo weit unten, wenn ich schon längst wie ein ultraflacher Pfannkuchen in einer Geröllmulde läge, dann würde mein Erbrochenes, das letzte nasse Zeichen meiner Hülle, auf den Rücken eines mexikanischen Bauerns fallen, der friedlich und nichtsahnend dort unten mit einem alten Pferd und einem Pflug unter diesem dunklen, riesigen und tierhaften Himmel sein Feld bestellte, und zwar nachts, damit ihn tagsüber die mexikanische Armee nicht sah.

Während ich all dies dachte, was in Wirklichkeit nicht einmal eine halbe Sekunde dauerte, änderte sich die Musik in meinem Kopfhörer, und es gab einen Satz von dem unerträglichen Mahler auf einmal drei Jahrhunderte rückwärts, und dann spielte Henry Purcell, und zwar *Dido und Aneas.*

Und während die unglaubliche Musik in mein Gehirn hineinströmte und ich einen Zustand der vollkommenen Ruhe erreichte, fern der dunklen, luftlosen Leere da draußen, sondern angefüllt mit Raum, mit Vollheit, mit Raum auch wenn die Lieder des ersten und des zweiten Satzes unvollständig waren und durch Texte von William Shakespeare aus *Der Sturm* und aus Spencers *The Fairy Queene* ersetzt werden mußten und es eine der ziemlich minderwertigen Versionen von *Dido und Aenas* war, nämlich der des Kammerorchesters des Norddeutschen Rundfunks unter der Leitung von Sir Charles Mackerras – so war es doch immer noch die unglaubliche, an der Dunkelheit, an dem großen dunklen, toten Himmel leckende Vision von Henry Purcell, etwas, das ich nur sonst bei den Gedichten von William Blake empfunden hatte, später dann bei dem Geisteskranken, bei Gerald Manley Hopkins, und viel später dann gar nicht mehr.

Der Schluß von Purcells Irrsinn ging so, er begann, und ich wiegte in der Dunkelheit des Flugzeugs, inmitten der schnarchenden, Fußgerüche ausdünstenden und sich schlafend bewegenden, ekelhaften Menschenmasse meinen Kopf hin und her, und ich hörte

DIDO:

Thy hand, Belinda, darkness shades me,
On thy bosom let me rest
More I would, but death invades me.

An deiner Brust laß mich ruhen, dachte ich. Lange Zeit an deiner Brust ruhen. Der Tod kommt wie dieses große Tier, aber es ist die falsche Art des Ruhens, und dagegen muß man kämpfen bis zuletzt.

Ich befühlte mit Daumen und Finger die Aids-Marke um meinen Hals. Ich rieb daran wie an einem Zauberamulett, während um mich herum das Flugzeug weitersauste durch diese Nacht. Ich dachte an New York, an die Menschen dort, ich sah sie schlafend.

DIDO:

Death is now a welcome guest.

When I am laid in earth, may my wrongs create
No trouble in thy breast,
Remember me, but ah! forget my fate.
(Cupids appear in the clouds o' er her tomb)

CHORUS

With drooping wings ye cupids come
And scatter roses on her tomb.
Soft and gentle as her heart,
Keep here your watch and never part.

Er hat sich verlassen, dachte ich. Er hat sich verlassen, wissen Sie, er ist nicht mehr in sich drinnen. Purcell ist jetzt da draußen, dachte ich, da draußen vor der Plastikscheibe.

Das Lied ging zu Ende, und ich öffnete meinen Sitzgurt, holte mir ein Glas Wasser, setzte mich wieder hin und nahm ein Beruhigungsmittel. Dann öffnete ich den kleinen Koffer und sah auf die Ampullen. Ich probierte das Velcro aus, ich mochte das reißende Geräusch des Klettverschlusses nicht. Ich setzte mir den Kopfhörer wieder auf. Es rauschte. Die Musik war vorbei. Ich wartete lange. Und dann, kurz vor der Landung, hörte ich ihn endlich, den

GESANG DES ZAUBERERS SARIN

In der friedlichen Nacht von Matsumo City
Können Menschen getötet werden, selbst mit
Unseren eigenen Händen,
Überall liegen Tote.
Dort! Atme ein! Sarin, Sarin.
Bereite Sarin! Bereite Sarin!

Sprühe! Sprühe! Sarin, stolzes Sarin.

Kommen Sie, mein Freund. Ich mache Ihnen die Tür wieder auf. Es ist spät, und ich bin müde.

Rebecca Casati

AUENSTRASSE

Man muß sich diesen Abend so vorstellen: Das Paar tritt über die Schwelle. Aus der fächelnden Brise (es ist Frühling) in die schwüle Bierluft. Er trägt eine helle Jeans, Turnschuhe von Nike und ein T-Shirt mit der Aufschrift »Festival de Cannes 1994«. Sie trägt eine dunkle Jeans, eine schwarze Handtasche und ein enges, weißes Oberhemd, das sie, einer plötzlichen Eingebung folgend, im Taxi noch schnell sehr weit aufgeknöpft hat. Sie stehen in einer Galerie in der Auenstraße, wo die Party eines jungen Künstlers stattfindet (das Thema seiner Ausstellung: »Die Vergänglichkeit des Blau«). Das Paar sieht sich nur kurz um, er dirigiert sie am Arm durch den Raum, wo vereinzelt Leute stehen, die sich ausruhen, Luft schnappen oder das anschieben wollen, was sich unten abspielt.

Weiter nach hinten in den Raum hinein führt eine Treppe nach unten. Bei jedem Schritt wird die Musik lauter, der Rauch dichter. Überall auf den Treppenstufen verteilt liegen Flyer.

Unten, am Fuß der Treppe, bleiben diese beiden, Georg und Anna, stehen. Das ist bei bei ihnen ganz unbewußt so einstudiert, der Zweck: Sie können alle Gäste sehen. Alle Gäste können sie sehen.

Man muß sich diese Situation so vorstellen: Kombination aus Anlaß, Licht, Zeitpunkt der Ankunft, Gefühl im Magen, Musik – alles paßt zusammen. Und aus diesen sozusagen idealen Voraussetzungen heraus gelingt Anna etwas ganz Außergewöhnliches. Sie kann für den Moment aus ihrem Körper heraus- und in die Umstehenden hineinschlüpfen.

So kann sie sich und Georg von außen betrachten. Sie sieht (da steht): ein bewundernswertes Paar.

Er stolz auf ihre Schönheit und Klasse: Anna war in Berlin auf der französischen Schule, sie ißt vegetarisch, sie füllt ihren Job in einer Werbefilmproduktion mit der entschlossenen Routine von einer aus, die weiß, daß sie die zweite Hälfte ihres Lebens nicht mehr arbeiten wird.

Sie stolz auf sein gutes Aussehen und seine Position: Er ist charakterlich vornehm, und seine Karriere als Schriftsteller nimmt gerade einen sehr erfreulichen Verlauf.

Beide vor allem stolz darauf, daß sie die Erwartungen, die man an ein perfektes Paar stellt, überaus souverän erfüllen. Komplett mit dem gelegentlichen Streit. So wirkt es nicht einmal überheblich.

Anna schlüpft wieder in sich hinein.

Und kann hochzufrieden beginnen, die Gäste zu scannen, um dem Abend eine überaus erfolgreiche Sozialstruktur zu verleihen.

Anna sieht ihn sehr schnell, den allseits beliebten, für seinen Zynismus bewunderten, um sein Geld beneideten Jakob. Der seit Jahren immer dieselbe Uniform trägt, schwarze Stiefel aus Leder, hellbeige Cordthose, die halb von den Hüften rutscht, hellgraues T-Shirt mit Mottenlöchern und eine herausgewachsene Ponyfrisur. Der gerne so tut, als wäre es ihm zufälligerweise wurscht. Dabei ist es ihm genau das gar nicht. Im Gegenteil: Er findet, er kann unmöglich in einem grauen Brooks-Brothers-Anzug herumlaufen, bei dem ganzen Geld, das sein Vater ihm hinterlassen hat. Jakob ist nämlich nicht nur bildender Künstler, er hat auch ein ganz feines Gespür für den interessanten Bruch entwickelt, was die äußere Wirkung seiner Person betrifft.

Anna jedenfalls weiß intuitiv – da ist ein guter Einstieg, eine gute Chance, eine (schon wieder) ideale Einleitung. Sie schickt ihr intensivstes Lächeln durch den Raum, zu der Bar, wo Jakob gerade den dritten Gin Tonic bestellt hat. Georg, er weniger selbstbewußt, vielleicht auch weniger talentiert für Spielchen, folgt ihrem Blick, landet natürlich auch bei Jakob und lächelt unbehaglich hinterher. Er weiß, daß er jetzt eigentlich dicht hinter Anna bleiben sollte.

Doch die drängelt schon voran durch Rauchende, Tanzende, Trinkende und nimmt sich vor, gleich etwas sehr, sehr Kultiviertes zu Jakob zu sagen, ihn einzukassieren, und den verbleibenden Abend dann sehr, sehr süß zu Georg zu sein. Anna brauchte nämlich schon immer etwas mehr Aufmerksamkeit als andere. Und: Sie liebt Strukturen.

Sofie wartet seit einigen Minuten in der Toilette. Einer, der zufällig hinter ihr gestanden und ihr über die Schulter geschaut hätte, würde ein wirklich hübsches, nicht besonders großes, gerade etwas abwesendes Mädchen im Spiegel sehen: Locken dunkelbraun, Augen hellblau, Mund wird gerade dunkelrot nachgezogen. Sofies Augenbrauen sitzen sehr hoch, was ihr einen für ihr Alter – 24 – etwas zu puppenhaft-erstaunten Gesichtsausdruck verleiht. Aber wenn die Glühbirne in der Toilette dieser Galerie, die übrigens bald abgerissen werden soll, ein bißchen stärker wäre, dann würden dem Beobachter auch die Mißmuts-Falten auffallen, die sich langsam immer tiefer in Sofies runder Stirn eingraben. Sofie zieht an ihrem Top; es ist neu, hat keine Ärmel, keine Träger, und noch hat Sofie nicht den perfekte Position dafür gefunden, es sitzt immer entweder zu hoch (unsexy) oder zu tief (auffällig) über ihrem Busen.

Sofies eigentliches Problem aber ist: Sie langweilt sich. Sie verachtet die meisten Menschen. Sie langweilt sich mit ihnen. Und deshalb tut sie oft Dinge, die sie lieber gelassen hätte, unter rein moralischen Gesichtspunkten betrachtet. Dazu muß man wohl noch sagen: Sofie hat praktisch keine Moral. Nie gehabt. Aber ein paar ganz unschmeichelhafte Spitznamen.

Sofies Fußvolk, denn Freundinnen kann man sie eigentlich nicht nennen, kommt aus der Klokabine, eine nach der anderen, vier Stück insgesamt.

Eine kunstinteressierte Schwangere in einem bequemen Latzhosenanzug aus Jersey will an ihnen vorbei. »Schau mal an, da hat sich eine ficken lassen«, sagt Sofie laut.

Vor ein paar Jahren noch hätte Sofie jeden um den Finger wickeln können. Ihr gutes Aussehen, kombiniert mit dem Rückenwind eines Neuankömmlings in einer nicht allzu großen Stadt haben ihr damals alle interessanten Kontakte vermittelt.

Statt dessen aber gilt Sofie heute wahrscheinlich als das suspekteste Mädchen der ganzen Stadt.

Nicht, daß sie hochmütig ist, nein: Sofie redet mit jedem. Sie ist blitzgescheit. Ihre spitze Zunge, ihre Angewohnheit, die Menschen gegeneinander auszuspielen, und die Tatsache, daß ihre stets ungeteilte Aufmerksamkeit denselben Menschen schmeichelt, haben in den letzten vier Jahren dazu geführt, daß Sofie eine wichtige, aber auch zweifelhafte Rolle in dem sozialen Gefüge der nicht allzu großen Stadt gespielt hat.

»Sie sind auch Künstler?« fragt Anna in einem Tonfall, den sie für kokett, auch für blasiert hält. Jakob ist vielleicht der einzige Mensch, der Anna durchschaut.

»Genau« sagt er.

»Was für ein überraschendes, luxuriöses Dasein! Ich interessiere mich nicht für Kunst, aber sehr für Künstler. Ich finde, einen sollte man unbedingt im Bekanntenkreis haben. Allerdings nur den einen, sonst wird's kitschig.«

»Irgendwie zugenommen, was?« fragt Jakob ungerührt.

»Nein, aber du bist älter geworden«, sagt Anna bedauernd – das hört er nämlich gar nicht gern.

Anna und Jakob haben diese Art der Unterhaltung nie abgesprochen, finden sie aber sehr kultiviert, sehr *Dorothy*

Parker: möglichst nur die schicken Stichworte und Halbsätze hin- und herschicken, damit der Grad der Vertrautheit, das unsichtbare Band und die Smartness ihnen und auch jedem Umstehenden bewußt werden. Diesen Intelligenz-Talk, bei dem alle Umstehenden zuhören, aber keiner mitkommen soll. Denn diese Art von Intelligenz-Talk, die wird irgendwann langweilig, wenn kein Publikum dabeisteht, daß sich ausgeschlossen fühlen darf. Daß es in Wirklichkeit nur Gefasel ist, darauf ist komischerweise noch nie jemand gekommen.

Georg fällt auch gerade wieder darauf rein. Er steht hinter Anna und versteht nichts und kommt sich vor wie ein Trottel. Den gesellschaftlichen Ehrgeiz seiner Freundin beobachtet er halb bewundernd, halb schaudernd. Anna liebt ihn, das weiß Georg eigentlich. Aber wenn Jakob auftaucht, verschwindet seine Gewißheit dann doch. Das Salon-Gerede der beiden ist ihm unheimlich. Es erinnert ihn daran, daß Jakob und Anna zusammen auf der französischen Schule in Berlin waren. Daß Jakobs Vater ein prominenter Architekt war, die Eltern von Anna Professoren sind. Und daß sein eigener Vater Angestellter bei der Deutschen Bundesbahn war.

Was es tatsächlich ist, wogegen er anzukämpfen hat, kann Georg ja nicht wissen: Anna und Jakob haben ihre Affäre nämlich immer geheimhalten können.

Georg fühlt sich ausgeschlossen, kann das aber schlecht äußern, ohne wie ein Voll-Trottel dazustehen. Das will er nämlich auf gar keinen Fall. Schnell bestellt er sich ein Bier. Ein Übersprungs-Bier.

Nachdem er sich halbherzig mit einem ihm flüchtig bekannten Fotografen an der Bar über das Wahnsinns-Video zu Aphex Twins »Come to Daddy« unterhalten hat und nachdem er einer Kollegin von Anna aus der Werbefilmproduktion einen Tequila ausgegeben und mit ihr über das sagenhafte Charisma des Schamanen Art Reed philosophiert hat, ja, nachdem er Anna und Jakob geistig sogar kurz abgehakt hat, da kreuzt sein Blick den von Sofie. Sofie, die mit ihrem Glas und ihrem runtergerutschten Top an die gegenüberliegende Wand gelehnt dasteht. Und Georg und die Situation im Blick hat und mit halbem Ohr auf das geschriene Gerede ihres Fußvolkes achtet und überlegt, welche Interessen sie heute wahrnehmen könnte.

»Hat man dich abgehängt?« fragt Sofie, die plötzlich neben ihm aufgetaucht ist, und Georg lächelt gequält. Er hat ein bißchen Angst vor Sofie und will sich an ihr vorbeidrängen, weg von ihr und von der Bar. Sofie macht im Umgang mit Männern manchmal den Fehler, sich nicht ein bißchen dümmer zu stellen, als sie ist. Und eben weil sie so gescheit ist, kommt ihr jetzt blitzschnell der Gedanke an eine Affäre mit Georg. Den sie eigentlich als Langweiler verachtet. Weil er, wie vielleicht alle Schriftsteller, nicht ganz erhaben ist über den Verdacht, daß einer, der nicht mit anderen Jungs, sondern mit dem Papier kämpft, kein Gewinner ist. *Nicht männlich.*

»Du bist eifersüchtig auf Jakob«, sagt Sofie zu Georg, der jetzt hastig sein Bier runterschluckt, als wäre es Wasser.

»So ein Quatsch. Entschuldigung, ich brauche noch ein Bier.«

»Sag's mir, ich bin unvoreingenommen wie eine junge Giraffe.«

»Anna braucht immer etwas mehr Aufmerksamkeit als andere«.

»Kriegt sie die nicht von dir?«

»Was weiß denn ich.«

»Anscheinend nicht genug. Du Profi.«

»Anscheinend.«

»Jakob ist ein Arschloch. Wenn ich du wäre, würde ich ihm aufs Maul hauen.«

»Der kriegt auch noch aufs Maul.«

»Schau doch mal, wie er deine Anna anstarrt - so hat er auch einigen meiner engsten Freundinnen das Herz gebrochen.«

»Ah, ja?«

»Aber deine werden wir dir zurückholen. Wir machen sie jetzt mal ein bißchen eifersüchtig. Sag, willst du lieber Drogen oder Sex?«

Georg, peinlich berührt, aber nicht ungeschmeichelt, grinst debil.

»Nur Spaß«, sagt Sofie, »holst Du uns lieber zwei Gin Tonic?«

Georg wendet sich wieder zur Bar, ignoriert Anna demonstrativ und bestellt.

Anna beobachtet ihn aus dem Augenwinkel und lächelt überlegen.

Jakob geht schnell was ziehen.

»Was willst du denn mit dem?« zirpt eine aus dem Fußvolk an Sofie heran.

»Der«, sagt Sofie, »wollte schon in einer dunklen Ecke verschwinden. Da habe ich ihn wie eine Ratte am Schwanz aus seinem Loch gezogen. Seine Barthaare zitterten; er hatte solche Angst, daß er aus Versehen die Wahrheit gesagt hat.«

Eilfertiges Gekicher aus dem Fußvolk.

Die Affäre von Jakob und Anna hat vor ein paar Jahren begonnen. Ist dann kurz abgerissen. Und wird mittlerweile, beiderseits ohne großen Elan, fortgesetzt. Anna und Jakob überlassen es sozusagen dem Schicksal und dem Stilempfinden für den jeweiligen Augenblick. Das einzig Spannende daran ist mittlerweile: Alle schauen zu, aber keiner weiß davon. Was das bringen soll, wissen die beiden eigentlich nicht.

Anna sieht Georg mit Sofie reden und denkt sich: »Durchschau ich.« Sie beschließt, mehr so unbewußt, Georg zu ärgern. »Ist das heiß hier, gehen wir raus«, sagt sie zu Jakob, der ihr gerade ein bißchen zu viel faselt.

Sofie mischt Georg auf.

Anna fühlt sich überlegen, weil sie es registriert hat und einen Schritt voraus ist.

Jakob setzt sich faselnd in Bewegung.

Anna schlüpft hinter ihm die Treppe rauf. Sie blickt sich nicht um.

Dann stehen Anna und Jakob vor der Galerie, auf der Straße, wo es noch warm ist, wo Anna sich geziert eine Marlboro Lights anstecken läßt und sagt: »Okay? Knutschen?« Wo aber Jakob statt dessen in seiner Hosentasche wühlt und ein paar Drogen schluckt. Woraufhin Anna sich an ein Auto lehnt, gähnt und sich zum ersten Mal an diesem Abend langweilt. Plötzlich fällt ihr auf, daß Jakob seine braunen Haare immer auf die eine Seite wirft und daß das sehr, sehr scheiße und affig und altherrenhaft aussieht. Außerdem bekommt Jakob eine Glatze, unter dem Schein der Straßenlaterne ganz deutlich zu erkennen.

Anna wird unruhig. Und unterbricht Jakob irgendwo mittendrin.

»Auch blöd hier oben.«

Ohne Publikum macht es Anna plötzlich viel weniger Spaß, ist es viel weniger kultiviert, mit Jakob zu reden, und sie drängt auf Fortsetzung des Abends in angemessenerem Ambiente. Außerdem hat sie das ungute Gefühl, gerade etwas Wichtiges zu verpassen.

Unten steuert Jakob auf die Bar zu, wo er zügig den vierten Gin Tonic kippt. Er ist jetzt für Annas Zwecke eigentlich nicht mehr zu gebrauchen. Keiner, so scheint es, schert sich um sie. »Du willst auch nie erwachsen werden«, wirft ihm Anna etwas zusammenhanglos an den Kopf. Und macht sich dann auf die Suche nach dem verpaßten Anschluß. An verschiedenen Händen schüttelt sie sich so durch den Raum: Fotografen, Kolumnisten, Fotografen, Architekten, Schauspieler, Fotografen, Industriedesigner.

Ganz hinten an der Wand sieht sie ihren Freund Georg, dem die Musik in den Rücken bläst. Er steht ja auch genau vor einer Box, aus der gerade ein Lied von Sonic Youth kommt. Das Anna, die den Titel nicht kennt und sich für Musik generell nicht interessiert, immer als besonders quälend aufgefallen ist, weil Georg es so mag. Der gerade irgendwie hintereinander-ineinander geschoben mit Sofie zur Tanzfläche hin wippt. Es drängt ihn so von hinten an sie ran, seine Arme sind vor ihrem nackten Bauch verschränkt. Und soeben beugt er seinen Kopf über ihre linke, ebenfalls nackte Schulter und legt sein Ohr an ihren Mund, damit er hört, was sie ihm sagen will (es handelt sich um die mittlerweile dritte Aufforderung, mit ihr aufs Klo zu gehen).

Fast liebevoll sieht das aus.

Anna muß einsehen: *Das ist jetzt nicht für mich inszeniert. Das passiert sowieso. Egal, wo ich bin. Alle können sie sehen. Alle können mich sehen.*

Anna wird heiß vor Scham.

Vielleicht einmal in hundert Jahren hat man in so einer Situation etwas Passendes zur Hand. In dieser Nacht ist es gerade mal wieder hundert Jahre her. Anna hebt die Hand mit der vollen Bierflasche und schleudert sie auf das ganz ineinander verkeilte Paar.

Anna kann die Flugbahn der hellgrünen Bierflasche mit goldenem Etikett – es handelt sich um ein Erzeugnis aus der Brauerei Jever – ganz genau verfolgen: Die Flasche macht einen hohen Bogen, dreht sich dabei, Flüssigkeit schäumt heraus, sie landet auf Sofies Brust, wo sich sich der Inhalt, begünstigt von der entschlossenen Wurfbewegung, über Sofies bauchfreies Top ergießt – ein besonders schlechtsitzendes, proletenhaftes, wie Anna schon vorher mit Genugtuung registriert hatte.

Sofie taumelt noch dichter gegen Georg. Anna hört ganz deutlich sein erschrockenes und irgendwie wahnsinnig tölpelhaftes »Was war denn das?«. Die Besorgnis in seiner Stimme macht Anna noch rasender. Sie stößt die Umstehenden beiseite und eilt die Treppe wieder hoch. Mit klopfendem Herzen, wegen ihrer undamenhaften Affekthandlung. Auch ein bißchen amüsiert über ihre eigene Chuzpe. Bei dem aufkommenden Gedanken, daß Sofie hätte tot sein können, muß Anna schnell noch grinsen, aus Versehen.

Oben stehen kaum noch Leute. Anna verschwindet in einem Hauseingang. Sie rutscht an der Wand runter und sinkt am Boden zusammen wie ein melancholisches Kleiderbündel. Vor ihr auf dem Boden liegen ein paar zerfetzte Flyer. Blöde, sie kann da jetzt nicht mehr runter. Auf keinen Fall. Sie ist sicher, daß einer kommen wird, sie zur Rede zu stellen. Irgend etwas an ihrer *Performance* war ungeschickt. Sie muß noch herausbekommen, was. Keiner kommt. Anna weiß nicht, was zu tun ist. Ziemlich lange weiß sie das nicht.

Unten hat Georg nichts kapiert, Sofie alles, sagt aber nichts. Erst zwei Stunden später, nachdem Sofie Georg unter einem Vorwand ins Klo gelockt und geküßt, nachdem Georg etwas Abwehrendes gestammelt und nachdem Sofie ihm höhnisch hinterhergekichert haben wird, wird sie ihrem Fußvolk in allen Einzelheiten davon berichten, mit dem triumphalen Resümee: »Das nächste Mal ist er fällig, so frustriert, wie seine Alte ist.«

Jakob ist noch mit Breitsein beschäftigt.

Georg ist orientierungslos und sucht nach Anna.

Die wartet immer noch und fühlt sich schlecht.

Georg steigt die Treppe hoch. Sofie und das Fußvolk sehen ihm verächtlich hinterher und finden, er sieht plötzlich aus wie ein doofer junger Hund.

Oben trifft Georg auf Jakob, beide einigen sich mit einer Handbewegung zum Gehen und treten hinaus.

Anna springt auf und rennt ihnen durch die dunkle Auenstraße hinterher und schreit: »Du hast alles kaputtgemacht!« Georg und Jakob bleiben stehen und warten auf Anna. Georg sagt gar nichts, Jakob hält auch lieber den Mund, und weil keiner eine bessere Idee hat, gehen alle drei wortlos nach Hause zu Anna und Georg, und dort setzen sich an den Habitat-Holztisch ins Wohnzimmer, und Jakob holt sein Pack raus und baut aus einem Flyer eine Rolle.

»Was soll ich tun?« schreit Anna. »Jetzt muß ich mich von dir trennen, ob ich will oder nicht.« Dann unterhalten sie sich wieder, bis Anna wieder schreit:

»Du hast mich und dich und uns blamiert. Du hast nicht auf uns aufgepaßt!« Georg sagt dazu gar nichts. »Warum, warum, warum?« schreit Anna. »Ich hau ab« sagt Jakob, als das Pack leer ist. Draußen wird es hell. In ihren Gesichtern ist gar nichts mehr. »Wir sind niemand mehr, kapiert?« hetzt Anna. Georg blickt vom leeren, weißen Pack auf – in Annas leeres, weißes Gesicht.

»Gehen wir schlafen«, sagt er. »Nein«, sagt Anna, »denn wenn wir jetzt so einschlafen und morgen wieder aufwachen, ist alles vorbei.«

»Es ist schon alles vorbei«, sagt Georg. Und tatsächlich: Draußen wird es wieder hell.

Einige Stunden später wachen sie gerade noch rechtzeitig vor Ladenschluß auf. Er hat einen schlimmen Kater, sie hat ihre Handtasche verloren. Und beide schwören sich gegenseitig, das asoziale, klischeehafte Künstlermilieu in der Auenstraße künftig zu meiden.

Uwe Kopf

DER SCHARCHLACHROTE BUCHSTABE

»Du kannst dich als gefickt betrachten« – das ist der Zuhälterjargon, den ich hier höre in Bamberg, dieser Kleinstadt in Oberfranken, und weil die Spätromanik und die Frühgotik durch die Gassen wehen, behaupten Kenner, daß Bamberg die schönste Stadt in Deutschland ist, und ihre Schönheit sei gerade im Frühling kaum zu ertragen: Den letzten Frühling des Jahrtausends erlebe ich also in Bamberg, wohin damals auch der Dichter Thomas Bernhard mitunter geflüchtet ist, und was das Hassen und das Wiederholen betrifft, habe ich den Bernhard zu meinem Vorbild gemacht, er ist an einem 9. Februar geboren und an einem 11. Februar gestorben, und ich habe am 10. Februar Geburtstag, genau wie Bertolt Brecht, das muß ja irgendwas zu bedeuten haben, fragt sich nur was.

Nun lehne ich am Tresen in einem Wirtshaus in der Bamberger Langen Straße, und den Satz »Du kannst dich als gefickt betrachten« habe ich zuletzt vor 20 Jahren gehört – da war dieser Satz sehr in Mode unter Leuten, die einander sexuell aufheizen wollten, gerne vor Zeugen, und ich habe geglaubt, dieser Satz sei ausgestorben, wie ebenso die zum Satz passenden Männer ausgestorben seien, aber da hinten sitzt dieser Typ, trinkt sein Bier und sagt zu einer Frau am Nebentisch: »Du kannst dich als gefickt betrachten«.

Der Mann sieht aus wie der Schauspieler Heiner Lauterbach, und für einen Moment denke ich, das *ist* der Lauterbach, doch vielleicht ist es auch nur eine erschütternde Ähnlichkeit mit Lauterbach, von dem ich oft träume, so sehr verachte ich ihn für alles, was er sagt und tut und darstellt mit seiner sogenannten Männlichkeit.

Gerade letzte Nacht, im Zug von Hamburg über Würzburg nach Bamberg, habe ich wieder von Lauterbach geträumt, und what a dream it was: Lauterbach ist ein Verbrecher, aber nicht in einem Film, sondern in der Wirklichkeit – die Polizei und die Bevölkerung hetzen Lauterbach, die »Bild«-Zeitung nennt ihn den »Höschen-Mann« und berichtet auf Seite eins von seinen Wahnsinnstaten, er stiehlt Damenslips von Wäscheleinen und spannt sie auf seinen »Schlüpferhüpfer«, bis sie ganz ausgeleiert sind, dann bringt Lauterbach die Slips wieder zurück, und wenn die Frauen ihre Slips anziehen, sind sie ihnen viel zu weit.

Ein Spezialagent vom israelischen Geheimdienst Mossad soll Lauterbach in seinem Waldversteck aufspüren, der Agent ist ein Jude, verkleidet als Yassir Arafat, und dieser Jude ist selbst ein Verbrecher, der in seinem Rucksack kostbarste Rotweine mit sich rumträgt, die Flaschen hat der Jude gestohlen aus dem Weinkeller des »Tagesthemen«-Moderators Ulrich Wickert, und so wandert der Jude durch den Wald, plötzlich sieht er auf einer Lichtung ein paar Leute, sie spielen Schnitzeljagd, und aus der Gruppe löst sich eine Frau, sie ist fast nackt, nur ihr Slip schlottert um ihre Hüften, und durch den Wald hallt das Echo von Lauterbachs Lachen, es ist das berühmte Lachen des Höschen-Mannes, und als die Frau sich dem Mossad-Agenten nähert, erkennt er entsetzt, daß sie das Gesicht von Joseph Goebbels hat, aber aus einem Gebüsch brechen drei andere Männer hervor, es sind die Schauspieler Mario Adorf, Heinz Rühmann und Götz George, sie packen den Lauterbach, schleudern ihn zu Boden, reißen ihm die Kleider vom Leib, zeigen mit dem Finger auf ihn und singen: »Kein Penis ist kleiner als Heiner seiner, das weiß auch Mutter Beimer!«, und weil das die Wahrheit ist, wird Heiner Lauterbach sofort wahnsinnig vor Scham.

Der Traum hat wenig Struktur und ist psychologisch wohl kaum zu deuten, doch das Ende des Traums hat mir gefallen, da mir der Lauterbach so widerlich ist. Nachdem Lauterbachs Doppelgänger im Wirtshaus an der Bamberger Langen Straße die Frau am Nebentisch umworben hat mit dem Satz »Du kannst dich als gefickt betrachten«, bestellt er sich ein weiteres Bier und ißt ein Fleischgericht, es scheint Sauerbraten zu sein, und der Mann schneidet seinen Knödel mit dem Messer in kleine Teile, das gehört sich nicht, und auch dafür könnte ich den Mann ohrfeigen, aber das traue ich mich nicht, denn der Mann wirkt so, als würde er eine Ohrfeige ohne Zögern mit Totschlag beantworten wollen.

Die Frau, zu der dieser Mann sagte: »Du kannst dich als gefickt betrachten«, hat auf diesen Satz überhaupt nicht reagiert, sie sitzt da, trinkt Apfelsaft, raucht Zigaretten ohne Filter und guckt ins Leere, die Frau ist vielleicht 30 Jahre alt, und die Schwärze ihrer Augen ist ein Schock, und Lauterbach hat der Frau vermutlich gesagt: »Du kannst dich als gefickt betrachten«, weil ihr Haar blondiert ist – das muß ein Mann wie Lauterbach als etwas Hurenhaftes auffassen.

Die Frau hat ein bißchen Übergewicht und ist zu warm angezogen, denn nun, Ende März, liegen die Temperaturen hier in Bamberg bereits bei fast 20 Grad, aber die Frau trägt zu ihrer Cordjeans einen Mantel, um ihren Hals hat sie einen Schal gewickelt, und auf der linken Mantelseite, etwa in Herzhöhe, ist ein scharlachroter Buchstabe gestickt, ein A.

So ein A muß Hester Prynne auf ihrem Kleid tragen, Hester ist die Heldin in Nathaniel Hawthornes Roman »Der scharlachrote Buchstabe«, die Geschichte spielt im 17. Jahrhundert unter Puritanern in Neuengland, und der scharlachrote Buchstabe A ist das Zeichen für Hesters Sünde, A steht für Adultery, Ehebruch, denn Hester hat ein Kind bekommen, das nicht von ihrem Ehemann ist, und sie weigert sich, den Vater zu nennen. Die Frau im Bamberger Wirtshaus trägt wie Hester Prynne dieses A, hat jedoch (auf den ersten Blick erkennbar) nicht Hesters Stolz, nicht ihre Kraft, nicht ihre Leidenschaft – die Frau hier im Wirtshaus wirkt völlig zerstört, trotz ihrer Gesundheit im Äußeren, und nun steht sie auf, legt ein paar Münzen auf den Tisch, berührt wie nebenbei den scharlachroten Buchstaben A auf ihrem Mantel und geht aus dem Lokal, während Lauterbach, seinen Sauerbraten kauend, ihr hinterherguckt, als wolle er sagen: »Jetzt bist du weg, Puppe, aber wir sehen uns wieder, und im übrigen kannst du dich als gefickt betrachten!«

Mir reicht es hier, ich habe das Gefühl, daß Lauterbachs Charaktergestank mir die Luft nimmt, ich zahle mein Bier bei dem Wirt, und obwohl ich ihn gar nicht anrede, sagt er mir, die Frau mit dem Buchstaben sei eine Spinnerin, tue jedoch niemandem etwas zuleide, sie würde immer nur dasitzen und schweigen und ihren Apfelsaft trinken, und kein Mensch wisse, was der Buchstabe auf ihrem Mantel bedeute – manche Männer (der Wirt deutet mit einer Kopfbewegung in Richtung Lauterbach) würden annehmen, die Frau leide an Aids, habe deswegen den Verstand verloren und sich mit dem Aids-Buchstaben gezeichnet, aber kein Bamberger habe sie jemals mit einem Mann gesehen, eigentlich auch mit keinem anderen Menschen, und sie lebe schon lange in Bamberg ganz allein in einer Pension in einem anderen Stadtviertel, meistens verkehre sie im »Hexenhäusle«, einer Kneipe in der Nürnberger Straße.

Da ich selbst eine Pension für meinen Aufenthalt suche, beschließe ich, mich in der Nürnberger Straße umzusehen, denn im Stadtkern um die Lange Straße herum kann ich nicht bleiben: Studenten, überall Studenten und Studentenlokale und Studentencafés und Läden, in denen die Studenten ihre Nahrung, ihre Bücher, ihre Kleidung kaufen, und das Viertel mit der Nürnberger Straße ist eine Kleinbürgergegend, da wollen die Studenten nicht hin, und deshalb will ich da hin. Die Studenten beherrschen Bamberg in einer Weise, wie die Homosexuellen die kalifornische Stadt San Francisco beherrschen, nur das Gebiet um die Nürnberger Straße ist studentenfrei, und die Schönheit der Bamberger Altstadt zeigt sich erst nach zwei Uhr nachts, wenn die Studentenlokale schließen und die Studenten in ihren Studentenbuden verschwinden, um sich vom Studentenleben auszuruhen.

Christoph Schlingensief, der Regisseur und Aktionskünstler, ist für ein paar Tage in der Stadt und hat heute vormittag auf dem Marktplatz so viele Studenten um sich versammelt wie zuletzt vor ihm der Volksschauspieler Günther Strack, der in Bamberg die Krimiserie »Der König« gedreht hat und hunderte von Studenten als Statisten verpflichtete, aber Schlingensief fasziniert die Bamberger Studenten mit seinen Vorträgen darüber, wie die Republik zu verändern sei – vorhin auf dem Marktplatz hat er Aktfotos von sich verteilt, und die Studenten haben die Fotos beschnüffelt, weil Schlingensief nach Straße riecht, nach Underground und nach Revolution.

Die Studenten merken nicht, daß Schlingensief sie verabscheut, und damit ihn niemand mit ihnen verwechselt, tarnt er seinen Eierkopf mit einer Hochfrisur und berichtet den Studenten über Erfolge und Ziele seiner Partei »Zur letzten Chance«, und die Studenten feiern den Schlingensief, denn für sie ist er der Erlöser, der in sich das Beste vereinigt von John Lennon und Helge Schneider, von Jesus Christus und Che Guevara. Mit den sechs Millionen Arbeitslosen in Deutschland will er ein Theaterstück aufführen, es geht (wie immer bei Schlingensief) um Blut und Geschlechtsteile und um Faschisten als Kasperlefiguren, und die Bamberger Studenten glauben, daß Schlingensief mit der Wucht und dem Ernst seines Quatsches ein neues Deutschland hervorbringen kann.

Nach seinem Auftritt verkündet Schlingensief, er wolle nun rauf zum Bamberger Dom und die berühmte Plastik, den Bamberger Reiter, mit Sperma einreiben, das sei ein Akt des Neinsagens, und schon ist die Bamberger Polizei zur Stelle und verhaftet Schlingensief wegen Gotteslästerung, während die Studenten zurückweichen, weil sie dann doch zu feige sind, ihren Schlingensief vor der Staatsgewalt zu schützen.

Nach dieser Performance bin ich ins Wirtshaus in der Langen Straße, dort sagte Lauterbach »Du kannst dich als gefickt betrachten« zu der Frau mit dem scharlachroten Buchstaben, und nun, da ich am Ufer der Pregnitz in der Nachmittagssonne spaziere, fällt mir ein, daß Lauterbach vielleicht einen Todesmut hat oder eine Todessehnsucht, denn er meint ja, der Buchstabe A auf dem Mantel der Frau stehe für Aids, und wenn Lauterbach zu einer Aidsinfizierten sagt: »Du kannst dich als gefickt betrachten«, dann ist das doch hochmerkwürdig.

Über eine Brücke erreiche ich das Bamberger Gerichtsgebäude, hier war vor fünf Jahren der Prozeß gegen die Eltern, die ihr Kind getötet und auf den Müll geworfen hatten, und bald bin ich in der Nürnberger Straße in dem »Hexenhäusle« und bestelle zwei Gläser Maisel Pils, und als die beiden Gläser kommen, trinke ich eins sofort auf einen Zug und bestelle ein weiteres Glas, das zweite Glas trinke ich dann etwas langsamer, aber nur so (zwei Gläser Bier bestellen, ein Glas runterstürzen, ein drittes bestellen, das zweite Glas mit Bedacht trinken), nur so kriegt ein Nicht-Bayer den Respekt der Bayern.

In der Ecke rechts sitzt die Frau mit dem scharlachroten Buchstaben, trinkt Saft, raucht, starrt ins Leere, ein paar Minuten später geht die Frau schon wieder, und ich erkundige mich bei der Kellnerin nach einer Pension im Viertel, und sie empfiehlt das »Rote Roß« zweihundert Meter weiter gegenüber vom Möbelhaus, und als ich mich an der Rezeption im »Roten Roß« für vorerst drei Wochen einschreibe, sehe ich die Frau mit dem scharlachroten Buchstaben in der Gaststube sitzen und ein Leberwurstbrot essen, und dann sieht sie mich an, der Ruin dieser Frau entsetzt mich, ich kann ihrem Blick keine Sekunde standhalten, und auf meinem Zimmer im zweiten Stock lege ich mich aufs Bett und versuche mich von dieser Frau abzulenken, indem ich meine ganze Verbitterung mobilisiere: meine Verbitterung gegenüber Frauen, allen Frauen, denn Frauen sind nicht gut, so ist das, wenigstens sind sie nicht gut für mich, ich habe es mit einigen Frauen probiert, mit einer auch hier in Bamberg, und es ist was Tragisches daran, daß mich die Frauen immer vernichten wollen, obwohl ich ein sogenannter Frauentyp bin, aber ein anderer Frauentyp als Heiner Lauterbach – ich ähnele Marlon Brando in seiner Phase, als er in Paris den letzten Tango tanzte, und wie Brando habe ich mit meiner Melancholie und Jenseitsahnung die Frauen angezogen, und stets sind sie mir wieder weggelaufen, weil sie sich von meiner Schwermut vergiftet fühlten, so die Begründung.

Während ich also ins Jammern komme auf dem Bett im Bamberger »Roten Roß«, höre ich eine Stimme im Zimmer unter mir, und ich kann nicht sagen, in welcher Sprache da jemand redet, und ebensowenig kann ich sagen, ob es ein Mann ist, eine Frau, ein Kind. Die Stimme scheint zu stöhnen, zu fordern, ohne Hast und Nachdruck, und als ich mich ganz auf diese Stimme konzentrieren will, ist sie weg, ich höre von unten nur noch das Knarren des Holzfußbodens, und dann höre ich gar nichts mehr und schlafe ein, aber in der Nacht gegen halb drei ist die Stimme wieder da, es ist eine Frauenstimme, und das Fordern von vorhin ist nun ein Flehen, doch etwas Sexuelles spielt sich nicht ab im Zimmer unter mir, die Stimme seufzt und zittert wie im Fieber, und einmal bin ich fast sicher, die Wörter »Grauen« und »Liebe« zu verstehen.

Am nächsten Morgen, sehr früh um sieben, steige ich die Treppe runter zur Gaststube, um einen Kaffee zu trinken – da sehe ich die Frau mit dem scharlachroten Buchstaben aus dem Zimmer unter mir kommen, und ich muß jetzt wissen, ob diese Frau so sein will oder so ist wie Hester Prynne aus Hawthornes Roman »Der scharlachrote Buchstabe«, ich stehe vor dieser Frau, senke den Blick und sage: »Hester?«, und sie sagt nichts. Als ich es schaffe, sie kurz anzugucken, erkenne ich, daß sie nichts versteht, nichts verstehen kann, sie kennt keine Hester, mit Ehebruch hat diese Frau nichts zu tun, sie ist keine Idiotin, sie kopiert keine Romanfigur, aber dann spricht sie zu mir. »Nein«, sagt sie, »ich fürchte mich vor nichts und niemandem. Wenn ich mich fürchten würde, hätte ich ja nicht solche Angst.«

Noch in dieser Stunde werde ich aus dem schönen Bamberg abreisen, und ich weiß nicht, wo ich hin soll.

DIE AUTOREN

JOACHIM BESSING

wurde 1971 in Bietigheim am Neckar geboren. Er lebt in Hamburg und Berlin, arbeitet dort als Kolumnist, Biograph und Drehbuchautor. Seit einer im Kreiskrankenhaus Leonberg schlecht zugenähten Schnittverletzung vom Heiligabend 1997 hat er Wucherungen am linken Zeigefinger. Sein Buch *Tristesse Royale* erscheint dieser Tage im Ullstein Verlag, Berlin.

REBECCA CASATI

wurde 1970 in Hamburg geboren, dem heimlichen Elbflorenz. Sie ist Redakteurin des Münchner *SZ-Magazins* und schreibt dort über dies und jenes. Zur Zeit arbeitet sie an ihrem ersten Roman.

UWE KOPF

wurde 1956 in Kaiserslautern geboren und lebt heute als freier Autor in Hamburg, bekommt aber kaum Jobs, weil er Kommunist ist. Kopf hat nichts gelernt und war deshalb Redakteur bei der Illustrierten *Tempo*, er schreibt an einem Roman und hält sich an die Philosophie des Taoismus, weshalb er die Onanie beim Mann ablehnt.

CHRISTIAN KRACHT

wurde 1966 in Gstaad in der Schweiz geboren. Er schrieb den Bestseller *Faserland*, danach den Reiseführer *Ferien für Immer. Die angenehmsten Orte der Welt.* Er arbeitet als Journalist und lebt zur Zeit in Phnom Penh.

RAINALD GOETZ

wurde 1954 in München geboren, studierte Medizin und Geschichte. Zu seinen zahlreichen Veröffentlichungen gehören *Festung, Krieg, Kontrolliert, Jeff Koons, Celebration* und *Rave.* Er lebt zur Zeit in Berlin und Wien.

EVA MUNZ

wurde 1968 in München geboren. Sie studierte dort Regie an der Hochschule für Fernsehen und Film. Unter anderem verkörperte sie die Märchengestalt Schneewittchen des gleichnamigen Disney-Zeichentrickfilms in Osteuropa. Bis heute drehte sie unzählige Werbefilme und ein paar Musikvideos. Nun lebt sie in Bangkok.

ECKHART NICKEL

wurde 1966 in Frankfurt am Main geboren. Zahlreiche Veröffentlichungen, zuletzt *Ferien für Immer. Die angenehmsten Orte der Welt* (zusammen mit Christian Kracht), sowie das Buch *Flaneur,* eine Auseinandersetzung mit Thomas Bernhard. Er lebt und arbeitet in Strasbourg in Frankreich, bei dem Fernsehsender *Arte.*

ELKE NATERS

wurde 1963 in München geboren. Ausbildung zur Damenschneiderin und Fotografin. Sie hat zwei Kinder und einen Mann, und lebt in Berlin und Bangkok. Bisher erschienen: *Königinnen* und *Lügen,* bei Kiepenheuer & Witsch. Die Erzählung *Mau Mau* ist ein Auszug aus ihrem neuen Roman. Sie gründete zusammen mit Sven Lager den Autoren-Pool *Pool,* in dem auch viele Autoren dieser Anthologie schreiben, einzusehen unter www.ampool.de

ANDREAS NEUMEISTER

wurde 1959 in Starnberg geboren. Er studierte Ethnologie in München und lebt zur Zeit in der Villa Massimo in Rom. Zu seinen Büchern zählen unter anderem *Ausdeutschen* und *Gut laut*, beide beim Suhrkamp Verlag. Zusammen mit Marcel Hartges gab er den Band *Poetry! Slam! Texte der Pop-Fraktion* heraus.

INGO NIERMANN

wurde 1969 in Bielefeld geboren. Er fand im Sommer 1999 auf einem Flohmarkt in der Hülle der Schallplatte *Hell, I want more* von Gillian Scalici neuntausend Mark. Er lebt und arbeitet als freier Autor in Berlin.

ANNIE PHROMMAYON

wurde 1969 in Bangkok geboren. Dort lebt sie immer noch und arbeitet bei der BBC als Redakteurin. Ihre Jugend hat sie im sonnigen San Diego, Kalifornien verbracht, wo es ja bekanntlich nie regnet.

NIKA SCHEIDEMANDEL

wurde 1969 in Washington DC geboren. Sie lebt in Hamburg als Regisseurin. Angefangen hat sie als Cutterin, nun macht sie viele Musikvideos für die Band *Tocotronic*. Sie hätte gerne einen Dackel, damit die Leute auf der Straße ihr ihren Lieblingssatz sagen könnten: *»Entschuldigen Sie bitte, ist das Ihr Zamperl? Der ist ja ganz durschtig.«*

ALEXANDER VON SCHÖNBURG

wurde 1971 in Mogadischu in Somalia geboren. Er lebt in Berlin als freier Autor und Journalist und ist verheiratet. Mit 17 Jahren war er Gesellschaftsreporter des Magazins *Esquire*, seitdem schreibt er für die *taz*, die *Weltwoche*, *Die Zeit*, die *Bunte*, und für Franz Josef Wagners *BZ*. Buchveröffentlichungen: *Das Beste vom Besten* und *Europe's Elite Onethousand.*

LORENZ SCHRÖTER

wurde 1960 in München geboren. Er lebt in Panama und Berlin. Er schrieb zwei Bücher: *Die Einsamkeit des Amokläufers* und *Die Nacht des Fehlers.* Danach radelte er um die Welt und lebte drei Jahre als Journalist in Hong Kong. Im Frühjahr erscheint im Rotbuch-Verlag sein Roman über die Reise auf seinem Esel »Bella« durch Deutschland.

CARL VON SIEMENS

wurde 1969 in Erlangen geboren. Er studierte Philosophie und Politologie an der Universität Oxford und danach an der London School of Economics. Nach der Promotion war er zwei Jahre Unternehmensberater in der Ex-DDR. Er ist Journalist und Autor der Magazine *Rolling Stone* und *Lettre.* Er lebt in Berlin und schreibt an seinem ersten Roman.

BENJAMIN VON STUCKRAD-BARRE

wurde 1975 in der Hansestadt Bremen geboren. Er lebt in Berlin, ist dort Redakteur der Frankfurter Allgemeinen Zeitung. 1998 erschien bei Kiepenheuer & Witsch der Bestseller *Soloalbum*, 1999 dann der Doppelschlag *Livealbum* und *Remix*, sowie im Hörverlag die CD *Live Recordings*, mit Beiträgen von Christian Kracht und Harald Schmidt.

MORITZ VON USLAR

wurde 1970 in Köln geboren. Er schreibt, mit Unterbrechungen, seit 1992 für das SZ-Magazin. Seine Wahlheimat München liebt er über alles, speziell den Viktualienmarkt, die Hans-Sachs-Straße und das P1.